"타고난 천재는 없으며 노력하는 바보가 결국 천재를 능가한다."

쌍둥이 형제, 하버드를 쏘다

쌍둥이 형제, 하버드를 쏘다

저자_ 안재우 · 안재연

1판 1쇄 인쇄_ 2005. 12. 20.
1판 21쇄 발행_ 2016. 1. 27.

발행처_ 김영사
발행인_ 김강유

등록번호_ 제406-2003-036호
등록일자_ 1979. 5. 17.

경기도 파주시 교하읍 문발리 출판단지 514-2 우편번호 10881
마케팅부 031)955-3100, 편집부 031)955-3250, 팩시밀리 031)955-3111

값은 뒤표지에 있습니다.
ISBN 978-89-349-2036-6 03810

독자의견 전화_ 031)955-3104
홈페이지_ www.gimmyoung.com   카페_ cafe.naver.com/gimmyoung
페이스북_ facebook.com/gybooks   이메일_ bestbook@gimmyoung.com

좋은 독자가 좋은 책을 만듭니다.
김영사는 독자 여러분의 의견에 항상 귀 기울이고 있습니다.

쌍둥이 형제,
하버드를 쏘다

안재우·안재연 지음

김영사

서울로 달리는 고속버스 안, 먼지가 낀 창문 밖으로는 울창한 숲과 파란 하늘이 펼쳐져 있었다. 오랜만에 전주를 떠나는 내 마음은 가볍기만 했다.

조금 후면 600여 명의 사람들 앞에 서게 되리라. 나는 다시 한 번 호주머니에서 작은 종이를 꺼내어 마지막으로 생각을 정리했다. 나의 작은 성공 이야기를 들으러 각지에서 모여들고 있을 사람들의 모습을 떠올리니 가슴이 두근거렸다.

이윽고 버스는 강남 고속버스 터미널에 도착했다. 우리 가족은 바로 택시를 잡아타고 목적지인 잠실 교통회관으로 향했다. 세미나 장소에 도착해서 살짝 열려 있는 대기실 문틈으로 장내를 엿보니 예상했던 것보다 훨씬 많은 숫자의 사람들이 1, 2층 객석을 가득 메우고 있었다.

우리는 오늘 행사의 특별 게스트였다. 암웨이 리더십 세미나 자리에 모인 여러 사업자들 앞에서 지나온 여정에 관한 짧은 스피치를 하기로 되어 있었다.

우레와 같은 박수와 환호를 받으며 우리는 강단에 올라섰다. 신문 기사와 텔레비전을 통해 우리의 소식을 접했던 이들은 쌍둥이 형제가 바로 앞에 있다는 사실이 신기한 모양이었다. 카메라 플래시가 쉴 새 없이 터졌고, 여기저기 비디오카메라를 들고 촬영을 하는 사람도 보였다.

장내 구석구석을 눈으로 짚어 가며 청중들의 얼굴을 찬찬히 보았다.

그들은 어린아이처럼 눈을 빛내며 우리들의 이야기에 주목하고 있었다. 모두가 아버지고 어머니이며 따뜻한 선생님 같아서 긴장은 순식간에 녹아 내렸다. 호흡을 가다듬고 다시 한 번 고개 숙여 인사함으로써 짧지만 의미 있는 스피치를 시작했다.

"2002년 월드컵 때 붉은 악마가 만들었던 카드 섹션이 기억나실 겁니다. 꿈은 이루어진다. 어찌 보면 너무나 간단하고 쉬운 이 문구는 제게 있어 너무나 많은 것을 의미합니다.

저는 꿈이 없는 아이였습니다. 꿈이 없는 채로, 텅 빈 눈으로 십여 년을 보냈습니다. 조산아였던 제 몸은 작고 초라했습니다. 때로는 허약한 제 몸을 미워할 만큼이요. 그리고 때로는 운명을 원망했어요. 저는 사실 여전히 그 시절과 다를 바 없는 풋내기입니다. 그리고 여전히 보잘것없는 약한 아이일지도 모릅니다.

하지만 지난 3년간만큼은 어느 누구보다 크고, 뜨겁고, 힘 있고, 열정적으로 살아 왔습니다. 비상하지 못하고 웅크리고 앉아 있던 여린 아이에게 꿈이 생겼기 때문이죠. 저는 그래서 이 자리에 서 있습니다. 어느 날 갑자기 꿈을 보았고, 그것을 열심히 쫓았고, 승산 없어 보이는 싸움에 깨지고 다치면서도 마침내 그 끝을 보았습니다. 꿈을 이룬다는 것은 바로 그런 것이었습니다."

나는 담담하고 솔직하게 이야기를 이어갔다.

"어느 날 새벽, 공부하다 보니 배가 너무 고팠어요. 컵라면이라도 먹어야겠다는 생각에 미지근한 수돗물을 받고 있었습니다. 고개를 들었더니 거울에 비친 제 모습이 보였어요. 그렇게 못 생기고 비참해 보일 수가 없더군요. 새까맣게 탄 얼굴에, 안 그래도 말랐는데 살이 더 빠져서 꼭 야생 동물 같아 보였습니다.

그때 눈물을 흘리며 저 자신에게 말했습니다. '지금 이 눈물은 아무도 보지 않았으면 하는 비참한 눈물이지만, 언젠가는 오늘의 눈물에 대해 자랑스럽게 말할 수 있는 날, 그날을 만들고야 말겠어'라고 말입니다. 그런데 정말 그날이 찾아왔어요. 바로 오늘 평범한 우리 형제에게 이토록 소중한 기회를 주신 여러분께 진심으로 감사드립니다. … (중략)

무엇인가 자신이 원하는 바를 위해 노력할 수 있다는 것은 큰 행복입니다. 물론 그 꿈을 이루기 위해 우리는 대가를 지불해야 하고, 헛된 망상이라는 주위의 편견과도 싸워야 합니다. 그러나 그런 장애물을 넘어 열망하던 소중한 꿈을 이루었을 때, 그 동안 흘렸던 눈물은 몇 배의 감동으로 보상 받게 됩니다.

제가 해성고 2학년 때 유학을 간다고 하자 주위의 많은 분들이 극구 반대하셨던 기억이 납니다. 수능시험을 1년 남겨 둔 시점에 뒤늦게 미국에 가 봤자 얼마나 잘할 수 있겠냐고 다들 회의적인 시각으로 저를 쳐다보았어요. 그러나 저는 굳게 마음먹었습니다. 훗날 그분들 모두를 놀라게 하겠다고. 그리고 피나는 노력 끝에 지금 이렇게 해냈습니다.

모든 일에 자꾸만 자신이 없어지고 포기하고 싶어질 때, 가만히 눈을 감고 바라던 일을 해냈을 때의 자신을 그려 보세요. 그렇게 멋질 수

쌍둥이 형제, 하버드를 쏘다

가 없을 거예요. 그 모습을 왜 머릿속에서만 그려야 하죠? 진실로 그렇게 되기를 원한다면 현실로 만들어야 하는 것 아닙니까? 어떤 어려움에도 굴하지 않고 꿈을 향해 달려가는 것보다 아름다운 일은 없습니다. 항상 마음속으로 'I Can Do It'을 외치며 하루하루를 마지막이라는 기분으로 최선을 다한다면, 우리가 이루지 못할 꿈은 없습니다.

여러분, 간절히 원하시는 무엇이 있으시다면 그것의 승률을 세지 마세요. 몇 할 몇 푼이라는 주변의 충고에도 귀를 닫아 놓으세요. 제가 본 꿈을 이룬다는 것은 바로 그것이었습니다. 당신이 그것을 진정으로 꿈꾼다면 이미 그 자체로 꿈의 승률이 100%라는 것."

연설은 성공적이었다. 기립 박수를 치며 웃는 아저씨도 보였고, 손수건으로 눈가를 닦는 아주머니의 모습도 보였다.

행사가 모두 끝난 후 우리 형제의 기사가 실린 신문을 들고 와서 사인을 부탁하는 사람들의 열성적인 반응에 우리 형제는 몸 둘 바를 몰랐다. 몇몇 사람은 함께 사진을 찍자며 우리를 둘러싸기도 했다. 그들은 한결같이 말했다. 오늘 가지고 가는 사인과 사진을 자녀들에게 줄 것이라고. 진정으로 꿈꾼다면 이루지 못할 일은 없다는 우리의 메시지를 전할 것이라고.

온몸에 전율이 일어날 만큼 벅차고 행복했다. 그런데 이상하게도 이 장면을 어디선가 본 듯한 느낌이 들었다. 지난 3년 동안 쓰러지려 할 때마다 눈물을 머금고 가슴속에 그리고 또 그렸던 바로 그 장면이었다.

"여러분, 간절히 원하시는 무엇이 있으시다면 그것의 승률을 세지 마세요. 몇 할 몇 푼이라는 주변의 충고에도 귀를 닫아 놓으세요. 제가 본 꿈을 이룬다는 것은 바로 그것이었습니다. 당신이 그것을 진정으로 꿈꾼다면 이미 그 자체로 꿈의 승률이 100%라는 것."

우리는 숱한 과거의 '나'들을 위해 이 책을 썼다. 남들보다 약한 아이, 남들보다 머리가 나쁜 아이, 남들보다 영어 발음이 안 좋은 아이, 남들보다 부끄러움이 많은 아이, 남들보다 여린 아이, 이제껏 경시 대회 한 번 못 나가본 아이, 민족사관 고등학교나 과학고, 외국어고 등의 특수고 진학은 꿈도 못 꿔 본 아이, 전교 1등은커녕 반 1등 한 번 못 해 본 아이, 숫기가 없고 겁이 많아 낯선 곳에서의 생활이 두려운 아이 등 그야말로 평범한 대한민국의 아이들을 위해서.

비록 당장은 아무것도 가지지 못했지만, 불가능해 보이는 꿈을 가슴에 품고서 부단히 노력하는, 그래서 마침내 꿈을 이룰, 제2, 제3의 재연과 재우들이 이 책을 통해 용기를 얻었으면 한다.

2005년 겨울에
안재우 · 안재연

>>> 재 연 이 말 하 다

하버드를 쏘다

하버드는 공부만 잘하는 모범생은 원치 않았다. 그곳은 특정 분야에서 각별하게 두각을 나타내는 '독특한 인재'를 원하는 학교였다. 하지만 우리에게는 국제 대회 수상경력이나 획기적인 소프트웨어 개발 등의 두드러지는 이력이 전무했다. 하버드의 관점에서 우리는 너무나 평범하고 보잘것없는 학생이었다. 우리는 우리 안의 '특별한' 무언가를 발굴해야 했다.

1 : 해피엔딩은 없다

행복의 비결은 즐거움을 얻기 위해 노력하는 것이 아니라,
노력 그 자체에서 즐거움을 발견하는 데 있다.

– 앙드레 지드

나는 몇 시간째 아무것도 하지 않고 컴퓨터만 바라보고 있었다. 마우스를 쥐었다 놓았다 하는 손에 땀이 찼다.

"야, 이메일 왔어?"

방문이 스르르 열리더니 재우*가 들어왔다. 녀석도 마찬가지로 얼굴에 근심이 가득했다. 12월 15일, 이날은 바로 운명의 날인 하버드 수시전형 합격자 발표일이기 때문이었다.

"아니, 아직."

"왜 여태 소식이 없지?"

"우리 떨어진 건가? 그래서 메일이 안 오나?"

"아니야. 설마…. 그리고 떨어져도 통지는 해줄 거야."

---

* 재우는 사실 3분 먼저 태어난 나(재연)의 형이다. 하지만 어렸을 때부터 존칭을 쓰지 않았기에, 지금도 형이라고는 거의 부르지 않는다. '야, 너'라는 말이 보다 일반적으로 쓰는 호칭이다. 대부분의 쌍둥이가 그렇겠지만 우리는 형제라기보단 친구 사이에 가깝다.

"컴퓨터 앞에 앉아 있다고 합격시켜 주는 것도 아닌데 도저히 자리를 못 뜨겠어."

"차라리 여기 앉아 있는 게 나아. 밖에서는 애들이 벌써부터 파티 준비한다고 열을 올리고 있어."

"뭐? 파티?"

그때였다. 블랜처드와 리즈비를 비롯한 몇몇 친구들이 요란한 소리를 내며 들이닥쳤다.

"Congratulations, the An brothers!"

"Wait! Not Yet! 애들아, 아직 아니야!"

당황한 나머지 영어와 한국어가 뒤섞여 나왔다. 순식간에 하얗게 질린 내 얼굴을 보자 아이들이 너스레를 떨며 말했다.

"Relax, guys. Who else but you twins deserves it? You'll get into Harvard for sure!(걱정 마. 너희 쌍둥이가 안 되면 누가 되겠어? 보나마나 들어갈 거야!)"

아이들의 확신 어린 말투는 나를 더욱 불안하게 했다.

과연 우리 형제의 간절한 염원은 이루어질까? 오늘 도착할 하버드 입학 위원회로부터의 이메일은 우리를 꿈으로 초대할까, 아니면 지옥에 데려다 놓을까. 재우는 미세하게 떨리는 내 어깨를 두 손으로 감싸 쥐었다.

"메일 한 번만 더 확인해 보고 우리 축구나 하러 갈까?"

재우는 어두운 낯빛을 애써 지우며 부드럽게 웃어 보였다. 순간 눈물이 핑 돌았다. 최악의 상황이 닥치더라도 재우와 내가 여전히 '함께'일 것이라는 사실, 이보다 더 큰 위안은 세상에 존재하지 않으리라.

어느새 학교 기숙사 창문으로 석양이 쏟아져 들어오고 있었다. 이메

하버드를 쏘다

일 아이디를 입력하는 손이 붉은 빛을 띠어 한결 비장했다. 메일함에 로그인하자 새 편지가 도착해 있었다.

'Harvard Early Action Decision(하버드 수시 전형 결정)'

"야, 왔다! 얼른 확인해 봐."

뒤에서 보고 있던 재우가 소리쳤다.

이메일을 열기 전 나는 심호흡을 하였다. 숨이 폐로 들어갔다가 다시 기관지를 돌아 나오는 과정이 무덤보다 깊고 무겁게 느껴졌다.

돌이켜 보면 저녁노을 한 번 마음 놓고 볼 여유 없이 달려온 날들이었다. 지난 2년간 하버드를 향해 달려 온 시간들이 노을빛으로 물든 모니터 위로 파노라마처럼 스쳐 지나갔다.

고등학교 2학년 중반을 넘어서며 결정한 유학길, 영어 열등생에서 미국 밸리포지 사관학교의 전교 수석과 차석을 나란히 차지하기까지 열정과 오기로 지새운 숱한 밤들. 그 결과 우리에게 주어진 GPA(Grade Point Average, 내신 성적) 4.0 만점, 전미 상위 1%의 SAT 성적, 그리고 하버드 서머스쿨에서의 최고 학점.

인상적으로 보일 수 있는 결과들이지만 세계 최고 중의 최고들만 모여 경쟁하는 대학, 하버드에서는 어찌 보면 특별할 것도 없는 성취일 수 있었다.

하버드는 공부만 잘하는 모범생은 원치 않았다. 그곳은 특정 분야에서 각별하게 두각을 나타내는 '독특한 인재'를 원하는 학교였다. 하지만 우리에게는 국제 대회 수상 경력이나 획기적인 소프트웨어 개발 등 두드러지는 이력이 전무했다. 하버드의 관점에서 우리는 너무나 평범하고 보잘것없는 학생이었다. 우리는 우리 안의 '특별한' 무언가를 발

쌍둥이 형제, 하버드를 쏘다

굴해야 했다.

말썽쟁이 쌍둥이로 정평이 나 있던 해성 고등학교 재학 시절부터 우리에게는 운동에 대한 남다른 열정이 있었다. 그래서 우리는 먼저 낯선 미국에서 엄격한 테스트를 통과해 축구부와 실내 축구부, 육상부에 입단했다. 그리고 이후 실력과 리더십을 인정받아 세 운동 팀에서 쟁쟁한 아이들을 제치고 당당히 주장 자리를 꿰찼다.

또한 어릴 적부터 닦아 온 바이올린 솜씨는 낯선 이국땅에서야 비로소 아름다운 재능으로 빛을 발했다. 한국에서였다면 입시 준비나 의욕 상실로 인해 아마도 악기 연습은 점점 뒷전이 되었으리라. 어쩌면 우리의 바이올린은 어느 순간 두꺼운 먼지로 뒤덮여 더 이상 노래하지 않았을지도 모른다. 그러나 우리는 밸리포지 사관학교에 와서 개교 이래 처음으로 현악 4중주단을 창단했고, 각지로 연주를 다니며 청중들로부터 박수갈채를 받았다.

그뿐이 아니었다. 한국에 대한 사랑으로 시작한 교내 코리언 클럽 회장, 유학생들을 돕기 위한 미국 가이드북의 집필, 사관학교의 병장으로서 한 부대를 지휘했던 경험, 합창부 섹션 리더로 활동하며 미국 각지에서 공연했던 활동 경력, 하버드 재료과학과 마이클 아지즈(Micheal J. Aziz) 교수 밑에서 보낸 60여 시간의 인턴 생활까지, 우리는 평범한 학생에서 운동선수로, 음악가로, 사관학교의 리더로, 작가로, 하버드의 보조 연구원으로 거듭났다.

이러한 능력들은 타고난 것이 아니었다. 하버드에 입학하고자 하는 불굴의 의지가 만들어 낸 산물이었다. 만약 하버드라는 특별한 목표가 없었다면 모두 시도하기도 전에 포기했을 일들이었다. 그랬기에 우리의 바람은 더욱 간절했다. 하버드가 우리의 노력을 조금이나마 인정해 주기를, 그리고 이 편지가 우릴 그곳으로 데려다 주기를.

"우리는 정말 최선을 다했어. 최악의 경우에도 후회는 없다."

운명으로부터의 통보가 모니터를 메우는 순간 내가 재우에게 한 말이다. 태양이 뿜어내는 최후의 빛으로 내 몸은 온통 붉게 달아올랐다.

Harvard Early Action Decision

하버드 입학 위원회는 학생의 원서를 꼼꼼히 검토해 본 결과, 지금 이 시점에서는 당신의 입학을 허가하는 최종 결정을 내리기가 힘들다고 판단했습니다. 하지만 당신의 놀라운 성취와 열정을 고려하여, 우리 입학 위원회는 최종 결정을 4월 1일로 연기하기로 결정했습니다.

"아! 제기랄."

저절로 욕설이 튀어 나왔다. 더 이상 읽어볼 필요도 없었다. 결과는 천국행도 지옥행도 아니었다. 결정은 봄까지 보류되었다. 알 수 없는 분노와 허탈감이 밀려 왔다.

우리는 알고 있었다. 수시 전형에서 입학 보류 판정을 받은 학생의 합격 가능성이 10%도 채 되지 않는다는 사실을. 수시 전형에서 선발되지 못했다는 사실은 우리의 성취에 무엇인가가 부족하다는 것을 의미했다. 그러므로 4월 1일 정시 전형 전까지 부족을 만회할 수 있는 뚜렷한 성과물을 하버드 입학 위원회 측에 보여 주어야만 했다.

그렇다면 참신한 연구를 해서 전문적인 수준의 논문을 추가로 제출할까? 3개월 남짓 동안 국제 수학 경시 대회를 준비해 상을 탈까? 그러나 유감스럽게도 이는 할리우드 영화 속에서나 가능한 허무맹랑한 스토리였다.

쌍둥이 형제, 하버드를 쏘다

게다가 우리는 책《A is for Admission》에서 'A polite defer(예의를 차리기 위한 거짓 보류)'라는 말을 읽은 바 있었다. 대학 입학 사정관인 저자 마이클 헤르난데즈(Michele A. Hernandez)는 'A polite defer'의 의미를 이렇게 설명한다.

절대적으로 우수한 학생일지라도 대학으로서는 정원 제한 때문에 어쩔 수 없이 불합격시키는 경우가 생긴다. 이럴 때 대학은 해당 학생의 모교를 기분 나쁘게 하지 않기 위해 표면적으로는 결정 연기(defer)를 통보한다. 그리고는 4월 1일 정시 합격자 발표일에 최종적으로 떨어뜨리는 것이다.

이는 하버드의 연기 결정이 그저 형식적인 예의일 뿐 미래를 기약하는 희망의 메시지가 아님을 의미했다. 생각이 여기에 미치자 '이제는 끝이구나' 하는 생각이 들었다. 구원은 어디에도 없어 보였다. 재우도 나와 같은 생각이었는지 얼굴빛이 다시 어두워져 있었다.

"아마도 우리 드라마가 해피엔딩은 아닌가 봐."

나는 고개를 바닥에 힘없이 떨어뜨리며 말했다. 눈물이 쏟아질 것 같았다.

"재연이 네가 항상 말했잖아. 해피엔딩으로 끝나는 드라마는 재미없다고. 반전이 한두 번쯤은 있어야 한다고. 4월 1일, 우리 인생의 첫 번째 반전이 시작될 거야."

재우는 애써 밝은 척했지만 떨리는 목소리에 슬픔이 묻어 났다.

'고난을 당했을 때 동요하지 않는 것이야말로 훌륭한 인물의 증거이다.'

베토벤이 한 말이다. 그의 말이 사실이라면 나와 훌륭한 인물의 간

극은 이미 엄청나게 벌어져 있었다. 결정 연기쯤은 어쩌면 고난 축에도 속하지 못하는 일이건만 나는 충격으로 심하게 동요하고 있었다. 마치 베토벤처럼 귀머거리가 된 것 같았다. 이어지는 친구들의 격려의 말이 귀에 들어오지 않았다. 그들은 입만 벙긋거릴 뿐 아무 소리도 내지 않는 것처럼 보였다.

우리는 잠시 동안 어색한 침묵 속에서 그 자리에 못 박혀 있었다. 그리고는 서로를 향해 간신히 웃어 보인 후 각자의 방으로 뿔뿔이 흩어졌다. 아마도 학교 수석과 차석인 우리 형제의 불합격 사실은 모두에게 다가온 대학 진학에 대한 불안감을 가중시켰으리라.

시작도 하기 전에 파티는 모두 끝났다.

나는 정말 내가 할 수 있는 모든 것을 다했다. 그러나 이런 나는 그저 발악하는 애송이에 불과했던가? 애초부터 안 되는 싸움이었나? 그토록 열망했던 하버드란 꿈을 성취하지 못하는 것인가? 지난 2년 반 동안 흘린 피눈물의 결과가 고작 이것이란 말인가? 도대체 왜 나를 받아 주지 않았는지, 합격한 학생들은 대체 어떤 부류의 사람들일지 궁금했다.

가슴 한구석이 짠하게 아려 왔다. 재우의 위로도, 친구들의 격려도 나를 달랠 수는 없었다. 천장에 붙어 있는 하버드 로고가 나를 비웃는 듯했다. 해는 완전히 져 버렸다. 나는 이불을 푹 뒤집어썼다.

12월 15일, 그날 밤은 나에게 있어 가장 추운 밤이었다.

쌍둥이 형제, 하버드를 쏘다

2 : 열한 장의 입학 원서

큰 재주를 가졌다면 근면은 그 재주를 더 낫게 해 줄 것이며,
보통의 능력밖에 없다면 근면은 부족함을 보충해 줄 것이다.

– J. 레이놀즈

"야, 코리언. 내가 말했지? 너희들은 절대 안 된다고."

동급생인 러시아계 미국인 얼데즈는 우리를 비아냥거리며 늘 이렇게 말했다.

그의 저주는 어느새 사실이 되어 있었다. 우리는 하버드와의 정면 승부에서 패배한 것이다. 결정은 유보되었지만 이미 우리의 마음속에서 불합격은 기정사실화되어 있었다. 깊은 절망이 우리를 무기력한 상태에 빠뜨렸다.

'하버드가 도대체 뭐기에 나를 이렇게 힘들게 하는가?'

나는 바랐던 것 같다. 얼데즈의 얼굴에 보란 듯이 하버드 합격 통지서를 던지는 장면을 말이다. 단지 영어가 미숙하다는 이유 하나만으로 우리 형제를 바보 취급하던 그에게 나는 복수하고 싶었나 보다. 그리고 증명하고 싶었던 것 같다. 타고난 천재는 없으며, 노력하는 바보가 종국에는 천재를 넘어선다는 사실을.

분했다. 축구를 좀 더 열심히 했더라면 하버드 축구팀에서 관심을 보이지 않았을까? 유학을 조금만 더 일찍 결심했다면 결과는 다르지 않았을까? 역시나 토종 한국인이 유학 2년여 만에 좋은 결과를 낸다는 것은 불가능한 일이었나? 의미 없는 후회였지만 도저히 멈출 수가 없었다. 그 당시 나는 계속 내 결점만 찾고 있었다. 가혹한 겨울이었다.

그로부터 사흘 뒤인 12월 18일 아침에 우리는 공항으로 향했다. 짧은 겨울 방학을 한국에서 보내기 위해서였다. 뉴욕 JFK 공항에는 싸락눈이 내리고 있었다. 어느 때보다 고요한 미국의 풍경은 지독한 혼란에 빠진 나를 더욱 쓸쓸하게 만들었다.

재우의 낯빛은 하얀 눈과 대비되어 더욱 어두워 보였다. 의젓하고 어른스러운 성격인 재우도 공항에만 도착하면 늘 아이처럼 들뜨곤 했었다. 사랑하는 부모님을 만나러 간다는 사실은 타지 생활에서 얻은 우울을 단번에 걷어 주었으므로. 우리에게 공항은 그간의 어두운 마음을 씻어 주는 정화의 장소였다. 그러나 이번만큼은 확실히 달랐다. 부모님께 좋은 소식을 전해 드릴 수 없다는 안타까움은 우리를 더욱 어둡게 했다.

그러나 다행히도 반 년 만에 돌아온 집은 여전히 포근했다. 방에 가방을 내려놓자 근처 초등학교에서 아이들의 공차는 소리가 들려 왔다. 묘한 감상에 젖어 있는 사이 어머니는 언제부터 요리를 시작했는지 달콤 짭짜름한 불고기 특유의 냄새가 집 안을 가득 메우고 있었다.

"야, 집에 오니까 진짜 좋다. 정말 천국이 따로 없구나."

"그러게. 나빴던 소식은 다 잊고 새로 시작할 수 있을 것만 같다."

"맞아. 아직 한참이나 남았는데…. 그걸 잊고 있었어."

"응. 보류 결정은 나중에 생각하고 일단 다른 일들에 매진하자."

이런 말을 주고받는 사이 우리는 웃음을 되찾고 있었다.

돌이켜 보면 하버드 대학 수시 입학 사정은 정말 시작에 불과했다. 그 후 우리는 열한 개의 원서를 쓰고 열한 번의 입학 심사를 받았다. 수시 전형에서 확실한 결과를 내지 못했다면 정시 전형에 더 많은 승부를 걸어야 했다. 대학이라는 인생의 중대한 결정 사항을 운명에게 떠넘기고 수수방관할 수는 없었다.

가장 먼저 해야 할 일은 원하는 대학의 리스트를 작성하는 것이었다. 어렸을 때부터 아픈 어머니를 옆에서 지켜보아 온 탓인지 우리의 마음속에는 어느새 의사가 되고 싶다는 소망이 뿌리내리고 있었다. 그래서 우리는 의학도의 길을 걷기 위한 첫 단계인 생물학과 생명공학 분야에서 양질의 교육을 제공하는 학교들을 우선으로 리스트에 넣기 시작했다. 듀크대, 존스홉킨스대, 콜롬비아대, 코넬대, 터프츠대, 다트머스대 등 총 11개의 학교들이 물망에 올랐다.

보통 학생들이 대여섯 개의 학교에 지원하는 점을 감안할 때 이는 누가 보기에도 많은 숫자였다. 더군다나 원서 제출 마감일까지는 불과 한 달도 채 남지 않은 기간이었다. 학교마다 지원 양식도 다르고, 원하는 에세이 주제도 천차만별이었기에 자칫하다간 시간에 쫓겨 죽도 밥도 안 될 위험을 감수해야만 했다.

하지만 합격의 기대를 품고 있었던 하버드에서 보류 소식이 날아온 이후 우리는 생각보다 치열한 입학 경쟁에 극도로 불안해져 있었다. 그리하여 '하나라도 붙어야 한다'는 절박한 심정으로 선택한 11개의 대학에 모두 지원하기로 마음먹었다. 그렇지만 그 많은 수의 대학 원서를 짧은 시간 안에 완벽하게 준비해 내는 것은 결코 쉽지 않은 일이었다.

합격의 기대를 품고 있었던 하버드에 서 보류 소식이 날아온 이후 듀크대, 존스홉킨스대, 콜롬비아대, 코넬대 등 11개 대학에 지원했다. 원서 작성을 위한 각종 서류로 우리 집은 아수라 장이 되어 버렸다.

"존스홉킨스대 줘 봐. 에에? 이 학교 에세이 주제는 뭐가 이렇게 까 다로워?"

"이력서 4부만 더 뽑아 봐. 여기 이 부분은 빨간색으로 써야 되는 거 아냐? 수정!"

"뉴욕대, 듀크대, 콜롬비아대, 에모리대. 주소 라벨이 모자라잖아. 인쇄! Hurry up!"

"코넬대, 다트머스대, 터프츠대는 원서 양식이 거의 비슷한데?"

"와, 다행이다. 몇몇 부분만 조금씩 바꾸면 될 것 같아."

열한 개의 대학 이름들이 재우와 나 사이에서 암호처럼 오고 갔다. 그렇게 12월이 끝나 갈 무렵 우리 집은 아수라장이 되어 있었다. 여기 저기 흩어져 있는 백여 장의 문서와 편지 봉투, 송금환, 그리고 수십 개 의 주소 라벨 등 원서용 서류와 파지 다발로 방 안은 발 디딜 틈이 없어 거실로 나가려면 애를 먹어야 했다. 열한 개의 에세이, 열한 개의 이력서, 열한 개의 추천서, 그리고 한국어 추천서의 번역 일까지, 2주 동안 작업한 원서 관련 문서의 개수는 지난 1년간 우리 형제가 밸리포지 사관학교에서 작성한 문서의 총합과 맞먹는, 실로 엄청난 양이었다.

그러나 우리는 좀처럼 힘든 줄을 몰랐다. 밸리포지 기숙사에는 없던 든든한 지원군이 생겼기 때문이었다. 바로 부모님이었다.

"재우야, 재연아. 배고프지?"

"애들아, 야참 먹자."

어떤 음악 소리보다도 감미로운 말이었다. 원서에 열중하느라 허기도 잊은 12월의 깊은 밤, 어머니는 따끈하게 찐 감자나 옥수수 같은 간식을 내 왔다. 김이 모락모락 나는 감자를 쥐고 있노라면 피곤은 어느새 저만치 달아나고 없었다. 또 어떤 날은 특A급 야식이라며 아버지가 손수 라면을 끓여 오기도 했다. 그때의 라면은 우리에게 최고의 자양강장제였다.

뿐만이 아니었다. 부모님은 각종 문서를 인쇄하고 대학 주소를 오려서 봉투에 붙이는 등의 번거로운 작업을 싫은 내색 한 번 없이 정성스레 도와주었다. 이러한 두 분의 전폭적인 지원이 없었더라면 열한 개나 되는 원서 작성은 불가능한 작업이었을 것이다.

원서 마감일 하루 전, 나는 이열 종대로 늘어서 있는 22개의 두툼한 갈색 봉투를 쳐다보았다. 원서 한 장 한 장이 나의 손길을 안 거쳐 간 것이 없었다. 우습지만 부모가 자식을 바라보는 느낌이 이런 것인가 하는 생각까지 들었다.

1월 1일 오후 4시 58분.

원서 마감일의 소인을 찍기 위해 가족 모두가 우체국으로 헐레벌떡

하버드를 쏘다

뛰어갔다. 자칫 잘못하면 듀크 대학으로 향하는 마지막 원서가 누락될 판이었다. 업무 종료 2분 전에 나는 우편 업무 담당자에게 서류 봉투를 거의 던지다시피 전했다.

쾅.

우체국 직원이 봉투에 도장을 찍는 순간 우리 가족은 누가 먼저라 할 것도 없이 환호성을 질렀다.

"아, 드디어 끝난 거야!"

"재연아, 설마 빠트린 건 없겠지?"

"당연하지."

"자자, 아빠가 오늘 술 한 잔 사마. 가자!"

그날 밤 우리 가족은 바에서 시원하게 맥주를 들이켰다. 부모님과는 처음 해보는 건배였다. 왠지 어른이 된 듯한 기분이 들었다. 마침 안주로 내가 좋아하는 쥐포까지 나와서 그야말로 금상첨화였다. 맥주 때문인지 맛있는 쥐포 때문인지 긴장이 한꺼번에 풀리면서 노곤해졌다.

'이런 게 진짜 행복이지.'

나는 소박한 감상에 젖었다. 맥주가 달다며 싱긋거리는 재우도 마찬가지인 듯 했다.

이렇게 원서와의 싸움을 이겨낸 그날 밤, 우리 가족의 파티는 밤이 하얗게 새도록 끝날 줄을 모르고 이어졌다.

3 : 우리가 스타라고요?

난 무엇을 위해 노래하고 있는 것일까?
뭐, 상관없지.
결국 중요한 것은 내가 누굴 향해 노래를 부르면 기분이 좋은가
하는 것이었어.

– 야마시타 카즈미의 만화 《불가사의한 소년》 중에서

시간은 빠르게 흘러 어느덧 차디찬 눈보라는 따스한 햇볕으로, 그리고 쌀쌀한 바람은 선선한 미풍으로 바뀌었다.

어머니의 건강이 좋지 않아서 밸리포지로부터 특별 휴가를 받은 우리는 한국에서 학업을 계속 진행하고 있었다. 그러던 어느 날 느닷없이 팩스 한 장이 날아 왔다. 3월도 어느덧 중반을 지나고 있었다.

Duke Undergraduate Admissions Office

지난 몇 개월간 20,000명이 넘는 지원자들의 원서를 자세히 검토해 본 결과, 당신의 성취는 그 어떤 지원자들에게도 뒤지지 않을 만큼 우수하다는 것을 알게 되었습니다. 그래서 우리는 당신을 상위 50명에게 주는 4년 장학금 수여자 후보 중 한 명으로 추천하기로 결정했습니다. 또한 지금부터 4월 1일까지 이변이 없는 한 우리는 당신에게 듀크 대학에 합격한 사실을 알리는 이메일을 보낼 것입니다.

"안재우! 이리 와 봐! 듀크대에서 온 편지야!"

"우와, 장학금까지 준다고?"

재우와 나는 갑자기 찾아온 희소식에 들떠 한바탕 난리 법석을 떨었다. 누가 봐도 합격 통보나 다름없는 편지였다. 남부의 하버드라 불리는 듀크대에서 미리 편지를 받다니! 게다가 4년 장학금을 받게 될지도 모르는 상황이었다.

기쁨을 주체할 수가 없었다. 듀크 대학은 우리가 전공하고자 하는 생명공학 분야에서 존스홉킨스 대학에 이어 미국 내 2위에 랭크되어 있었다. 또한 그곳은 재학생들의 만족도가 최고로 높은 대학 중 하나였다.

하버드 다음으로 가장 가고 싶었던 듀크대 합격 소식은 앞으로 닥쳐올 결과들에 대한 우리의 불안감을 조금이나마 가라앉혀 주었으며 우리의 어깨를 한결 가볍게 해 주었다. 이제 아무리 못해도 듀크대생이라고 생각하니 마음이 든든했다. 그러나 이는 다가올 축제를 예고하는 작은 신호탄에 불과했다.

4월 1일 저녁, 새로운 이메일이 속속들이 도착했다. 결과는 환상적이었다. 터프스대, 존스홉킨스대를 시작으로 다트머스대, 듀크대, 코넬대, 콜롬비아대, 리하이대에서 합격 소식이 전해졌다. 이후 며칠 동안 에모리대, 카네기멜론대, 보스턴 칼리지, 뉴욕 대학에 추가로 합격함에 따라 우리는 3개의 아이비리그 대학을 포함한 총 11개 대학으로부터 모두 합격 허가를 받았다.

집은 축제 분위기로 연신 들썩거렸다. 다들 소리를 지르며 방방 뛰어다닌 탓에 나중에는 목이 다 쉬고 기진맥진해졌을 정도였다.

그러나 아쉽게도 하버드만은 다시 한 번 나쁜 소식을 전했다. 우리는 최종 합격자 명단이 아닌 대기자 명단에 올라 있었다. 이는 이미 내년도 신입생 정원이 다 뽑혔다는 것을 의미했다. 이제 대이변이 없는 이상 합격은 불가능했다. 하지만 우리는 이 결과를 담담하게 받아들일 수 있었다.

'성공이란 결과로 측정할 것이 아니라 그것에 소비한 노력의 총계로 측정해야 한다.'

에디슨의 말이다. 우리는 진정 꿈을 향해 전력으로 달렸다. 그리고 그 꿈을 향해 소비한 노력은 어디에 내 놓아도 부끄럽지 않은 것이었다.

'더 이상 잘할 수는 없었어.'

이는 패배감에 전 넋두리가 아니었다. 최선을 다한 자만이 가질 수 있는 자부심이었다.

"Make Harvard ashamed of not having accepted you(너를 뽑지 않은 것을 하버드가 후회하게 만들어라)!"

힘없이 하버드 합격 보류 소식을 전했을 때, 밸리포지 생활 내내 우리를 적극적으로 지원해 주었던 생물 과목의 보스마 선생님이 한 말이다. 그렇다. 하버드에 들어가지 못했다는 사실은 다른 학교에서 다른 꿈과 열정이 새롭게 시작된다는 의미 외에는 아무것도 아니었다.

비록 진정으로 열망했던 한 가지 목표가 아프게 접혔으나 그와 동시에 새로운 목표가 하나 생겼다. 하버드가 자신의 결정을 두고두고 후회할 만큼 위대한 생명공학자가 되는 것, 이는 우리가 할 수 있는 가장 정직한 형태의 복수이자 내면의 상처를 다독이는 치료법이었다.

실패는 넘어지면 저절로 벗겨지는 안전장치와 같다고 했다. 실패가

하버드를 쏘다

있기에 우리는 안심하고 마음껏 도전할 수 있는 것인지도 모른다. 이렇게 가슴 한편에 영원히 남을 아쉬움을 달래고 있을 무렵 예기치 못한 전화가 걸려 왔다.

"안녕하세요. 안재우, 안재연 씨 댁이지요? 저는 연합뉴스의 홍기자라고 합니다."

순간 나는 전화가 잘못 걸린 것이 아닌가 의심했다. 지극히 평범한 우리 집에 기자가 전화할 이유가 없었다. 동네에 무슨 범죄라도 발생했나?

"아는 친구로부터 건너건너 소식을 들었습니다. 두 형제를 만나 꼭 인터뷰하고 싶습니다. 평범했던 쌍둥이 형제가 단기간의 유학 생활 끝에 미국의 여러 명문 대학에 합격했다는 사실은 많은 사람들에게 희망이 될 것입니다."

"죄송하지만 저희는 아무것도 한 게 없습니다. 더 뛰어난 학생도 많은데…."

"아닙니다. 그렇지 않습니다. 두 학생은 짧은 시간 내에 놀라운 결과를 거두었을 뿐 아니라 여러 면에서 다른 성공 사례보다 단연 특별합니다. 한국에 있을 때는 특별히 공부에 두각을 나타내지 못했다는 사실도 흥미롭습니다. 저희로서는 가능한 한 빨리 인터뷰를 하고 싶습니다."

"그렇다면 재우 형과 상의하여 다시 연락드리겠습니다."

"예. 그럼, 꼭 뵙기를 희망합니다."

급히 가족회의가 소집되었다. 우리 이야기가 언론에 소개되는 것은 한편으로는 흥분되고, 한편으로는 부담스러운 일이었다. 재우와 나는 뜻밖의 소식에 당황했지만 부모님은 좋은 경험이 될 거라며 한번 해보는 게 어떠냐고 권유했다. 결국 우리 가족은 승낙하기로 결정을 내렸고, 기자와 재차 통화한 후 다음날 아침으로 인터뷰 약속을 잡았다.

"밸리포지 사관학교는 어떤 곳인가요?"

"그곳은 평범한 고등학교와는 많이 다릅니다. 규율이 아주 엄격해요. 전원 기숙사 생활을 하고 새벽 5시 반에 일어나서 5분 만에 세수와 제복 입기를 마치고 연병장으로 집합해야 하죠. 한 사람이라도 낙오자가 있으면 전원이 기합을 받아요. 모든 것이 군대식이지요. 그곳을 추천한 분은 저희 영어 선생님이셨어요. 유학 생활 동안 자기 통제를 잃고 방황하지 않도록, 보기 드물게 엄격한 교풍이 있는 밸리포지를 추천하셨지요."

"한국에서 공부하던 때는 어떤 학생이었어요?"

"모범생과는 거리가 멀었어요. 쉬는 시간 10분 동안 교실 안에서 늘 축구 시합을 했어요. 책상 위에 칠판지우개 4개를 나란히 세워 네트를 만들고는 슬리퍼를 탁구채 삼아 탁구도 쳤죠. 쉬는 시간에도 공부하려는 아이들에게 방해가 되니 선생님께서 싫어하실 수밖에요."

재우의 대답에 어머니도 몇 마디 거들었다.

"아이들이 고등학교 2학년이 됐을 때 학부모 회의에 참석하기 위해 학교에 갔어요. 재우, 재연이 엄마라고 하니까 수학 선생님께서 '내가 전근을 가든지 걔들이 전학을 가든지 해야겠다'고 말씀하더군요. 형제가 공부보다는 반 아이들을 선동해 나가서 노는 것만 열심이라면서요. 다른 엄마들도 여럿 있었는데 얼마나 창피했는지 몰라요."

"어렸을 때 많이 약했다고 들었어요. 병이 있었나요?"

"아이들은 34주 만에 태어났어요. 그래서 많이 약했죠. 2kg도 안 되었으니까요. 인큐베이터에서 나온 지 한 달 만에 병원에 검진을 받으러 갔는데, 재연이의 머리가 아물지 않고 벌어진 상태로 있다고 뇌종양이나 뇌수종이 의심스럽다고 하더군요. 재연이를 다시 입원시키고 MRI 촬영을 위해 약물을 투여했는데, 마취에서 완전히 깨어나기 전에 우유를 먹이는 바람에 기도가 막혀 버렸어요. 인공호흡을 해서 겨우 살려 냈죠."

조산아로 태어나 죽을 고비까지 몇 차례 경험했던 우리의 유아기를 이야기할 때 어머니는 눈물도 조금 보였다. 우리는 어머니의 등을 쓸어내리며 차분히 인터뷰를 이어갔다.

"유학 가기 전 영어 실력이 궁금해요. 고등학교 2학년 때 처음으로 미국에 갔다던데 의사소통의 어려움은 없었나요?"

"처음에는 단 한 마디도 못 알아들었어요. 공항에 내렸을 때는 죽었구나 싶어 눈물까지 찔끔 나왔고요. 입학하자마자 영어가 모국어가 아닌 학생들을 위한 ESL반에 배정이 됐어요. 하지만 이를 악물고 열심히 노력한 결과 보통 1~2년은 있어야 나올 수 있는 ESL반에서 3개월 만에 탈출할 수 있었죠."

"노하우가 있다면 말씀해 주세요."

"일단은 통째로 암기하는 것이 비법 아닌 비법이에요. 책의 중요한 부분을 몇 번이고 반복해서 쓰고, 읽고, 말했지요. 정말 죽지 않을 정도로 노력했어요. 말더듬이 시늉을 하며 우리를 놀리는 서너 명의 아이들이 있었어요. 그들을 능가하겠다는 오기로 뭐든지 통째로 외웠어요. 그러다 보니 어느새 저도 모르게 실력이 늘어 있더라고요."

몇 가지 추가 질문 후에 인터뷰는 끝났다. 다행히 염려했던 것보다 어렵지 않았다. 기자가 돌아가고 몇 시간이 지나지 않아 인터넷 신문에는 우리의 기사가 올라 왔다. 인터넷의 속도가 얼마나 빠른지 실감할 수 있었다.

〈화제〉 쌍둥이 형제 美 11개 명문대 합격

　저체중 미숙아로 태어났던 쌍둥이 형제가 미국 10여 개 명문대에 나
란히 합격했다. 3분 차이로 형과 동생으로 갈린 안재우(18, 전주시 평화
동)·재연(앞과 동일) 형제는 최근 미국의 존스홉킨스대, 듀크대, 콜롬
비아대, 코넬대, 다트머스대 등 내로라하는 11개 명문대의 입학 허가를
똑같이 받고 '행복한 고민'에 빠졌다. … (후략)

　첫 기사가 나가자마자 휴대폰과 집 전화는 마비되었다. 중앙과 지방
일간지를 포함해 여덟 개의 신문사에서 합격 소식에 대해 문의하는 전
화가 쇄도했다. 그 중 몇몇 기자는 막무가내로 찾아와 사진을 찍어 가
기도 했다.
　다음날 아침 우리의 합격 소식은 각종 신문에 큼지막하게 실렸다.
KBS와 SBS 등의 방송사에서도 우리 집을 방문했다. 뉴스 방영분을 촬
영하기 위해서였다. 이는 전국에 방영되었다.
　라디오 프로그램의 섭외, 《여성동아》와 《우먼센스》 등 여성 잡지의
취재, 그리고 SBS의 〈김승현·정은아의 좋은 아침〉의 70분 특집 방송
에 이르기까지 숱한 언론 매체에서 우리를 찾았다. 뿐만 아니라 몇 달
후 모 학습지 회사로부터 광고 모델 제의를 받고 한석규 씨와 함께 CF
촬영을 하기도 했다. 그들은 한결같이 말했다.
　"재우, 재연군. 당신들은 쌍둥이 스타입니다. 연예인만 스타는 아니
지요. 당신들의 노력과 열정이 지금 수많은 사람들을 감동시키고 있습
니다."

하버드를 쏘다

우리의 합격 소식은 각종 신문에 큼
지막하게 실렸다. KBS와 SBS 등의
방송사에서도 우리 집을 방문했다.
뉴스 방영분을 촬영하기 위해서였
다. 이는 전국에 방영되었다.

뉴스를 제외하고는 첫 TV 출연이었
던 SBS의 〈김승현·정은아의 좋은
아침〉 특집 방송은 성공리에 끝났다.
녹화 현장은 내내 뜨거웠고 동시간
대 방송 중 최고 시청률을 기록했다.

뉴스를 제외하고는 첫 TV 출연이
었던 SBS의 〈김승현·정은아의 좋
은 아침〉 특집 방송은 성공리에 끝
났다. 녹화 현장은 내내 뜨거웠고 동
시간대 방송 중 최고 시청률을 기록
했다.

갑작스럽게 생긴 이 모든 일에 대
해 우리는 어찌할 바를 몰랐다. 24시
간 내내 전화가 쇄도하여 곤란도 많
이 겪었다. 난데없이 종친회에서도
전화가 왔다. 이는 족보에 기록해야
할 경사라는 것이었다. 또한 친척과
친구들, 그리고 선생님들로부터도
축하 전화가 끊이지 않고 걸려 왔다.
집 한구석에는 어느새 화환과 선물
이 수북이 쌓였다.

'우리 정도도 이런데 도대체 유명
인사나 연예인들은 어떻게 살아갈
까?'

나는 난데없이 그들의 삶이 궁금
해지기도 했다.

그 시기에 받았던 숱한 연락들 중
아직도 나를 감격시키는 한 통의 전
화가 있다. 그 시기 우리 가족은 쏟

쌍둥이 형제, 하버드를 쏘다

아지는 전화 세례에 무척이나 지쳐 있었다. 나는 눈살을 찌푸리며 힘없이 수화기를 들었다.

"여보세요?"

"안녕하세요. 저는 서울에 사는 두 아이의 엄마 되는 사람이에요. 어제 TV에 나온 쌍둥이 학생, … 맞나요?"

수화기 저편의 목소리는 조금 떨리는 듯 했다.

"네, 맞는데요. 저는 안재연입니다. 안녕하세요."

"아, 제가 잘 찾았군요. 정말 축하드려요. 사실 제 아이들도 조산아 쌍둥이거든요. 성장이 느리고 많이 아파서 너무 걱정이 됐는데 어제 방송 보고 큰 힘과 용기를 얻었답니다. 재연 학생이랑 재우 학생이 어찌나 고맙고 대견스럽던지…. 하루 내내 눈물이 그치지 않아서 혼났어요."

순간 내 가슴은 벅차 올랐다. 고맙다고 말하는 그분께 나는 오히려 더 큰 고마움을 느끼고 있었다.

"제 아이들이 워낙 약해서 정말 걱정도 많이 하고 과연 잘 커 줄 수 있을까 염려했어요. 그런데 어제 이후로 생각이 완전히 바뀌었지요. 너무 고맙단 말을 전하고 싶어서 전화를 했어요. 그 동안 고생을 정말 많이 했더군요. 다시 한 번 축하해요. 부모님께서 정말 좋아하시겠어요, 자랑스러운 아이를 둘이나 두어서."

"아니에요, 운이 좋았던 것뿐이에요. 정말 감사합니다. 이제부터 시작이라고 생각하고 더욱 열심히 하겠습니다."

그간의 고생이 한 통의 전화로 모두 위안 받는 기분이었다. 우리는 비록 누구도 할 수 없는 대단한 일을 한 것은 아니었다. 다만 우리의 작은 성취가 단 한 사람에게라도 힘이 될 수 있다면 그것만으로도 충

해성 고등학교 총동창회에서도 반가운 소식이 전해졌다.
학교 역사상 처음으로 우리에게 명예 졸업장을 수여하기로 결정했다는 것이었다.
우리는 더 이상 해성고의 문제아가 아니었다.

분히 가치 있는 일이 아니겠는가. 나는 유명해져서가 아니라 나의 작은 경험담이 누군가에게 힘이 될 수 있다는 사실 때문에 진심으로 행복했다.

얼마 후 해성 고등학교 총동창회에서도 반가운 소식이 전해졌다. 학교 역사상 처음으로 재우와 나에게 명예 졸업장을 수여하기로 결정했다는 것이었다. 예기치 못한 기쁨이었다. 수여식 당일 우리는 단상에 올라 영예로운 졸업장을 받았다. 모교의 은사들과 후배들이 치는 박수 소리로 학교 운동장이 떠나갈 듯 했다. 우리는 더 이상 해성고의 문제아가 아니었다. 족구 공으로 천장 타일을 깨부수곤 했던 지난날과는 이제 영원히 안녕이었다.

"재우야, 재연아, 너희들은 아니? 이 세상에서 가장 멋진 감정이 무엇인지."

"뭔데요?"

"바로 성취감이야. 그것은 표현할 수 없는 짜릿한 자극 같은 거지. 순간적으로 느끼는 아주 강렬한 감정 같은 거야. 하지만 그것을 맛보기란 쉽지 않아. 뚜렷한 꿈을 좇아 전심을 다해 달리는 자에게만 찾아오는 고유한 특권이거든. 나는 너희들이 미국에 가서 꼭 그것을 느껴보고 돌아왔으면 좋겠다."

2년 전 미국으로 떠나는 우리에게 아버지가 당부한 말이었다.

2005년 봄, 한국에 돌아오고 나서야 우리는 아버지가 말한 '그것'을 비로소 맛보는 듯했다. 성취감이라는 과실, 그것은 짜릿한 동시에 부드러웠고 또 달콤했다.

4 : 꿈의 이메일 'From Harvard'

Once you say you're going to settle for second,
that's what happens to you in life, I find.
2위로도 만족한다고 말하면, 당신의 인생은 그렇게 되게 마련이다.
– 존 F. 케네디

축제는 모두 끝났다. 화환과 선물들, 들떠 있던 마음을 정리하고 이제 제자리로 돌아갈 때였다.

4월과 5월, 두 달 동안 우리는 다시 학업에 열중했다. 우리는 5월 중순에 치른 5개의 AP 테스트에서 모두 만점을 획득했고, 밸리포지 사관학교를 수석과 차석으로 졸업하는 영광을 누렸다. 각종 인터뷰와 방송 출연 때문에 한동안 소홀했던 운동도 다시 시작했다.

평온 그 자체의 일상 속에서 우리는 더 없는 행복을 느꼈다. 다만 한 가지 고민이 있다면 바로 진학 결정이었다. 열한 개나 되는 대학이 우리 형제를 부르고 있었다. 어느 곳이 우리에게 가장 잘 맞을지를 가려내는 작업이 필요했다. 우리는 오랜 시간에 걸쳐 교수진과 캠퍼스 생활, 학술 연구 기회 등 각종 요소들을 면밀히 검토했다.

모든 것이 단연 최상인 학교는 듀크대였다. 최근에 지어진 최고 수준의 생명공학 연구 시설, 자유로운 캠퍼스 분위기, 인근의 병원들에서 학생들에게 제공하는 수많은 인턴 기회들이 우리의 마음을 끌었다. 총장이 직접 입학을 권유하는 서신까지 보낸 터라 우리는 전혀 망설일 이유가 없었다. 드럼라잇 선생님으로부터 뜻밖의 메일이 오기 전까지는 말이다.

무더위가 기승을 부리기 시작하던 6월 말, 우리 가족은 때 이른 휴가를 계획하며 한창 초여름 기분을 내고 있었다. 나는 국내 여행지 검색을 위해 컴퓨터를 켰다. 무심히 메일함에 로그인을 했는데 새 편지한 통이 와 있었다.

About Harvard Admissions Decision (하버드 입학 결정에 관하여)

참으로 생뚱맞은 제목이었다. 하버드 입학 사정은 이미 2개월 전에 끝나지 않았던가. 친구가 보낸 장난 메일인가 싶어 발신자를 확인해 보았는데 밸리포지의 드럼라잇 선생님이 보낸 것이었다. 무슨 일인가 하고 메일을 조심스레 열어 보았다.

안녕, 재우, 재연. 드럼라잇 선생님이다.

그 동안 어떻게 지냈니? 어머니의 건강은 많이 좋아졌다고 들었다. 정말 다행이구나. 너희가 곁에 있어 드려서 더욱 빨리 회복하신 것임에 틀림없어. 빠른 쾌유를 빈다고 안부 전해 드리렴.

이제 밸리포지 사관학교와 관련된 모든 일들이 다 끝나고 선생님도 달콤한 휴식을 취하고 있는 중이야. 이번 해는 그 어느 때보다 입시 성과가 좋고 모든 면에서 밸리포지가 한 단계 올라섰다는 평을 받아서 선생님은 기쁠 따름이다. 그 중심에는 너희 두 형제가 우뚝 서 있다는 것을 기억하길 바란다.

갑자기 이렇게 너희에게 이메일을 보내는 이유는 아주 좋은 소식을 전해 주기 위해서야. 오늘 아침, 하버드 입학 위원회의 샐리 하리라는 사람으로부터 전화를 받았다. 대기자 명단에 올라와 있는 몇 백 명의 학생들 중에 최종적으로 몇 명만을 골라내는 작업을 하고 있는데, 너희가 1차 시기를 통과했다고 한다. 이제 마지막 2차 회의를 거쳐서 최종적으로 선택된 학생들에게 합격 소식을 통보할 텐데, 워낙 유능하고 쟁쟁한 학생들만 모여 있는 마지막 그룹이라 누구 하나를 뽑고 떨어뜨리기가 정말 힘들다고 하더구나.

그러면서 그녀는 나에게 마지막으로 너희에 대해 더 말해 줄 것이 있느냐고 물었다. 마치 원서나 시험 점수로는 표현될 수 없는 중요한 무엇인가를 너희가 과연 가지고 있는지 알아보려고 하는 것 같았어.

나는 최선을 다해서 너희를 가장 강력하게 추천했다. 만약 하버드가 단지 천재적이고 영리한 학생이 아닌 따뜻한 가슴과 뜨거운 열정으로 주위의 사람들에게 많은 것을 기여할 수 있는 학생을 필요로 하는 곳이라면, 이 두 학생은 반드시 하버드에 가야만 한다고 말했다. 내 말이 끝나자 샐리는 웃으면서 아주 인상적이라고 말하더구나. 그러면서 결정은 머지않아 날 것이라고 했다.

자, 내가 줄 소식은 여기까지다. 최종 결정은 이제 곧 도착할 거야. 우리 모두 손을 모으고 기도하는 수밖에는 없겠지? 너희가 하버드에 합격하게 된다면 밸리포지 사관학교 77년 역사상 처음이라는 것을 알아 둬. 선생님은 너희가 정말 자랑스럽다. 한국에서 즐거운 시간 보내고, 하버드에서 연락이 오는 대로 바로 알려주면 고맙겠구나. 행운을 빈다!

이로부터 정확히 나흘 뒤에 내 메일함에는 또다시 새로운 메일이 도착해 있었다. 발신자는 Harvard Undergraduate Admissions Office. 하버드 입학 위원회로부터 온 것이었다. 수신자 칸에 재우와 내 이름이 각각 쓰인 것으로 보아 우리 둘에게 공통적으로 온 이메일인 듯 했다. 어느새 우리 가족 모두는 컴퓨터 주위에 모여 있었다. 떨렸으나 이번에는 동작에 망설임이 없었다. 과감하게 마우스 왼쪽 버튼을 눌렀다.

안녕하세요, 재우, 재연 학생.

나는 하버드 입학 위원회 소속의 샐리 하리라고 합니다. 너무 오랜 시간을 기다리게 해서 대단히 미안합니다. 우리 입학 위원회는 이제까지 가장 정확하고 옳은 결정을 최종적으로 내리기 위해 그 동안 두 학생을 포함한 수많은 지원자들에 관해 철저한 검토와 빈번한 의견 교환을 해 왔고, 오늘 이렇게 그 결과를 알려줄 수 있게 되어 기쁩니다.

축하합니다! 우리는 재우, 재연 학생에게 하버드 입학을 허락하기로 결정했습니다. 당신들이 보여준 노력과 성취는 우리 모두를 감동시켰습니다. 나는 두 학생이 모든 것을 신중히 고려한 후 가장 옳은 결정을 내릴 것이라고 믿어 의심치 않습니다. 어느 학교에 진학할 것인지 최종적으로 결정을 내린 후에 나에게 이메일을 보내 주면 고맙겠습니다.

다시 한 번 하버드에 합격한 것을 축하합니다!

– 샐리 하리

2002년 8월의 어느 날, 찌는 듯한 무더위가 연일 계속되어 바깥은 찜질방을 방불케 했지만 윌슨 선생님의 ESL 영어 교실만큼은 두 대의

커다란 에어컨에서 쌩쌩 불어오는 바
람으로 냉랭한 기운이 감돌았다.

아이들은 제각기 다른 언어로 신나
게 떠들고 있었다. 나는 인사라도 건
네고 싶었지만 영어 실력이 짧아 도
저히 엄두가 나지 않았다. 우리는 익
숙하지 않은 빡빡머리를 만지작거리
며 어색하게 자리만 지키고 있었다.
빨리 수업이 끝나서 기숙사로 돌아갔
으면 하는 마음뿐이었다. 한국어로
된 노래가 유난히 듣고 싶어졌다.

담당인 윌슨 선생님이 교실로 막
들어왔는데도 아이들은 여전히 천방

유학 초기 하버드에 가겠다는 우리
의 꿈을 지지해 주는 사람은 아무
도 없었다. 선의를 가진 대부분의
사람들은 좀 더 현실적인 목표를
세우라고 충고했다. 가벼운 사람들
은 대 놓고 비웃기도 했다. 그들은
의지력이 모든 것을 해결해 주지는
않는다고 말했다. 하버드는 너희들
과는 거리가 먼, 세계 각국에서 모
이는 천재들의 집단이라고 했다.
그러나 우리는 포기하지 않았다.
특출하지 않은 두뇌를 만회하기 위
해 작은 몸집으로 바삐 움직이며
그 누구보다 열심히 살았다.

지축으로 떠들고 있었다. 선생님은 교탁을 두 번 쾅쾅 치고는 그날의
대화 주제를 칠판에 썼다.

Where in America do you want to visit most(미국에서 가장 가보
고 싶은 곳은)?

윌슨 선생님 특유의 필기체는 알아보기가 매우 힘들었다. 칠판 글씨
해독의 어려움, 이는 아마도 대부분의 유학생이 수업 시간에 겪는 제1
의 난관일 것이다. 짧고 간단한 문장이었지만 상형문자만큼이나 읽기
곤혹스러웠다. 어느새 클래스의 다른 아이들은 공책에 부지런히 뭔가
를 쓰고 있었다. 몇 분이 지나서야 겨우 의미를 알아낸 나는 뒤늦게 펜

쌍둥이 형제, 하버드를 쏘다

을 움직이기 시작했다.

"카사스, 미국에서 가장 가보고 싶은 곳이 어디인가?"

얼마 후 윌슨 선생님은 내 뒷자리에 앉은 카사스라는 아이를 지목하여 발표를 시켰다.

"네, 식스 플래그(Six Flags)입니다. 미국에서 가장 스릴 넘치는 롤러코스터를 가지고 있는 놀이공원이라고 들었습니다. 규모도 상상을 초월할 만큼 크다고 하던데요?"

반 아이들은 공감한다는 듯 고개를 끄덕였다.

선생님은 계속해서 무작위로 이름을 불렀다. 산타 모니카 항구에서부터 라스베이거스의 호화 카지노, 그랜드캐니언, 마이애미의 나이트클럽, 콜로라도의 스키장까지 아이들의 대답은 천차만별이었다. 이윽고 내 이름이 불렸다.

"재연, 너는 가장 가보고 싶은 곳이 어디지?"

나는 잠시 침묵을 지키다 입을 열었다.

"하버드 대학입니다."

순간 교실에는 정적이 흘렀다.

"흥미롭구나. 이유를 물어 봐도 되겠니?"

"가장 좋은 대학이잖아요. 그래서 가고 싶어요."

나는 어눌한 영어로 더듬거리며 대답했다.

내가 하버드에 가보고 싶었던 이유는 '학생으로서 최고의 목표에 한 번 당차게 도전해 보겠다'는 것과는 전혀 거리가 멀었다. 당시 미국에 갓 온 풋내기로서 난 뚜렷한 목적의식을 가지기는커녕 앞가림하기에도 벅찬 상황이었다. 사실 나는 순전히 호기심 때문에 하버드를 가보고 싶었다. 세계 최고라는 명성을 자랑하는 대학이 어떤 곳인지 궁금했던 것이다. 또한 어린 마음에 하버드의 괴짜 천재들이 어떻게 생겨먹었는지도 보고 싶었다.

하지만 불행하게도 부족했던 내 영어는 졸지에 나를 하버드 진학을 희망하는 아이로 만들어 버렸다. 모자란 영어 실력으로 머릿속에 담겨 있는 본래 의도를 표현해 내기란 역부족이었다.

본의와는 다르게 어이없는 쪽으로 내 발표가 전달되자 학생들은 갑자기 소란스러워졌다. 선생님도 당황하는 기색이 역력했다. 간단한 회화조차 더듬거리는, 미국에 도착한 지 겨우 한 달도 채 안 된 유학생이 세계 최고의 대학인 하버드에 가고 싶다고 선언하다니! 어이가 없을 만도 했다.

"그럼 난 미국 대통령 한다고 할까? 주제 파악 좀 하시지? 말더듬이. 우린 지금 ESL 클래스에 있다고."

남미의 베네수엘라에서 온 콘데라는 아이가 나를 사정없이 비꼬았다. 아이들은 간신히 참고 있던 웃음보를 터뜨렸다. 갑자기 교실은 건잡을 수 없이 소란해졌다. 예상치 못했던 반응에 무안해진 내 얼굴은 홍당무가 되었다.

"자, 그만, 그만. 오늘 수업은 여기까지."

선생님의 말이 끝나기 무섭게 아이들은 교실 밖으로 뛰어 나갔다. 나와 재우만이 텅 빈 교실에 쓸쓸히 남겨졌다. 알 수 없는 부끄러움에 머리를 긁적이며 책상 위에 놓인 공책을 쳐다보았다. 짧은 문장이 못난 글씨로 삐뚤삐뚤 써 있었다.

I want to go to Harvard.

그로부터 3년이 지난 지금, 그때의 빡빡머리 풋내기 유학생의 눈앞에는 하버드로부터 온 합격 통지 이메일이 놓여 있다. 가슴 속 깊이 새겨 두었던 캘빈 쿨리지의 말은 바로 지금을 위해 있는 듯 했다.

'세상의 어떤 것도 강한 의지를 대신할 수 없다. 사람은 재능만으로 성공할 수 없는 법이다. 끈기 있는 노력과 강한 의지력만이 전능한 힘을 가진다.'

유학 초기 하버드에 가겠다는 우리의 꿈을 지지해 주는 사람은 아무도 없었다. 선의를 가진 대부분의 사람들은 좀 더 현실적인 목표를 세우라고 충고했다. 가벼운 사람들은 대 놓고 비웃기도 했다. 그러나 양쪽 모두 견해는 유사했다.

"너는 너무 평범해."

"준비가 너무 늦었어."

그들은 의지력이 모든 것을 해결해 주지는 않는다고 말했다. 하버드는 너희들과는 거리가 먼, 세계 각국에서 모이는 천재들의 집단이라고 했다. 그러나 우리는 포기하지 않았다. 특출하지 않은 두뇌를 만회하기 위해 작은 몸집으로 바삐 움직이며 그 누구보다 열심히 살았다.

지나고 보니 천재는 태어나는 것이 아니라 반절 이상은 만들어지는 것이었다. 지독한 노력과 정신력이야말로 전능한 힘이라는 캘빈 쿨리지의 말을 우리는 몸소 느끼고 있었다.

I want to go to Harvard.

못난 글씨로, 짧은 영어로 삐뚤게 쓴 나의 꿈이 마침내 눈앞에 있었다. 메일의 마지막 대목을 반복해서 읽었다. 등 뒤에서는 재우와 어머니, 아버지의 흐느낌 섞인 탄성이 이어졌다. 나는 벅차오르는 가슴을 진정시키며 눈을 지그시 감았다. 여태껏 이 순간을 위해 아껴 온 눈물이 뺨을 타고 흘러 내렸다.

"해냈어."

Chapter 2

>>> 재 우 가 말 하 다

약골에서 말썽쟁이로

담임선생님과의 면담 이후 반성하고 공부를 해 보려 했으나 영 집중이 되지 않았다. 더 이상 공을 못 차게 된 다리가 근질근질했던 것이다. 책을 쳐다봐도 계속 잡생각만 떠올랐다. 쉬는 시간까지 좁은 자리를 지키고 앉아 교과서에 밑줄 긋는 생활은 내게 도무지 맞지 않았다.

1 : 사선을 넘어

미래를 직접 만들어 가며 인생의 주인이 되라.
– 쌍둥이 엄마 김진례

출산을 마친 어머니는 지친 모습으로 잠들어 있고, 아버지는 담당 의사와 이야기를 나누고 있다. 1986년 2월 전북대학병원의 한 병실에서였다.

"아기들은 무사한가요?"

"걱정하지 마세요. 둘 다 무사합니다. 다만…"

"혹시 우리 애들한테 무슨 일이 생겼나요?"

"건강상에 조금 문제가 있습니다. 예상하시겠지만 34주 만의 조산이라 아기들이 면역력이 매우 떨어져요. 특히 둘째 아이는 1.4kg밖에 안 됩니다."

"상태가 얼마나 안 좋은 겁니까? 다른 이상이 있는 것은 아니지요?"

"지금으로써는 상황을 단정하기 어렵습니다. 일단은 경과를 지켜봐야 해요. 산모의 경우도 몸이 많이 약해진 상태라 절대적인 안정이 필요합니다. 가족 분들의 각별한 간호가 요구됩니다. 그리고 아기들은

쌍둥이 형제, 하버드를 쏘다

인큐베이터 속에서 편안하게 휴식을 취하고 있으니 걱정 마십시오. 참, 세균 감염의 우려가 있어 피부 접촉은 당분간 금지됩니다."

의사가 병실을 나가자 어머니는 뒤척이더니 간신히 눈을 떴다.

"우리 애들은?"

"지금 인큐베이터 실에 있어. 몸이 약하대."

"아, 우리 불쌍한 아기들. 한 번만, 한 번만 안아 보고 싶어요."

"세균 감염 때문에 인큐베이터 밖으로 데리고 나올 수는 없대. 당분간 안아 보기는 힘들 것 같아."

"그럼 내가 직접 가서 얼굴이라도 봐야겠어요."

어머니는 몸을 일으켰다. 아버지는 무리하게 몸을 움직이는 어머니를 만류했다.

"여보, 이러지 마. 당신에게는 휴식이 필요해. 애들은 내가 보고 올 테니 당신은 좀 더 자고 있어요."

"내 새끼들 보기 전까지는 누워도 눈이 감기지가 않을 것 같아요. 같이 가요. 제발!"

어머니는 지친 몸을 아버지에게 의지한 채 우리가 있는 인큐베이터 실로 걸음을 옮겼다. 도중에 다리가 풀려 몇 번이나 바닥에 주저앉을 뻔했다.

아버지는 지난날을 이렇게 회상했다.

"하지만 결국 인큐베이터 실 앞에서 너희 엄마는 슬픔의 눈물을 쏟아야 했지."

"왜요?"

"너무나도 작고 여린 너희 두 천사들을 만질 수도, 안을 수도 없었으니까."

2kg도 채 안 나가는 우리 쌍둥이는 차가운 유리창으로 막혀 있는 인큐베이터 실 안에서 커다란 주사 바늘을 머리에 꽂고 새근새근 자고 있었다. 우리는 부족한 영양분을 제공해 줄 링거 주사와 고열을 식히기 위한 해열 주사 등을 맞아야 했다. 그러나 바늘을 꽂을 곳이라곤 머리 부분에 불거져 나온 혈관밖에 없었다고 한다. 그래서 어쩔 수 없이 굵직한 바늘과 튜브는 우리들의 작은 이마 부분에 연결되었다. 상상만 해도 끔찍하고 두려운 광경이었다.

1986년 2월 20일

재우와 재연이를 보러 온 복도 끝의 인큐베이터 실.

면역력이 약한 아이들이라 외부인은 출입 금지란다. 나는 외부인이 아니라 너희들의 엄마인데…. 너희 건강 때문인지 알면서도 왠지 병원의 결정이 야속하게 느껴져.

너희들을 가장 가까이 볼 수 있는 창문에 붙어 서서 물끄러미 쳐다보기만 하는 수밖에 엄마는 별다른 도리가 없다.

재우는 내가 이렇게 지켜보고 있는 걸 아는지 살며시 웃는다. 예쁜 눈이 너무 귀여운 재우. 안아 주고 싶지만 이렇게 지켜봐야 하는 엄마의 마음은 검게 타 들어 간다. 3분이지만 또 형이라고 동생보단 의젓한 것 같네.

재연이를 볼 때면 형 재우보다 더 작은 몸집 때문인지 기쁨보다는 걱정이 앞선다. 이마에 사정없이 꽂힌 주사기들이 보인다. 애가 무슨 잘못이 있기에 태어나서부터 저런 고생을 해야 할까. 힘든지 통 미소 짓지 않는 재연이를 엄마는 차마 더 이상 볼 수가 없다. 내일은 우리 재연이가 웃는 모습을 한 번 보면 좋을 텐데.

잘 자라 애들아.

임신 34주 만에 태어나 채 2kg도 안 나가
는 우리 쌍둥이는 한동안 인큐베이터 신세
를 져야 했다.

　어머니가 쓴 육아일기 중 한 대목이다. 일기에는 우리가 뱃속에 있
던 때부터 인큐베이터에서 나오기까지의 석 달 남짓 동안이 하루도 빠
짐없이 기록되어 있었다.

　"가끔 너희들이 인큐베이터 안에서 응애응애 울 때면 얼마나 애가
탔는지 몰라. 등에 업고 달래 주고 싶은데 안으로 들어갈 수는 없으니
그게 얼마나 괴롭던지…. 아주 가끔 간호사가 창문 가까이로 너희를
안고 와 줘서 유리 너머로 방긋 웃는 너희 모습을 볼 수 있었던 것이
엄마에게는 최고 행복이었지."

　어머니는 과거를 회상하며 가끔 그때 이야기를 조심스럽게 꺼낸다.

　"너희 둘을 출산할 때가 가까웠을 때 엄마는 여러 병원을 돌아다녀
야 했단다. 왜냐하면 거의 모든 병원들이 유산을 권유했거든. 체구가
작은데다 다른 질병 문제도 심각해서 정상적인 분만은 힘들다고 했어.
하지만 엄마는 절대로 너희 둘을 포기할 수 없었단다. 그래서 전주 시
내 거의 모든 산부인과를 다 찾아 다녔어. 그 결과 겨우 출산을 시도해
보자는 의사를 찾을 수 있었지."

　"으아, 정말? 그럼 그때 엄마가 의사 선생님들 말대로 유산을 택했

다면, 우리는 이렇게 자라기는커녕 엄마를 만나지도 못할 뻔했네?"

우리가 요란하게 호들갑을 떨자 어머니는 이렇게 대답했다.

"맞아. 그러니까 말했듯이 우리 재우, 재연이는 하늘의 선택을 받은 거야. 애들아, 인생은 순간순간이 선택의 연속이란다. 작게 보일지 모르는 선택이라도 나중에는 반드시 어마어마하게 큰 결과가 따르게 돼. 그렇기 때문에 무슨 결정을 할 때에는 반드시 네가 네 인생의 주인으로서 스스로 그 선택을 만들어야 하는 거야. 그리고 훗날 뒤를 돌아보면서 '아, 내가 그때의 현명한 선택 덕분에 지금 이런 결과를 얻었구나.' 이렇게 말할 수 있도록 최선을 다해 노력해야 해."

위험한 출산을 고집했던 자신의 선택을 자랑스럽게 여기는 어머니. 우리는 '인생은 순간순간이 선택의 연속'이라는 말을 곱씹으며 어머니의 이야기 속에서 생명까지 아낌없이 내거는 크나큰 모정을 느끼곤 한다.

이렇게 34주 만에 세상을 본 우리 조산아 쌍둥이는 어려운 만큼 소중한 세상의 아침을 맞이했다. 그리고 시작했다. 인큐베이터 바깥세상으로 나가기 위한 힘찬 첫 번째 발길질을!

2 : 약골 쌍둥이

친절해라.
왜냐하면 당신이 만나는 사람 대다수는 지금 힘겨운 싸움을
하고 있는 중이니까.
— 조 페티

우리는 조산아로 태어나 선천적으로 몸이 약했다. 보통의 아이들은 생후 12개월을 전후해 '아장아장' 걸어 다닌다고들 하는데, 나와 재연이는 18개월이 지나도 걷기는커녕 일어서는 것조차 못했다. 뭔가를 잡고 일어서려고 꼬물거리다가도 약한 하체를 '부들부들' 떨다 주저앉기 일쑤였다고 한다. 걸음마를 쉽게 할 나이가 되었음에도 불구하고 우리는 무릎으로 엉금엉금 기어 다니기만 했다.

어머니는 다시 한 번 깊은 근심에 휩싸였다.

'이러다가 애들이 못 걷는 것은 아닐까?'

우리를 벽에 붙여 놓고 걷게 하거나 걸음마를 위한 각종 보조 기구를 사용하는 등 어머니는 온갖 노력을 다해 보았다. 하지만 그때마다 옆으로 힘없이 픽픽 쓰러지는 우리를 보며 깊은 불안감에 빠졌다.

"엄마 친구의 아이들은 아장아장 걷는 데 비해 아직 걸음마조차 못하고 있는 너희들을 보면서 하루 종일 별별 걱정을 다 했단다. 애들이

앞으로 커서 사람 구실이나 할 수 있을까, 혹시 이러다가 앉은뱅이가 되는 건 아닐까 하면서…."

어머니의 걱정을 더욱 가중시킨 것은 우리의 식습관이었다. 유아기의 우리는 아무리 맛있는 것을 먹어도 제대로 입에 대는 일이 드물었다고 한다. 다른 아이들보다 절반이나 작게 태어났기에 많이 먹고 무럭무럭 커 주길 기대했던 어머니는 우리가 먹는 것을 싫어하자 크게 좌절했다. 가장 작은 사이즈인 120cc짜리 우유 하나도 둘이서 다 먹질 못했다. 이러다 영양실조에 걸리는 것은 아닐까 싶어 병원에 갔으나 뾰족한 방법이 없었다.

우리는 특히 이유식 먹는 것을 죽기보다 싫어했다고 한다. 입에 갖다 대면 헛구역질을 하며 억지로 게워 낼 정도였다니 상당히 까다로운 아기들이었던 모양이다.

결국 우리는 모두의 예상대로 상당한 약골로 자랐다. 또래의 아이들보다 면역력이 월등히 떨어져 각종 질병을 자주 앓았다. 자연히 결석을 밥 먹듯이 했다. 유행성 감기나 전염성 질환이 돌았다 하면 그냥 피해 가는 일이 한 번도 없었다. 예방 주사 덕분에 다행히 큰 병은 넘길 수 있었지만 예방법이 딱히 없는 잔병들은 늘 달고 살았다. 이는 정신적인 면과 재정적인 면, 양쪽 모두에서 부모님을 힘들게 했다. 게다가 누가 쌍둥이 아니랄까 봐 병이 나도 꼭 동시에 앓았다.

"집 근처에 있는 소아과 선생님이 너희들이 하도 병원을 제집 드나들듯이 하니까 나중엔 미안해서 가격을 대폭 깎아 주어야겠다고 농담까지 하더라. 간호사 언니들도 정이 들어서 너희들을 친동생처럼 예뻐해 주었지."

이렇듯 약골인 우리 때문에 온 가족은 한시도 마음을 놓을 수 없었다. 할머니뿐 아니라 근처에 살았던 이모와 사촌형들까지 수시로 우리 집에 들렀다고 한다. 부모님이 직장에 간 사이에 딱히 돌봐 줄 이가 없는 우리 쌍둥이를 번갈아 돌봐 주어야만 했기 때문이다. 이처럼 알게 모르게 우리의 성장을 위해 노력해 준 주변인들의 노고가 있었기에 오늘의 '행복한' 우리가 존재하는 셈이다.

3 : 쌍둥이네 숨겨진 교육법

어릴 때에 배움을 소홀히 하는 자는 과거를 상실하고 미래도 없다.
– 에우리피데스의 《프릭쿠스》 중에서

"감추어 놓은 교육 비법이 도대체 뭐냐? 도대체 어렸을 때 어떤 교육을 시켰기에 애들을 둘 다 하버드에 보냈느냐?"

한동안 어머니와 아버지를 끈질기게 괴롭힌 질문이다.

두 분 모두 교육자 출신이다 보니 사람들은 더더욱 '뭔가 숨겨 놓은 교육법이나 양육 노하우'가 있을 거라고 생각하는 모양이다. 그러나 두 분은 정말 아무리 생각해 보아도 마땅히 대답할 거리가 없다고 한다.

"비법이 없어서 너무 민망할 정도입니다. 조기 교육, 영재 교육은커녕 학원 한 번 제대로 못 보내 주었으니까요. 우리 부부가 재우, 재연이한테 어려서부터 확실한 뭔가를 해 줬더라면 아이들 앞에서도 떳떳하게 밝힐 수 있을 텐데…. 그리고 지금도 교육 때문에 어려움을 겪는 많은 부모들에게 좋은 지표가 될 수 있을 터인데…. 정말 아무것도 한 것이 없으니 곤란한 노릇이 아닐 수 없습니다. 다만…."

이렇게 우리 어머니와 아버지의 숨겨진 교육법은 '다만'이라는 소박한 부사어로부터 시작된다.

잠재 가능성을 펼치는 최고의 방법은 놀이 연습을 하는 것이다.

인내하라! 그 모든 놀이가 훗날 당신의 많은 문제를 극복하는 힘이 될 것이다.

또한 당신이 원하는 곳으로 원하기도 전에 데려다 줄 것이다.

게르하르트 골비처의 책 《꿈을 꾸며 자기를 표현하라》에 나오는 말이다. 그는 잠재 능력의 계발을 위해 놀이 연습을 적극적으로 권한다. 우리 부모님은 이러한 골비처의 주장을 양육 과정 속에서 적극적으로 실천한 분들이다. 부모님의 숨겨진 교육법은 다름 아닌 '놀이'였다.

"공부는 시키지 않았습니다. 다만 적극적으로 있는 힘껏 놀아 주었지요."

듣는 이에 따라 부모님의 대답을 기만적이라 여길 수도 있을 것 같다. '공부가 가장 쉬웠어요'라는 서울대 수석 입학생 장승수 군의 말이 당시 많은 수험생들의 공분과 원성을 샀던 것처럼 말이다. 가진 자의 여유라든가 진실의 왜곡쯤으로 여겨질 가능성이 농후하다. 그러나 다시 한 번 강조하자면 이는 거짓말이 아니다.

어린 시절 부모님이 가르쳐 준 두 가지 놀이를 하지 않았더라면 아마도 우리는 하버드에 입학하는 영광을 누리지 못했을 것이다.

첫 번째 놀이는 아버지가 가르쳐 준 '공놀이'였다.

어린 시절 우리는 매사에 자신감이 없는 아이였다. 얘기하는 사람을 못 쳐다볼 정도로 수줍음이 많았고, 소극적인 성격 탓에 모르는 사람

어린 시절 부모님이 가르쳐 준 두 가
지 놀이를 하지 않았더라면 아마도 우
리는 하버드에 입학하는 영광을 누리
지 못했을 것이다. 그것은 공놀이와
바이올린이었다.

앞에서 말하는 것을 극도로 꺼렸다. 간혹 있는 친척 모임 때면 우리 형제가 가진 성격상의 단점은 더욱 확연히 드러났다. 깜찍한 춤과 노래 실력을 발휘하며 갖은 재롱을 다 떠는 여느 아이들과 달리, 우리는 애 늙은이처럼 방 한구석에서 책만 뒤적거리고 있었다. 어른들에게 제대로 인사도 하지 않은 채로 말이다. 극심한 우리의 내성적 성향과 비사교성은 부모님의 큰 근심거리 중 하나였다.

아버지가 생각해 낸 문제 해결책은 각종 공놀이였다. 축구공, 야구공, 농구공, 배구공, 배드민턴 공, 심지어 캐치볼까지 아버지는 우리 가까이에 여러 종류의 공을 놓아두었다. 이런저런 공과 친숙해지다 보면 자연스럽게 공으로 하는 여러 운동들과도 가까워지고, 또 운동에 취미가 붙으면 성격이 좀 활발해지지 않을까 하고 생각했던 것 같다.

아버지의 판단은 적중했다. 운동의 '운' 자도 모르던 우리는 눈앞에 굴러다니는 다양한 공들을 만져 보며 운동에 흥미를 느끼기 시작했다. 공을 튕기고, 집어 던지고, 발로 차고, 심지어 이빨로 깨물었다. 결국 거실은 우리 형제의 경기장이 되고 말았다. 집 안에서 우리는 실내 축구와 농구, 미니 야구를 하며 온몸이 땀으로 축축해질 때까지 실컷 뒤엉켜 놀았다. 신이 난 우리는 마구 활개를 쳤다.

당연히 아래층에 사는 주민들의 항의가 여러 차례 있었다. 멀쩡하던 화분이나 컵을 깨 먹기도 했다. 하지만 부모님은 그런 우리의 잘못을 크게 나무라지 않았다. 아마도 운동에 대한 적극성을 잃지 말라는 뜻에서 너그럽게 배려해 준 것 같다.

운동은 쌍둥이 특유의 경쟁적 성향도 밖으로 끌어내 주었다. 우리는 서로에게 지지 않으려고 갖은 용을 다 썼다. 이는 선의의 경쟁이었기에 트러블로 이어지는 일은 없었다. 오히려 우리는 이를 통해 협력과 페어플레이, 패배를 깨끗이 인정하는 법 등을 배웠다.

"슛! 골인!"

"와, 녀석들 대단한데. 좀 있으면 아빠를 능가하겠어!"

"당연하죠, 아빠. 재우 너도 방심하지 마! 내가 금세 따라잡을 테니까."

"제법인데? 얼마든지 도전해 봐. 계속 이겨 줄 테니까."

우리는 매주 토요일 오후를 손꼽아 기다렸다. 일주일에 한 번 아버지와의 체육대회가 있는 날이었기 때문이었다. 축구 시합부터 농구, 배구, 발야구 대항전까지 집 근처의 공원에서 벌어지는 이 시합에 대한 우리의 승부욕은 뜨거웠다. 이는 세상에 태어나 처음으로 품어 보는 열정이었고, 올림픽의 성화처럼 우리의 가슴속에 들어와 활활 타올랐다.

시간이 지날수록 우리는 부모님의 바람대로 서서히 내성적인 성격에서 벗어났다. 매사에 전에 없던 자신감이 생겼으며 친구도 많이 생겼다. 운동은 훌륭한 사교의 방편이었다. 팀 경기를 하면서 자연스럽게 또래의 아이들도 이끌게 되었고, 허약하기만 했던 몸도 점차 튼튼해지기 시작했다.

두 번째 놀이의 대상은 '바이올린'이다. 이는 어머니가 가르쳐 준 것이었다.

힘든 몸 때문에 침대에 누워 있는 때가 더 많았던 어머니가 하루도 빠짐없이 챙겨서 한 일이 바로 우리의 바이올린 연주를 경청하는 것이었다.

"우리 꼬마 연주자님들, 오늘 연습 많이 했어요?"

"두 시간 정도 했어요."

"그럼, 오늘도 한번 신나게 해 볼까요. 엄마가 저녁 준비하는 동안?"
"네!"

어머니는 우리의 어설픈 연주를 매일매일 들어 주었다. 이 때문에 악기 연습은 취미나 공부라기보다는 '습관'이 되었다. 때로는 어설픈 연주 때문에 꾸지람을 듣기도 했지만 한 곡을 성공적으로 끝낼 때는 칭찬도 아끼지 않는 어머니였다.

훌륭한 비평가이자 후원자인 청중 한 명을 얻은 우리 형제는 바이올린의 선율에 더 깊이 빠져들었다. 텅 빈 집에서 쓸쓸히 어머니를 기다리던 우울한 시간들과는 안녕이었다. 이제 어머니 대신 집 안을 가득 채우는 아름다운 소리가 있었다. 바이올린 연주는 우리에게 진정한 몰입의 즐거움을 가르쳐 주었다.

미국 유학 생활 중에서 가장 힘들었던 시기인 첫 해, 자주 한국으로 전화를 걸어 앓는 소리를 늘어놓자 하루는 어머니가 이런 편지를 보내 왔다.

사랑하는 아들 재우야!

연일 30도를 웃도는 날씨 때문에 모두들 지쳐 있다. 엄마도 요즘 더위를 먹었는지 밖에 나가기가 두렵구나. 거기는 어떠니? 여기 한국이랑 날씨가 거의 비슷하다고 들었는데, 더운 날씨에 공부하랴 훈련 받으랴 정말 힘들겠구나.

얼음 통을 들고 금세 달려가서 지친 너의 마음과 머리를 식혀 주고 싶어도 우리 사이를 태평양이라는 거대한 장애물이 가로막고 있으니 답답하기만 하구나. 엄마가 마음으로라도 얼음 덩어리들을 한 움큼 너에게 뿌릴게.

약골에서 말썽쟁이로

알았지?

근래에 부쩍 잦아지는 너의 전화에 엄마는 많은 생각을 해. 곁에 있으면 좋으련만 너와 멀리 떨어져 있는 내 자신이 아쉽기도 하고, 한편으론 혼자 부닥치는 어려움을 헤쳐 나가려고 아등바등 안간힘 쓰는 너의 모습이 자랑스럽기도 하고, 정말 대견하다.

요즘 이런 생각을 한단다. 신기하게도 너희가 이렇게 커 나가는 과정이 어릴 적 바이올린을 배워 나갔던 과정과 너무 똑같다는 생각을. 처음 바이올린을 움켜쥐고 서툴게 내던 둔탁했던 소리, 그 들어 주지도 못할 정도로 부끄러웠던 소리가 이제는 봄바람처럼 부드럽고 편안한 선율로 바뀌었잖니.

갓 태어나 작은 개구리같이 힘없는 너희들을 보면서 얘네들이 커서 사람 구실이나 제대로 할 수 있을까 하는 걱정을 많이 했었다. 너무나 볼품없이 작았던 너희들이 이렇게 세계의 아이들과 경쟁하는 어엿한 아이들로 커 주리라고는 정말 기대조차 하지 못했던 일이야. 마치 귀를 따갑게 하던 고약한 바이올린 소리가 매끄러운 멜로디로 탈바꿈한 것처럼, 너희도 그 생기 없는 갓난아기에서 이렇게 의젓한 청년으로 성장했다는 거, 너무 비슷하지 않니?

사랑한다. 그 작던 네가 이렇게 의젓한 아들로 커 주었다는 게 엄마는 눈물 나게 고맙다. 아직도 엄마는 너희가 처음 바이올린을 시작하던 걸 기억해. 그땐 엄마와 갈등이 참 많았지. 하지만 지금을 봐. 네가 아름다운 연주를 하는 모습, 얼마나 멋진 모습이니?

많은 걸 담기 위해서는 큰 그릇이 필요해. 그 큰 그릇을 만들기 위해서는 많은 시간과 인내가 필요하고. 지금 힘든 너의 시련을, 앞으로 네가 따게 될 많은 열매를 담기 위한 그릇을 만드는 과정이라고 생각해 보면 어떨까? 너만큼이나 작은 바이올린을 가지고 '소리 내는 법'을 알아 가며 기뻐하던 너의 모습, 아직도 생생하단다. 재우야, 너는 지금 인생이라는 제2의 바이올린을 막 잡은 거야. 이제 '인생의 아름다움'을 연주하는 법을 알아 가는 거야.

힘이 들 때마다 정상에 서 있는 너를 그려 봐.

네가 가고 싶은 대학에 가 있는 자랑스러운 너를 그려 봐.

넌 해 낼 수 있어.

사랑하는 아들에게

어머니의 말처럼 지금의 바이올린 실력은 10년 전의 그것과 엄청난 차이가 있다. 그러나 이는 호된 개인 레슨이나 억압적인 영재 교육의 결과가 아니었다. 우리는 우연히 옆자리에 배정받은 짝처럼 자연스럽게 바이올린과 친해졌다. 그리고 몸에 밴 습관처럼 바이올린이란 악기에 익숙해졌다. 그렇게 지나 온 10년이었다. 세월은 어느새 우리를 밸리포지 사관학교 현악 4중주단의 일등 연주자로 만들어 놓았다.

훗날 하버드 입학에 중대한 공헌을 한 것이 바로 어릴 때부터 놀이 연습으로 키운 '운동'과 '악기 연주' 실력이었다.

미국 대학 입시 전형에서 특별 활동(Extracurricular Activities) 영역은 합격에 매우 지대한 영향을 미친다. 미국의 명문대들은 단순히 성적만 좋은 '공부벌레' 학생을 별로 좋아하지 않는다. 그들이 리더십과 사교성, 풍부한 예술적 자질을 두루 갖춘 다재다능한 사람들에게 호감을 느끼는 것은 인지상정이다.

우리는 어린 시절의 경험 덕분에 매우 자연스럽게 각종 운동부 주장과 현악 4중주단의 연주자 경력을 쌓을 수 있었다. 이는 우리의 리더십과 체력, 심미적 재능 및 감수성을 키워 주었을 뿐만 아니라 이를 단도직입적으로 증명해 주는 확실한 지표가 되어 주었다.

"감추어 놓은 교육의 비법이 무엇이냐?"고 묻는 사람들에게 부모님은 늘 한결같은 말로 마무리한다.

"교육이라는 명목으로 아이들의 자유를 억압하는 것은 좋지 않습니다. 각종 학원들이 그렇지요. 아이들이 즐거움을 느끼기도 전에 대상에 대한 흥미를 잃게 하니까요. 부모들은 가르칠 것이 아니라 그저 보여주기만 하면 됩니다. 우리가 살고 있는 세상에 이런 재미난 것들이 많다는 것을 말이죠. 그것이 진정한 의미의 교육 아닐까요."

4 : 족구 공으로 교실을 부수다

머리로 생각하고 가슴으로 믿을 수 있다면 무엇이든 성취할 수 있다.
– 나폴레온 힐

"딩동댕딩 동딩딩딩 딩동디리리~"

스피커에서 종소리가 흘러나오자 수업을 마친 국어 선생님이 서둘러 교실 밖으로 나간다.

"야, 빨리빨리 움직여! 어서어서."

나는 재빨리 아이들을 지휘하고 교실 뒤편에 있는 족구공을 향해 몸을 날린다.

"네트 세워야지. 빨리 저기서 의자 몇 개 더 가져 와."

"알았어, 재우야. 여기 의자 간다."

드르륵, 드르륵. 어느새 교실 안은 의자 끄는 소리로 왁자지껄하다. 임시 네트는 금세 세워진다. 친구들은 내 뒤로 우당탕 열을 맞추어 선다. 양쪽으로 편이 갈리고, 일순간 모두가 숨을 멎은 가운데 일제히 고요해진 교실. 네트 가운데 선 반장의 시작 구호만을 기다리고 있다.

"자자, 준비, 시~작!"

"와아아."

좁은 교실은 순식간에 2002년 월드컵 때보다 더 뜨거운 열기와 함성으로 채워진다. 경기하는 아이들의 투지는 점점 불타오르고, 나머지 무리들은 가히 영국의 훌리건을 능가하는 응원전을 벌인다.

지금 이 열정의 족구 패들이 방금 전 국어 수업 때 양계장 안의 닭들처럼 꾸벅꾸벅 졸던 그 아이들과 동일 인물이란 말인가! 아이들은 지루한 수업으로 쌓인 스트레스와 권태감을 떨치겠다는 듯 확실한 선전을 벌인다. 소위 '모범생'이라는 부류들도 박빙의 승부를 실감나게 생중계하느라 여념이 없다.

"예, 안재연 군의 절묘한 헤드 리시브. 쌍둥이라 호흡이 척척. 아, 안재우 군의 강력한 스파이크입니다!"

"쾅!"

"아악. 뭐야?"

"뭐긴 뭐야. 구멍이지!"

내가 찬 공은 적진을 향해 너무 세차게 날아간 나머지 교실 천장을 뚫어 버렸다. 천장에 붙어 있던 석회 타일이 부서져 뿌연 가루가 펄펄 날렸다. 쥐똥인 듯한 까만 덩어리도 몇 개 떨어졌다.

"으, 어쩌지? 담임한테 혼나겠다."

"어쩌긴 어째. 걱정한다고 뚫어진 천장이 메워지냐? 계속 달리는 거지, 뭐."

우리 팀 아이 중 하나가 죄책감에 고개 숙인 내 어깨를 툭 치며 말했다. 나는 그 말에 싱긋 웃으며 고개를 들었다.

"역시 그렇지? 얘들아, 다시 시작하자. 이대로 승부도 못 내고 끝낼수는 없지."

"와아아."

족구 패 아이들은 체육복 위에 내려앉은 뽀얀 석회 가루를 툭툭 털고 경기를 재개했다. 우레와 같은 함성 소리가 전교에 울려 퍼졌다.

이는 우리가 유학 가기 전에 다녔던 해성 고등학교 1학년 때의 얘기다. 공부에 지친 우리에게는 열정을 가질 만한 무언가가 필요했다. 특히 어렸을 때부터 공부보다는 운동을 좋아했던 나와 재연이는 재미도 없는 국·영·수 공부 때문에 책상 앞에 가만히 앉아 있어야 한다는 사실이 심히 괴로웠다. 이는 아우슈비츠의 가스실만큼이나 악독한 고문 같았다. 우리는 오로지 체육 시간만을 기다렸다. 그때만 되면 어디론가 사라졌던 기운이 펑펑 솟아났기 때문이다.

'매시간이 체육 시간이라면 재연이와 내가 전교 1등일 텐데…. 매시간이 체육 시간이라면 절대로 안 졸 텐데…. 여기가 운동장이라면 교실 들어오기가 즐거울 텐데….'

이런저런 잡생각을 하던 중 아이디어가 반짝 떠올랐다.

'교실에서 운동을 하면 어떨까? 예를 들어 족구 같은 거 말이야. 네트는 이렇게 저렇게 만들고….'

이렇게 해서 시작한 교실에서의 족구 경기는 하나의 열풍이 되었다. 처음에는 친구와 일대일로 시작했던 것이 급기야 반 전체가 참여하는 시합이 됐다. 쉬는 시간만 되면 모두가 한마음이 되어 네트를 세우고 공을 찼다.

신이 난 나는 반 전체 학생들의 족구 성적표를 만들었다. 그리고 랭킹 제도와 토너먼트 방식까지 도입했다. 아이들 중 일부는 학교 성적보다 이 족구 성적표에 더 신경을 쓰기도 했다. 이는 지루한 교실을 향한 작은 반란이자 우리들만의 즐거운 축제였다.

우리들의 족구 열풍은 어떤 문제가 발생해도 멈출 줄을 몰랐다. 창문이 깨지고, 사물함 문짝이 날아가고, 천장 구멍이 3배로 커졌다. 학기 초에는 일등이던 우리 반의 성적도 날이 갈수록 하향세를 그리더니 세 번째 모의고사 때는 밑바닥을 쳤다. 다른 요인도 있었겠지만 내가 선동한 족구 열풍 탓임을 부인할 수 없었다. 다른 반과는 비교도 할 수 없을 만큼 요란하고 왁자지껄하며 즐거운 우리 교실에 진지한 면학 분위기가 자리 잡을 수 있었겠는가. 당연히 '불가능(不可能)'했다.

결국 나는 담임선생님한테 불시 호출을 받았다. 일대일 면담이었다.

"재우야, 네가 운동을 좋아한다는 것은 해성고 전체가 다 아는 사실이다만, 제발 교실에서만큼은 좀 자제해 줘야겠다. 얼마 전 몇몇 학생이 와서 그러더구나. 도저히 교실이 소란스러워서 공부를 할 수가 없다고. 다른 애들도 생각해 줘야 하지 않겠니?"

"네, 죄송합니다. 이제 안 그럴게요."

면담이 끝나고 완전히 풀이 죽어 돌아온 나에게 반 아이들은 아무것도 묻지 않았다. 무슨 이야기가 오고 갔는지 대강 눈치로 알아챈 듯 했다. 그 이후로 족구 열풍은 자취를 감추었다. 더 이상 공이나 네트, 토너먼트 표를 찾는 아이들은 없었다. 교실은 전에 없던 평온함을 되찾았다. 들리는 소문에 의하면 당시 교실 천장 수리비 때문에 담임선생님의 월급이 50만 원이나 감봉되었다고 한다.

쌍둥이 형제, 하버드를 쏘다

5 : 학교는 놀이터

Anything you're good at contributes to happiness.
당신이 잘하는 일이라면 무엇이나 행복에 도움이 된다.
― 버트랜드 러셀

"야야. 뭐 또 재미있는 것 없을까? 심심해 죽겠다."

자고 있던 나를 깨운 것은 정호였다. 그는 우리 형제와 동급을 이루는 운동광이었다. 족구 열풍의 주축 세력이었던 정호 역시 슬슬 좀이 쑤신 모양이었다.

담임선생님과의 면담 이후 반성하고 공부를 해 보려 했으나 영 집중이 되지 않았다. 더 이상 공을 못 차게 된 다리가 근질근질했던 것이다. 책을 쳐다봐도 계속 잡생각만 떠올랐다. 쉬는 시간까지 좁은 자리를 지키고 앉아 교과서에 밑줄 긋는 생활은 내게 도무지 맞지 않았다.

"또 축구공으로 놀다가 사물함 몇 개 더 부수면 엄청 혼날 거야. 좀 조용하게 할 만한 얌전한 놀이를 찾아보자."

"음, 얌전한 놀이라…"

갑자기 교실 앞에 놓여 있는 큰 테이블이 보였다. 선생님들이 수업할 때 기자재를 놓는 공간이었다.

'오, 저거야!'

널찍한 테이블을 보니 어렸을 때부터 줄곧 좋아했던 탁구가 생각났다. 고등학교에 진학하면서 별로 할 기회가 없었는데 '요놈이다' 싶었다.

"정호야, 너 탁구 할 줄 아냐? 저기서 탁구 한 판 어때?"

"탁구? 야, 탁구 하면 또 나지. 근데 저 책상 너무 좁지 않나? 그리고 공은 그렇다 치고 네트랑 채는 어디서 구하지?"

"야, 족구는 뭐 교실이 남아돌아서 했냐? 그냥 해 보는 거지 뭐. 네트는 뭐 칠판지우개 몇 개 놓고, 채는 그냥 실내화 벗어서 치지 뭐. 어때?"

"으하하. 실내화? 안재우, 너 정말 못 말린다."

그 길로 정호와 나는 단숨에 학교 매점으로 달려가 탁구공을 사 왔다. 그리고 분필 가루가 펄펄 날리는 칠판지우개를 냅다 집어 테이블을 둘로 갈랐다. 우리 손에는 냄새 나는 실내화가 한 짝씩 들려 있었다.

"준비, 시~작!"

나는 실내화로 탁구공을 힘껏 후려 갈겼다.

"똑! 딱! 똑! 딱!"

정식 탁구 용품이 아니라서 시시할 것 같았던 우리의 변종 탁구는 예상 외로 재미있었다. 탁구채보다 탄력이 적은 실내화였지만 마침 테이블이 작아서 그 단점이 보완되었다. 칠판지우개도 네트 역할로 큰 손색이 없었다. 똑딱똑딱, 탁구공 튕기는 소리가 잠잠하던 교실 안에 구원의 소리마냥 울려 퍼졌다.

"야야, 쟤네 또 뭐하냐?"

"탁구 하나 본데?"

"올, 재미있겠다. 구경하자."

족구 때처럼 우리 주위는 웅성대는 아이들로 다시 만원을 이루었다.

"야야, 나도 해 보자."

"재우야, 나도 좀 시켜 줘."

해성고 1학년 3반 교실에는 이제 천장 부서지는 '쾅' 소리 대신 깜찍한 '똑딱' 소리가 새어 나오기 시작했다. 날아다니는 탁구공, 그리고 실내화, 풀풀 날리는 분필 가루. 쉬는 시간은 다시금 활기찬 운동의 장으로 변했다.

얼마 지나지 않아 탁구 열풍은 족구가 그랬던 것처럼 또 한 번 전교를 휘감았다. 나는 3반 대표 탁구 정예 부대를 결성했고, 다른 반으로 원정 경기까지 나갔다. 반 대항전이 되자 열기는 더욱 뜨거워졌다. 바야흐로 학교는 탁구공들의 잔치판이었다.

그날 이후 해성고를 자퇴하던 순간까지 내 주머니에는 항상 탁구공이 들어 있었다. 매일 서너 개씩 사는 것은 기본이었다. 문제집 사는 것은 가끔 깜빡했지만 탁구공 사는 것만큼은 절대 잊지 않았다. 선생님에게 언제 공을 뺏길지 모르기 때문에 여분을 넉넉히 준비해 두는 센스는 필수였다.

탁구와 함께하는 행복한 하루하루였지만 종종 문제도 생겼다. 야간 자율 학습 시간, 몇 분 남지 않은 쉬는 시간을 참지 못하고 우리는 빈 교실에 몰래 숨어들었다. 물론 탁구를 치기 위해서였다. 신나게 '똑딱' 거리고 있던 도중 앞문이 벌컥 열리더니 무섭기로 소문난 수학 선생님이 들이닥쳤다.

"야, 안재우. 또 너냐? 족구 하다 걸려서 그렇게 혼나 놓고, 이제는 탁구를 치신다? 맞는 거 안 질리나 보지? 이번 기회에 네가 전학을 가든지 내가 전근을 가든지 해야겠다. 너 정말 안 되겠어."

수학 선생님은 생각보다 화가 많이 난 것 같았다. 그날 저녁은 그야 말로 '심판의 날'이었다. 나를 비롯한 친구들의 허벅지는 피멍으로 시 퍼렇게 물들었고, 맞은 자리는 불은 어묵마냥 퉁퉁 부어올랐다.

수학 선생님의 대대적인 심판이 있은 후 탁구 열풍은 과연 족구 때 처럼 한풀 꺾였을까? 전혀 아니었다. 더 이상 우리들만의 놀이를 뺏길 수는 없었다. 우리는 초소 시스템을 만들었다. 교실의 앞문과 뒷문에 보초를 두 명씩 세워 두고는 선생님들의 돌연한 출현과 급습을 예방했 다. 우리들의 탁구 경기는 정적이 감도는 교실에서 고요하게 시작되었 다. 들리는 것은 규칙적인 '똑딱' 소리뿐이었다.

"야야, 선생님 떴다. 치워, 치워!"

보초가 적의 출현을 알리면 우리는 조용히 공을 회수하여 제자리로 돌아갔다. 그 스릴이 장난이 아니어서 아이들은 탁구 치기에 더욱 열 광했다.

되돌아보면 해성고 재학 당시 나는 학교를 놀이터나 사교장처럼 다 닌 것 같다. 그 시절의 목표는 오직 하나였다. '어떻게 하면 친구들과 재미있게 놀 수 있을까?' 나는 전교에서 소문난 말썽쟁이였지만 생각 자체는 매우 건전했던 셈이다.

틈만 나면 반 전체 아이들을 이끌고 다니며 갖은 장난을 치고 다녔 던 나에게 간혹 이렇게 말하는 선생님도 있었다.

"짜식, 아주 리더십이 넘치는구나, 넘쳐."

그 선생님은 지나가는 우스갯소리로 던진 말이었다. 하지만 훗날 미 국에 가서 여러 운동 팀의 주장과 각종 모임의 리더를 맡게 되었을 때 나는 가끔 이 말이 떠오르곤 했다. 어쩌면 각국에서 모인 아이들을 하나로 이끌었던 당돌한 통솔력은 이미 이때부터 내 안에 숨어 있었는지도 모른다. 다만 내 괴팍한 끼가 한국에서는 바람직한 것이 아니었을 뿐이다.

당시 나는 공부를 싫어했던 것은 아니었다. 단지 공부 외에 하고 싶은 일이 너무 많았던 것뿐이었다. 축구도 하고, 바이올린도 연주하고, 노래도 부르고, 기타도 치면서, 원하는 공부도 하는 것, 그것이 나의 바람이었다.

"학생은 공부만 해라!"

그것은 옳지 않은 말이라고 생각한다. 해성고 시절, 나는 스스로 행복해지기 위해 좋아하는 축구공과 탁구공을 잡았고, 그것이 아름다운 노력인 동시에 멋진 선택이었다고 믿어 의심치 않는다. 결과적으로 운동 실력과 리더십은 훗날 나에게 꿈을 성취할 수 있는 기회를 주지 않았던가.

약골에서 말썽쟁이로

6 : 꿈이 없는 아이들

사람을 불편하게 만들고 불행으로 이끄는 유혹은
'남들도 그렇게 하니까' 라는 말이다.

— 톨스토이

우리는 승부욕이 매우 강했기에 운동에서든 공부에서든 누군가에게
지는 것을 무척이나 싫어했다. 그래서 노는 정도에 비해 공부도 그럭
저럭 상위권을 유지하는 편이었는데 그 비결은 바로 벼락치기였다.

중간고사나 기말고사 같은 시험이 다가오면 우리의 눈빛은 돌변했
다. 홀린 듯이 하던 축구와 탁구도 그만두었다. 수업 시간에 문자로 주
고받던 잡담들, 가사까지 받아 적으며 심취했던 유행가들과도 당분간
은 안녕이었다. 우리는 숙면을 위한 보조 도구쯤으로 여겼던 교과서를
펼쳐 들었다. 그리고 밑줄을 박박 그어 가면서 책을 꼼꼼히 읽었다.

시험이 한 주 앞으로 다가오면 수업도 정말 열심히 들었다. 그 시기
만큼은 앞자리에 앉아 꾸벅꾸벅 졸기만 하는 아이들이 아니었다. 그때
선생님들이 짚어 주는 핵심 내용이나 출제 예상 문제들을 잘 기록해
두면 게을리 했던 내신 성적은 한꺼번에 만회가 가능했다.

우리의 돌연한 변화에 기겁하는 친구들도 많았다. 하지만 '갑자기

시험 따위에 목숨 건다'며 놀려도 어쩔 수 없었다. 유·소년기의 공놀이 학습으로 인해 길러진 경쟁심과 끈기, 그리고 체력 때문에 우리는 대단한 악바리로 커 버린 모양이었다. 종목이 무엇이든 간에 호락호락하게 질 수는 없었다.

하지만 돌아보면 벼락치기식 공부는 한계가 뻔한 승부수였던 것 같다. 치밀한 예·복습으로 차근차근 실력을 다지던 모범생들과의 격차는 자연히 있을 수밖에 없었다.

고교 첫 중간고사는 운 좋게도 전교 20등 턱걸이였다.

"어이, 매번 사고만 치더니 공부도 좀 하는데."

반 아이들과 선생님은 단순한 사고뭉치라고 여겼던 우리 형제를 다시 보는 것 같았다. 우리는 친구들과 활발히 놀면서도 이렇게 상위의 성적을 유지할 수 있다는 사실이 은근히 자랑스러웠다.

그러던 어느 날, 나는 담임선생님과 진로 상담을 했다. 고교 1학년 말이었다.

"재우야, 너는 장래 희망이 뭐지?"

"네, 그게…."

선생님의 물음에 나는 꿀 먹은 벙어리가 되고 말았다.

'하고 싶은 게 뭐더라? 어렸을 때는 꿈이 많았던 것 같은데….'

답을 찾으려 할수록 가슴이 먹먹해졌다. 그 순간 깨달았다. 열일곱 나의 인생에 어떠한 목표도 없다는 사실을.

"그냥 편하게 말해 봐. 선생님 앞이라 말하기 어렵니?"

"…."

고개를 숙인 내가 한참 동안 대꾸가 없자 선생님은 당황한 기색으로 입을 열었다.

약골에서 말썽쟁이로

"아, 저런. 아직 구체적으로 생각해 보지 않았구나. 뜻밖이네. 재우는 당차서 뭔가 분명한 꿈이 있으리라고 생각했거든. 그럼 대학 진학과 전공에 대한 계획은? 예를 들어 연세대 사회학과를 가려고 한다거나…."

나는 대답 대신 낮은 한숨을 내쉬었다.

'대학? 전공? 일단은 누구나 가고 싶어 하는 서울대나 연·고대인가? 그러면 전공은 무엇으로 하지? 법대나 의대, 경영 쪽?'

희미한 가닥조차 없으니 떠오르는 것은 소문난 학교의 고만고만한 학과들뿐이었다. 그렇다고 명문대에 대한 그 흔한 갈망이 있었느냐 하면 그것도 아니었다. 나는 아무 생각이 없었다. 그것은 흔해 빠진, 미래를 형식적으로 계획하는 것보다 훨씬 더 심각한 문제였다. 갑자기 스스로가 암담해졌다.

"대답을 못하겠습니다, 선생님."

"그래, 그럼 교실로 돌아가서 좀 더 생각해 보렴. 부모님과도 상의해 보고."

진로 상담은 이렇게 허망하게 끝이 났다.

'무엇이 잘못된 것일까? 과연 어디서부터 잘못되었기에 나는 이토록 아무것도 열망하지 않게 되었을까?'

상담을 마치고 아득한 절망감에 빠져 교실로 터벅터벅 걸어오는 길에 우연히 재연이를 만났다. 재연이도 무슨 일 때문인지 어깨에 힘이 없었다. 아마 오늘 1학년 전체에서 실시한 진학 상담 시간에 나와 같은 좌절감을 느낀 것임에 분명했다. 항상 운동과 장난에만 들떠 학교를 헤집던 우리가 이렇게 진지한 모습으로 돌아와 미래를 심각하게 생각해 본 적은 이번이 처음인 듯 했다.

그날의 진로 상담 이후 나는 말수가 부쩍 줄어들었다. 부표도 없이 대양을 표류하는 난파선의 선장이 된 기분이었다. 선두에 서서 인생을 적극적으로 진두지휘하던 내 안의 오디세우스는 이미 죽어 버리고 없었다. 나는 깊은 슬픔에 잠겼다.

7 : 고2 여름의 선택

나약한 영혼이여! 도피의 끝은 진정 죽음이 아니다.
나는 영원히 깨어 있다. 날개를 잃어버린 채 추락하는 영혼이 될 것이다.
나는 두 가지 길 중 사람들의 발자취가 없는 가시밭길을 택하련다.

– 1989년 서태지의 고교 자퇴서 중에서

"재우 재연아, 이리 좀 와 보거라. 의논할 일이 있다."

아버지는 여느 때와 다름없이 학교에서 돌아온 우리 둘을 거실로 불렀다. 평소보다 조용한 집 분위기가 뭔가 중요한 일이 기다리고 있음을 예고했다. 어머니는 이미 식탁에 앉아 눈을 감고 조용히 무언가를 생각하고 있었다.

잠깐의 침묵이 흐른 후 아버지가 말문을 열었다.

"재연아, 학교생활은 좀 어떠니?"

뜻밖의 질문에 재연이는 당황한 듯 했다.

"음, 사실 잘 안 맞는 것 같아요. 생활도 좀 답답하고요. 저는 무엇이든 즐기면서 하고 싶은데, 그런 사고방식이 학교와는 맞지 않는 것 같아요. 저한테 문제가 있는 거겠죠, 뭐."

"그렇구나. 역시 내 짐작이 틀리지 않았구나. 그래서 말인데…"

아버지는 다음 말을 망설였다. 우리는 왠지 모를 긴장감에 마른 침

쌍둥이 형제, 하버드를 쏘다

을 꼴깍 삼켰다.

"유학을 생각해 보는 게 어떠니?"

"유학이요?"

갑작스런 제안에 우리는 화들짝 놀랐다.

유학은 당시의 우리에게 멀게만 느껴지던 단어였다. 언론이 아무리 조기 유학 열풍에 대해 떠들어 댄다고 해도, 서울에 비해 교육열이 현저히 낮은 지방 도시에서 자란 나에게 그건 마치 남의 나라 얘기 같은 생소한 것이었다.

무엇보다도 뭐 하나 딱히 잘난 것 없이 지극히 평범했던 나는, 유학은 민족사관 고등학교나 외국어 고등학교 등 특수 목적 고등학교에 진학한 영재들만 꿈꿀 수 있는 것으로 여기고 있었다.

"재우 재연아, 사실 너희 엄마와 나는 오래 전부터 이 상황을 준비해 왔단다. 우리는 너희만 원한다면 언제든 더 넓은 세상을 보여 주고 싶었거든."

일찍부터 간간이 유학을 권하기도 했던 아버지는 차분하게 말을 이었다.

"너희도 이제 다 컸으니 알 거야. 기회라는 건 자주 오는 게 아니다. 이번 기회를 놓친다면 평생 후회할지도 몰라. 나는 너희들이 좀 더 원대한 포부를 가지고 큰 사람으로 성장하기를 바란다. 조금도 너희의 유학이 늦었다고 생각하지 않아. 가서 온힘으로 부딪치면 불가능할 것도 없어. 아빠도 물론 미국 생활이 쉽진 않을 거라는 것을 알지. 하지만 그 어려움은 너희가 성장하기 위해서는 꼭 필요한 것이고, 그 고통을 뛰어넘음으로써 너희는 더욱더 성숙해질 거야. 잘 생각해 보렴. 이 아빠는 있는 힘을 다해서 너희를 도와주마."

아침부터 늦은 밤까지 이어지는 고된 학업 스케줄에 꾸벅꾸벅 졸며 하루를 보내는 내 모습이 머릿속에 그려졌다. '나도 그곳에 가면 원하는 것을 찾을 수 있지 않을까? 새로운 기회를 잡지 않으면 행운을 놓치게 될지도 몰라. 그래, 한번 해보는 거야.'

　아버지의 확신에 찬 말을 들으니 내 마음속에서 어떤 의지가 솟아나는 것 같았다. 하지만 아쉽게도 그 의지는 얼마 지나지 않아 현실이라는 벽에 부딪혔다.

　'벌써 열여덟 살인데 지금 간다고 해서 가능할까? 유학 가려면 늦어도 중3 때는 가야 한다던데 벌써 혀가 굳어 버리진 않았을까? 게다가 우리는 쌍둥이라 그 비싼 학비가 두 배로 들 텐데 부모님의 부담이 클 거야. 무엇보다도 내년이면 수능인데 차라리 여기서 대학을 간 뒤 나중에 유학 가는 쪽으로 안전하게 선택하는 게 나을지도 몰라.'

　나이, 수능, 낯선 환경, 문화 차이, 두 사람분의 유학 경비 등 어느 것 하나 수월한 것이 없었다. 태어나서 단 한 번도 영어로 의사소통을 할 기회를 가져 보지 못했다는 점도 큰 걸림돌이었다.

유학을 목적으로 어렸을 때부터 영어를 준비했거나 영어권 나라에서 살아 봤거나, 최소한 짧은 어학연수 경험이라도 있었다면 아마도 미국행을 이렇게까지 망설이지는 않았을 것이다. 그러나 우리의 언어 구사력은 부끄럽게도 거의 제로 수준에 가까웠다.

'알아듣지도 못할 원어 수업을 듣는 것이 나에게 무슨 도움이 될까? 완전히 시간 낭비다.'

하지만 마음 한편에는 정반대의 생각도 자리하고 있었다.

'이것은 새로운 세계로 나아갈 수 있는 기회다. 어쩌면 마지막 기회일 수도 있다.'

미국 고등학교를 주제로 한 다큐멘터리 프로그램을 텔레비전에서 본 적이 있었다. 학생 개개인의 인격을 존중해 주는 자유로운 학교 분위기와 웅대한 포부를 열정적으로 토해 내는 미국의 아이들…. 어떤 아이는 정치가의 꿈을 가지고 있었다. 그는 매일 두 시간씩 웅변 연습을 하며 주말에는 국회의원 사무실에서 인턴으로 일했다. 어떤 아이는 들꽃에 푹 빠져 있었다. 그는 방과 후 들꽃을 채집하고 분석하여 매달 자신만의 전시회를 개최했다.

그에 반해 나는 어떤가? 아침부터 늦은 밤까지 이어지는 고된 학업 스케줄에 꾸벅꾸벅 졸며 하루를 보내는 내 모습이 머릿속에 그려졌다.

'나도 그곳에 가면 원하는 것을 찾을 수 있지 않을까? 그들처럼 하루하루를 보람되게 살아갈 수 있지 않을까? 셰익스피어도 말했지 않나. 새로운 기회를 잡지 않으면 행운을 놓치게 될 것이라고….'

'그래, 한번 해보는 거야.'

소오바는 말했다. 기회라는 것은 언제나 처음에는 하나의 위기로서

81

오게 된다고.

막연한 두려움 때문에 마법처럼 찾아온 일생일대의 기회를 포기할 수는 없었다. 간절히 바라던 길이 눈앞에 있다면 그곳의 초입이 아무리 지뢰밭, 가시밭, 옻나무 숲이라 해도 일단은 발을 들여 놓는 게 옳았다. 입구의 험난함 때문에 다른 길로 돌아간다면 사실상 그 길로는 평생 갈 수 없을지도 몰랐다.

나는 곁에 있던 재연이의 손을 꽉 움켜쥐었다. "움츠렸던 자는 반드시 높이 난다"는 말이 있지 않은가. 유학을 계기로 잠깐 동안의 방황을 끝내고 훨훨 높이 나는 내 모습을 떠올리니 이제껏 느껴 왔던 공포와 망설임은 온데간데없었다.

다음날 재연이와 나는 과감하게 고교 자퇴서를 썼다. 2학년 1학기 기말고사를 막 끝낸 6월 말경이었다. 우리에게는 시간이 부족했다.

>>> 재 우 가   말 하 다

거인의 땅
미국을 밟다

공항에 내리자마자 바로 갈아탄 기차라 화장실에 가야 했지만, 화장실이 어디냐고 물어보는 것조차도 두려워 꾹 참고 자리에 앉아만 있었다. 배가 미칠 듯이 아팠지만 서툴게 물어봐서 미국인들의 놀림거리가 되는 것은 더욱 싫었다. 태연한 척 가만히 자리에 앉아 있긴 했지만 가슴은 이런저런 생각으로 거칠게 뛰기 시작했다. 손에선 땀이 나고, 이마에선 식은땀이 줄줄 흘렀다.

1 : 밸리포지 사관학교

나는 84년부터 연극 무대에 서기 시작했으며
얼마 뒤엔 빈털터리로 무작정 할리우드에 갔다.
그때 아버지는 이렇게 말했다.
"세상에 태어나 저렇게 무모한 짓은 처음 본다니까."

－ 배우 조지 클루니

　미국 학교의 입학 시즌은 9월이었다. 다니던 학교를 그만둔 게 6월 말이었으므로 3개월이 채 남지 않은 시점이었다.

　우리는 미국 고등학교에 대해 아는 것이 없었다. 일단은 명성의 높고 낮음을 떠나 우리가 처한 상황에 적합한 조건을 가진 학교를 추려내는 것이 급선무였다. 미국에서 30여 년간 산 경험이 있는 당시 영어 선생님의 적극적인 도움으로 학교 리서치에 들어갔다.

　우리의 영어 실력은 매우 나빴다. 그렇기 때문에 한국에 널리 알려진 필립스 안도버(Philips Andover)나 필립스 엑세터(Philips Exeter), 그로턴(Groton), 디어필드(Deerfield) 등 학문적으로 뛰어난 명문 학교들은 엄두도 내지 못했다. 더군다나 이런 학교들은 학생 선발 과정이 복잡하기 때문에 원서와 면접시험, 에세이 준비 등에 어려움이 많았다. 이로 인해 우리의 물망에 오른 학교는 학문적 수준이 비교적 낮은 학교들이었다.

쌍둥이 형제, 하버드를 쏘다

수많은 학교를 둘러보던 중에 독특한 학교 하나가 눈에 띄었다.

'밸리포지 사관학교(Valley Forge Military Academy)'

펜실베이니아 주에 위치한 이 학교는 보통의 사립학교와는 많이 달라 보였다. 일단은 학교에서 제정한 유니폼이 있으며, 두발을 짧게 잘라야 한다는 특징이 있었다. 또한 정식 군대의 군인들처럼 학생들은 엄격한 규율에 따라 생활을 하게 된다고 했다.

밸리포지 사관학교는 말 그대로 군사 학교였다. 십대 때부터 일찌감치 군사적인 훈련을 받는다니 기분이 이상했다.

"선생님, 군사 학교는 왜 있는 건가요? 이건 미군 장교가 되기 위한 교육 과정인가요?"

군사 학교의 존재를 의아하게 여긴 우리는 선생님에게 물었다.

"꼭 그런 것만은 아니란다. 옛날 미국의 명문가들은 말썽이 심하고 버릇없는 자식들을 훈련시키기 위해 군사 학교에 보냈지. 미국의 군사 학교는 규율이 무척 엄격하거든. 그런 역사 탓인지 최종적인 목표는 장교 양성이라기보다는 차세대 지도자 양성에 가까워. 리더십이 있는 학생을 좋아하니 어쩌면 너희와 잘 맞을지도 모르지."

"하지만 자유가 없어 보여요. 굉장히 고단할 것 같고. 어떤 장점이 있나요?"

"음, 일단은 안전망이 있다는 것이 큰 장점이다. 미국에 있을 때 나는 많은 한국 유학생들이 사립 고등학교의 자유스러운 분위기에 적응하지 못하는 것을 봐 왔어. 자기 통제를 잃고 방황하는 아이들이 대부분이었단다. 밸리포지의 경우는 교칙이 아주 철저해서 그런 걱정은 할

"옛날 미국의 명문가들은 말썽이 심하고 버릇없는 자식들을 훈련시키기 위해 군사 학교에 보냈지. 미국의 군사 학교는 규율이 무척 엄격하거든. 그런 역사 탓인지 최종적인 목표는 장교 양성이라기 보다는 차세대 지도자 양성에 가까워. 리더십이 있는 학생을 좋아하니 어쩌면 너희와 잘 맞을지도 모르지."

필요가 없다고 하더구나. 대신 한국 학교에서보다는 수업 선택이나 과외 활동의 자유가 있어 좋을 거라고 생각된다. 물론 자유로운 교풍이나 학구열도 중요하지만 새로운 환경에 적응하는 과정도 고려해야 하니 선생님은 이 학교를 적극 추천한다."

'차세대 지도자 양성과 리더십, 그리고 적응이라….'

원서 마감일이 코앞으로 다가오고 있었기 때문에 오래 생각할 겨를이 없었다. 어떻게 보면 급작스럽고 무모한 결정이었지만 물러설 곳이 없었기에 우리는 그 자리에서 밸리포지로 낙점했다.

다행히 입학 절차는 까다롭지 않았다. 밸리포지는 지원자들의 학문적 성취를 강조하는 학교가 아니었기 때문에 별도의 시험이나 인터뷰 없이 간단한 원서만 작성해 이메일로 제출하면 되었다.

일주일 후 밸리포지로부터 입학을 허가한다는 통지서가 날아 왔다. 이제 남은 것은 미국행 비행기에 몸을 싣는 일뿐이었다.

2 : 악몽의 미국

두려움은 언제나 무지에서 샘솟는다.
— 에머슨

우리는 낯선 거리에 서 있었다. 어수룩하게 주변을 둘러보고 있을 때 미 프로농구 NBA의 공룡 센터 샤킬 오닐이 나타났다. 그는 내게 다가오더니 와락 헤드락을 걸었다. 목뼈가 꺾일 것처럼 고통스러웠다. 재연이는 나를 구하기 위해 온힘을 다해 샤킬 오닐의 팔뚝에 매달렸다. 일반인의 허벅다리보다 두꺼운, 그야말로 거대한 팔뚝이었다. 재연이는 샤킬 오닐의 팔뚝을 이로 물어뜯었다.

그때였다. 헐크 호건을 위시한 거구의 프로 레슬러 4명이 추가로 모습을 드러냈다. 나는 헤드락의 고통으로 숨을 쉴 수가 없었다. 헐크 호건은 재연이를 쓰러뜨린 다음 부하들에게 뭔가를 명령했다. 느낌상 어디로 끌고 가라는 소리 같았지만 그곳이 '어디'인지 알아들을 수 없었다. 재연이는 피를 흘리며 레슬러들에게 끌려가고 있었다. 나는 더럭 겁이 났다.

"안 돼!"

온몸은 땀으로 흥건하게 젖었다. 또 꿈이었다. 한국을 떠나기 며칠 전부터 나는 연일 악몽에 시달렸다.

'아, 샤킬 오닐의 헤드락이라니. 친구들에게 말해 봤자 비웃기만 하겠군.'

사실 꿈의 내용은 유치하기 짝이 없었다. 하지만 몽마(夢魔)의 끈질 긴 장난에 나는 지쳐 가고 있었다. 아마도 유학이 현실화되자 절대적 인 두려움이 무의식을 지배해 버린 모양이었다. 미국행 비행기를 취소 하고 싶은 마음이 굴뚝같았지만 불행히도 탄환은 이미 쏘아진 후였다.

어느새 나는 가족들과 함께 미국 JFK 공항에 서 있었다. 바야흐로 뉴욕이었다. 우리의 새로운 학교 밸리포지는 방학 기간을 이용해 외국 인 학생들을 위한 여름학교를 실시하고 있었다. 여기에 참가하기 위해 우리는 미국 풍경을 즐길 짬도 없이 서둘러 펜실베이니아로 향했다. 휴식과 안정을 기대하기에는 갈 길이 너무 멀었다.

펜실베이니아행 기차 안에서 우리는 머리를 맞대고 밸리포지에서 보내 온 학교 소개 팸플릿을 꼼꼼히 읽어 보았다. 밸리포지의 여름학 교는 낯선 미국 문화와 사관학교 생활에 대한 적응 훈련, 그리고 타 언 어권 학생들을 대상으로 한 영어 교육이 주된 목적이라고 쓰여 있었 다. 다른 사립학교와 비슷한 내용이었지만 기초 군사 훈련이 프로그램 에 포함되어 있었다. 게다가 이 서머스쿨에서의 영어 실력 테스트를 통해 학기 중에 어떤 수준의 수업을 들을 것인지도 나뉜다고 하니, 일 종의 반 편성 고사의 의미도 있었다.

"우리는 영어가 안 되니까 아마도 최하위 클래스에 들어가겠지? 에 이, 그래도 열심히만 하면 뭐 어떻게 되겠지."

애써 스스로를 위로하는 재연이의 목소리에서 약간의 불안이 느껴졌다.

객실 내에 부착된 스피커에서는 역장의 안내 방송이 정기적으로 반복되고 있었다. 강한 악센트를 가진 몇몇 단어만 귓가를 뱅뱅 돌 뿐 무슨 내용인지 알 수 없었다. 또한 옆자리의 백인 남자아이들은 속사포처럼 빠른 영어로 끊임없이 수다를 떨어 댔다. 둘 다 내 또래로 보였다. 애석하게도 나는 그들의 대화 내용을 단 한 마디도 알아들을 수 없었다. 미국으로 오기 전 생활 영어책을 통째로 외우다시피 했건만 내 귀와 입은 꽉 닫힌 채 좀처럼 열릴 줄을 몰랐다. 너무나도 빠른 말과 알아들을 수 없는 단어들이 나를 괴롭혔다.

공항에 내리자마자 바로 갈아탄 기차라 화장실에 가야 했지만, 화장실이 어디냐고 물어보는 것조차도 두려워 꾹 참고 자리에 앉아만 있었다. 배가 미칠 듯이 아팠지만 서툴게 물어봐서 미국인들의 놀림거리가 되는 것은 더욱 싫었다. 태연한 척 가만히 자리에 앉아 있긴 했지만 가슴은 이런저런 생각으로 거칠게 뛰기 시작했다. 화장실이 어딘지 물어보지도 못하는 주제에 학교 수업은 도대체 어떻게 할지 막막하기만 했다. 손에선 땀이 나고, 이마에선 식은땀이 줄줄 흘렀다.

3 : 세상에서 가장 슬픈 이별

겨울이 되어 날씨가 추워진 뒤에야
소나무와 전나무가 얼마나 푸른가를 알 수 있다.
– 논어

밸리포지는 펜실베이니아 주의 변방에 있는 웨인(Wayne)이라는 작은 마을에 있었다. 기차가 근방에 진입하자 동화책에서나 봤던 아기자기한 풍경들이 눈앞에 펼쳐졌다. 빨간 벽돌로 지은 자그마한 집들, 정원에 핀 화려한 색채의 꽃들, 그리고 푸른 정원수 위에 둥지를 틀고 지저귀는 새들. 유화처럼 펼쳐진 정경이 굳어 있는 우리의 마음을 한결 가볍게 해 주었다.

기차에서 내린 우리 가족은 학교를 찾기 위해 준비해 온 지도를 펼쳤다. 순간 가족 여행이라도 온 듯한 착각이 들었다. 울창하게 우거진 나무들과 싱그러운 바람이 우리를 미소 짓게 했다. 예쁜 꽃과 작은 조약돌들로 이루어진 오솔길을 따라 올라가다 보니 웅장한 학교의 모습이 드러났다.

100여 년의 역사와 유구한 전통을 증명하듯 밸리포지의 건물들은 제각각 관록의 미를 뿜어내고 있었다. 가장 먼저 눈에 띈 것은 빨간 벽돌로 지어진 교내 식당과 기숙사 건물이었다. 중앙에는 밸리포지의 로고가 새겨진 높은 시계탑도 있었다.

조금 걸어 올라가니 교정 왼쪽에 자리한 연병장이 보였다. 여름의 열기로 후끈 달아오른 연병장의 아스팔트를 보니 왠지 모를 위압감이 느껴졌다. 검은 연병장은 신록이 우거진 학교의 전경과 극렬한 대비를 이루었다. 불길한 예감이 드는 장소였다.

잠깐 동안의 캠퍼스 투어를 끝내고 우리는 배정된 기숙사 건물로 들어갔다. 우리가 묵을 방은 두 평 남짓 되는 작고 초라한 방이었다. 군대식 이층 침대와 큰 옷장, 아무 특징도 없는 오래된 나무 책상이 눈에 들어 왔다. 애써 태연스레 짐을 풀었지만 왠지 모를 삭막함에 숨이 턱턱 막혔다.

'앞으로 3년 가까이를 이곳에서 살아야 한다니.'

짐 정리를 대강 마쳤을 때쯤 밖에서 절도 있는 노크 소리가 들렸다. 문을 열자 하얀 유니폼을 말쑥하게 차려 입은 건장한 사관생도 한 명이 시야에 들어 왔다. 그의 짧고 단정한 머리는 무척 인상적이었다.

"Hello, gentlemen. I am Lieutenant Heckenberg. It's time for our plebe training session.(안녕하십니까. 상병 하켄버그라고 합니다. 신입생 훈련을 시작할 시간입니다.)"

그는 우리에게 회색 반팔 티셔츠와 청색 반바지를 건넸다. 신입생 훈련을 위한 유니폼이라고 했다. 얼떨떨한 가운데 우리는 그가 건넨 옷으로 얼른 갈아입고 방을 나섰다. 하켄버그 상병은 우리를 기숙사 밖으로 안내했다. 그의 걸음걸이와 눈빛에는 카리스마가 넘쳤다. 우리는 제복을 차려 입은 사관생도의 위풍당당함에 압도되어 넋이 나가 있었다.

쌍둥이 형제, 하버드를 쏘다

'야, 우리도 저렇게 될 수 있을까?'

우리는 눈짓과 손짓으로 상병에 대한 경이로운 감정을 교환했다.

기숙사 건물을 나서자 강렬한 햇볕이 두 눈을 파고들었다. 우리는 잠시 멈추어 서서 손으로 차양을 만들었다. 펜실베이니아의 여름은 한국의 여름만큼이나 덥고 따가웠다. 상병은 작열하는 태양 볕에도 아랑곳하지 않고 거침없이 걸어 나갔다. 우리는 종종 걸음으로 그의 뒤에 바짝 따라붙었다.

"도대체 어디로 데려가는 거야?"

"몰라. 네가 한번 물어 봐."

"분위기가 너무 살벌해서 못 묻겠어."

그의 분위기에 잔뜩 경직된 우리는 귓속말로 소곤소곤 주고받았다.

"Get in formation(대열로 들어가시오)."

그가 손으로 어딘가를 가리켰다. 그곳은 불과 몇 십 분 전 지나쳐 왔던 장소였다. 불길한 기운이 감돌던 그 시커먼 들판은 바로 연병장이었다. 검은 아스팔트 위에 우리와 같은 유니폼을 입은 스무 명 정도의 아이들이 4열종대로 서 있었다. 대열은 조금도 흐트러짐이 없었다.

얼룩덜룩한 군복을 입은 교육관들이 맨 앞줄에 서서 신입생들을 노려보고 있었다. 우리는 슬그머니 대열의 뒤로 들어가 그들과 합류하려 했다. 그때였다. 단문의 명령어가 날카롭게 울려 퍼졌다.

"All of you are now marching to the barber shop to get your heads shaved(전원, 이발소로 행군하여 머리를 깎겠습니다)."

대열은 일시에 술렁였다.

'삭발이라니, 말도 안 돼! 방학 내내 길러 온 내 소중한 보물을 자를 순 없어!'

내면에서는 이렇게 소리쳤지만 일개 훈련병인 나는 반항할 힘이 없었다. 훈련병 대열을 둘러싼 교육관들은 대부분 몸집이 엄청 크고 인상도 무서웠다.

이발소로 향하던 중 우리의 행렬이 기숙사 앞에 서 있던 부모님 곁을 지나게 되었다. 반가운 마음에 손을 흔들었지만, 어설프게 행진하는 우리가 안쓰러웠는지 두 분은 아무 반응이 없었다. 이것이 마지막 이별의 순간이라는 것을 두 분은 예감했던 걸까. 영원히 강할 것만 같던 부모님의 눈가에 굵은 눈물방울이 맺혔다. 강한 역광 때문에 두 분의 모습은 바스러질 것처럼 옅어 보였다. 그제야 실감이 났다.

'조금 후면 부모님이 지구 반대편으로 떠난다. 그러면 이 미국 땅에 오로지 우리 둘만 남는 거다. 이제 부모님이 아무리 그리워도 볼 수도, 안을 수도 없겠지.'

우리는 온 가슴으로 울었다. 단 한 번만, 단 한 번만 이 행군이 멈추어 준다면…. 하지만 우리의 간절한 바람과는 관계없이 행렬은 부모님으로부터 점점 멀어졌다.

나중에야 알게 된 일이지만 그날 부모님은 우리가 다시 돌아오면 작별 인사를 나누기 위해 서너 시간 이상을 기숙사 주변에서 서성였다고 한다. 하지만 그날 밤 훈련병 모두는 기숙사로 돌아오지 못하고, 곧장 여름 캠프 장소로 옮겨졌다.

이 사실을 뒤늦게 전해들은 어머니는 마지막 포옹도 하지 못한 채 떠나보낸 우리를 그냥 보내기가 너무 아쉬워, 방에 놓여 있는 옷가지를 보면서 침대에 주저앉아 흐느껴 울었다고 한다. 16년 동안 한 번도 떨어져 본 적 없는 두 아들을 머나먼 타지에 남겨 두고 가는 부모의 심정을 그 누가 헤아릴 수 있을까.

4 : 여름학교, 나의 회화 공포증 탈출기

모든 경험은 하나의 아침. 그것을 통해 미지의 세계는 밝아 온다.
경험을 쌓아 올린 사람은 점쟁이보다 더 많은 것을 알고 있다.

— 레오나르도 다 빈치

몇 달 동안 길러 온 머리카락이 모두 잘려 나가는 데는 채 1분도 걸리지 않았다. 믿기지 않는 마음에 뒤통수를 만져 보니 까칠까칠한 두피의 감촉만 느껴진다.

이발소 밖으로 나오자 반대편 복도에 재연이가 서 있다. 그의 머리도 빡빡 깎여져 두피가 훤하게 드러난다. 삭발한 재연이의 모습은 방금 전 거울에 비친 내 모습과 영락없는 한 쌍이다. 머리 스타일까지 같으니 우리는 한결 더 닮아 보인다.

"도대체 머리는 왜 깎으라는 거냐? 무슨 일인지 알려주지도 않고. 지금 이게 뭐 하는 짓인지 사람 열 받게 하네."

영문도 모른 채 순식간에 삭발을 당한 것이 못내 억울했다.

"나도 열 받아 죽겠다. 이게 뭐야! 이 우스꽝스런 티셔츠는 또 뭐고."

"사관학교라서 군기 잡는다고 이러나 본데, 좀 심하지 않나? 일방적으로 이렇게 해도 되는 거야? 통보 정도는 미리 해 줬어야지."

몇 달 동안 길러 온 머리카락이 모두 잘려 나가는 데는 채 1분도 걸리지 않았다. 믿기지 않는 마음에 뒤통수를 만져 보니 까칠까칠한 두피의 감촉만 느껴졌다. 영문도 모른 채 순식간에 삭발을 당한 것이 못내 억울했다.

    학교 측의 비상식적인 처사에 분노가 치밀었다. 복도를 왔다 갔다 하며 우리를 감독하는 하켄버그 상병에게 따지고 싶었지만 입학 첫날부터 괜히 망신당하지 않으려면 꾹 참아야 했다.

    갑작스러운 삭발식은 이렇게 순식간에 마무리되었다. 스님의 형상으로 변한 전체 훈련병들은 교육관의 지시에 따라 연병장 한편에 있는 나무 그늘에 둘러앉았다.

    "자, 제군들. 편하게 앉아라. 나는 이번 여름학교 기간 동안 제군들과 함께 지내게 될 상병 하켄버그라고 한다. 우리 밸리포지 여름학교에 오면 이렇게 삭발하고 유니폼을 입게 된다는 것, 혹시 아는 사람 있었나?"

    서먹서먹한 분위기를 깨 보려는 듯 하켄버그는 질문을 던졌다. 다들 조용했다. 익히 예상했다는 듯 고개를 끄덕이며 그는 말을 이었다.

쌍둥이 형제, 하버드를 쏘다

"다들 갑작스런 삭발에 놀랐을 텐데 그렇게 겁먹을 필요는 없다. 단지 군대식 요소가 가미된 밸리포지 사관학교의 특성 때문에 머리와 복장을 미리 정돈해 주는 것이다."

그는 이어 여름학교의 스케줄에 대해 간략히 소개했다. 그에 따르면 여름학교는 오전에는 수업, 오후에는 운동과 자유로운 여가 활동 시간, 그리고 저녁에는 과제 시간으로 나뉘어 진행된다고 했다.

"다만 여름학교 후 본격적으로 밸리포지의 악명 높은 신병 훈련이 시작된다. 이것은 아주 강도 높은 훈련이니 마음을 단단히 먹어야 할 것이다. 하지만 이번 한 달간만큼은 기상과 취침 시간 외에 거의 자유로운 스케줄이니 마음껏 즐기기를 바란다. 이상."

낯선 환경에 잔뜩 긴장해 있던 우리는 당장의 여름학교가 다소 편할 것이라는 그의 말에 조금은 마음을 놓았다. 그것이 한 달 후의 신병 훈련에 대한 선전 포고라는 것도 눈치 채지 못한 채 우리는 자유 시간에 대한 기대감으로 어린아이처럼 들떠 있었다.

한 달 동안의 수업은 주로 기초 문법, 단어, 그리고 작문 시간으로 이루어졌다. 비영어권 학생들을 대상으로 한 언어 강의였기에 수업의 수준은 전반적으로 낮은 편이었다. 한국의 학원에서 영어를 담당했던 지 선생님과의 작문 수업으로 문법이나 쓰기에는 비교적 자신이 있었다. 그러나 외국 연수 경험이 전혀 없는 우리로서는 간단한 말하기와 듣기를 요구하는 토론 수업이 그렇게 곤혹스러울 수 없었다.

"Jaewoo, Could you please summarize what Enchinique has just said(재우, 엔치니케가 방금 뭐라고 이야기했는지 한번 요약해 보겠어)?"

토론을 담당하는 보스마 선생님의 질문이었다. 멕시코, 에콰도르,

중국, 대만 등 세계 각국의 학생들이 모인 만큼 토론은 대부분 모국의 풍습과 특성에 대한 소개를 중심으로 진행되고 있었다.

"Um…."

나는 대답을 망설였다.

"Were you paying attention? Come on! Focus!(주의 깊게 들었어요? 수업에 집중해요!)"

엄격한 성격의 보스마 선생님은 나의 묵묵부답에 실망한 듯 고개를 내저었다.

"But…."

선생님의 싸늘한 반응에 나는 무척 억울했다. 나는 꼭 이의를 제기할 듯이 말끝을 흐리다가 자리에 풀썩 앉아 버렸다.

사실 나는 멕시코에서 온 엔치니케가 한 발표를 그 누구보다 집중해서 듣고 있었다. 그는 멕시코의 축구 실력에 대해 발표했다. 축구를 엄청나게 좋아하는 나이기에 그의 이야기를 흥미진진하게 들은 터였다. 그러나 막상 선생님의 질문에 대답하려니 적당한 표현이 떠오르지 않았다. 자존심이 쓸데없이 강한 터라 문법적으로 완벽한 문장이 아니면 입 밖으로 내기를 꺼렸기 때문이다.

토론 시간의 곤혹은 그 후로도 여러 번 반복되었다. 우물쭈물하다가 대답할 타이밍을 놓치기 일쑤였다. 이 때문에 보스마 선생님은 나를 반항기 많은 불성실한 학생으로 단단히 오인한 듯 했다. 오랜 고민 끝에 용기를 내어 보스마 선생님을 찾아갔다.

"선생님, 드릴 말씀이 있습니다."

"아, 한국에서 온 재우 학생이지요? 말해 봐요."

"저, 저는 회화에 큰 두려움이 있습니다. 이상하게도 머릿속에는 문장이 있는데 좀처럼 입이 떨어지지 않아요. 연습하고 또 연습해 봐도 회화만큼은 늘지 않는 것 같아 절망적입니다. 수, 수업 때도 마찬가지고요."

더듬더듬 말하느라 시간이 오래 걸렸지만 선생님은 차분한 표정으로 기다려 주었다.

"음⋯. 이유가 무엇인 것 같아요?"

"아마도 실수에 대한 두려움 때문인 것 같아요. 처음 미국에 왔을 때도 그랬거든요. 사람들이 속으로 비웃는 것 같아 무서워요."

이 말은 누구에게도 털어놓을 수 없었던 그간의 속마음을 담고 있었다. 선생님이 나를 멍청한 학생으로 보지 않을까, 약하고 근성 없는 사람으로 생각하지는 않을까, 나의 솔직한 마음을 진심으로 받아 줄까, 나는 불안했다. 그때 갑자기 보스마 선생님은 떨리는 내 손을 꼭 감싸 쥐었다.

"오호, 그렇구나. 용기 내어 말해 줘서 고마워요. 나는 그것도 모르고 줄곧 재우 학생을 오해했네요! 말은 사용할수록 느는 법이에요. 내가 도와줄 테니 같이 한번 노력해 봐요. 그리고 명심하세요. 그 클래스에 있는 학생 모두가 영어에 어려움을 겪고 있다는 것을. 비단 재우만 못하는 것이 아니라고 생각하면 마음이 좀 가벼워질 겁니다."

"네, 선생님. 최선을 다해 노력해 보겠습니다!"

선생님의 진심 어린 응원에 눈시울이 붉어졌다.

돌이켜 보면 나는 그날 생애 최고의 'YES'를 외친 것 같다. 나는 이 'YES'로 내면에 있는 두려움과 수치심, 패배주의를 서서히 지울 수 있었다. 이후 나는 여름학교 기간 내내 '과감한 실수'들을 저질렀다.

"I'm sorry, what did you say(미안해, 방금 뭐라고 했지)?"

"Did you understand what I just said(내 말 알아듣겠어)?"

"Can you say that one more time, please(다시 한 번 말해 줄래)?"

"Wait a minute. I don't quite follow you.(잠깐만, 무슨 말인지 못 따라 가겠어.)"

한 달 동안 늘 입에 붙이고 살던 문장들이다. 말을 더듬고, 표현이 어색하고, 발음이 틀리고, 문법이 맞지 않더라도 나는 지치지 않고 영어로 내 의견을 발표했다. 그리고 알아들을 수 없는 부분은 상대가 귀찮아하더라도 끈질기게 되물었다. 모르는 아이에게 다가가 서슴없이 말을 거는 뻔뻔함도 생겼다. 도중에 말이 막히면 재빨리 영어 사전을 뒤져 적당한 표현을 찾아냈다.

실수와 미숙함을 겁내지 않는 이런 태도는 회화 공포증으로부터 나를 자연스럽게 탈출시켜 주었다. 이제 회화는 막연한 두려움의 대상이 아니라 새로운 도전 과제였다. 내 마음은 승부욕과 열정으로 뜨겁게 타올랐다.

5 : 참을 수 없는 신병 교육의 괴로움

행복은 하룻밤 늦게 찾아온다.
– 다자이 오사무의 소설 《여학생》 중에서

"Forward march! Left, right, left!(앞으로 가! 왼발, 오른발, 왼발!)"

햇살이 풀잎에 내려앉은 이슬을 채 비추기도 전인 새벽 6시, 칠흑같이 어두운 연병장에 모인 200여 명의 신입생들은 오늘도 어김없이 시작된 새벽 행군에 여념이 없다. 계속되는 행군으로 군복은 땀에 젖고 다리는 마구 후들거린다. 훈련생 하나가 맥없이 쓰러진다. 매정한 상관들은 전혀 아랑곳하지 않고 오히려 더 큰 소리로 그를 향해 외친다.

"March correctly! Hey, you, get in step!(똑바로 행진해! 어이, 거기, 발맞춰!)"

본격적으로 학기가 시작되기 전 밸리포지 사관학교의 생도는 의무적으로 6주 동안의 신병 교육을 거친다. 이는 지옥같이 혹독한 훈련 스케줄과 칼날같이 매서운 규율로 미국 전역에 명성이 자자하다. 그러나 드높은 악명에도 불구하고 매년 상당한 숫자의 학생들이 밸리포지의 신병 교육에 자발적으로 참여한다. 아마도 힘든 만큼 소중한 경험을 얻는다는 증거가 아닐까 싶다.

빡빡한 스케줄 속에 극기 훈련처럼 진행되는 사관학교 생활의 장점은 바로 체계적인 훈련을 통해 독립심과 집중력, 그리고 끈기를 기를 수 있다는 것이다. 그래서 밸리포지에는 주어진 자유를 효과적으로 사용하지 못하는 많은 아이들이 반강제적으로 입학을 한다. 무엇보다 군대식 훈련은 나약하고 의존적인 심리를 물리치는 데 매우 효과적이기 때문에 힘든 훈련이 끝나면 이들을 보낸 부모님은 물론 당사자들조차도 경험에 대한 만족도가 높은 편이다.

가지각색의 신입생들 중에는 졸업 후 West Point(육군사관학교), Air Force Academy(공군사관학교), Naval Academy(해군사관학교) 등의 군사 계열 대학으로 진학을 희망하는 학생들이 상당수 포함되어 있다. 밸리포지의 체계적인 군사 훈련 시스템은 이미 미국 내에 정평이 나 있어 엄청난 경쟁률을 자랑하는 전문 사관학교들에서도 가산점을 줄 정도였다.

소위 명문가의 자제들이나 소문난 문제아들도 많았다. 술과 마약 상습 복용으로 강제 전학을 온 아이들, 이전 학교 낙제자들에서부터 명문 고교로 전학하기 전 경력을 쌓기 위해 온 소문난 가문의 자제들, 자기 수양과 체력 단련을 위해 자진해서 진학한 아이들까지 다양한 부류의 학생들이 있었다.

학교 규율상 6주간의 신병 교육을 통과하지 못하는 사람은 정식 학생으로 받아들여지지 않는다. 모든 이들이 이 교육을 통과해야 하며, 이 지옥의 훈련 기간 동안 모든 생도들은 한 치의 빈틈도 없는 훈련 일정에 따라 교육 과정을 이수해야 한다.

모든 행동은 상관의 허가 아래 이루어진다. 심지어 화장실을 갈 때

쌍둥이 형제, 하버드를 쏘다

에도 상관으로부터 허락을 받아야 한다. 군대에서처럼 전화, 인터넷, 컴퓨터, MP3나 CD 플레이어, 라디오 등의 사용은 전면 금지된다. 물 이외의 음료를 마시는 것은 물론이고 군것질은 말할 것도 없다. 이렇게 엄격한 규율로 인해 훈련을 못 이기고 퇴소하는 학생들도 상당수 있었다.

이처럼 밸리포지 사관학교는 보통 아이들이 다니는 사립학교와는 근본적으로 다른 곳이었다. 사립학교가 최대한의 자유를 보장하는 동시에 최대한의 학생들을 명문 대학에 진학시키는 것을 목적으로 두는 반면, 군사 학교(Military Academy)는 공부보다 육체적·정신적으로 건전한 사람을 길러 내는 전인 교육에 설립 취지를 두고 있었다. 이러한 밸리포지의 전인 교육은 명성이 높은 졸업생들을 꾸준히 배출해 옴으로써 그 우수함을 증명하고 있다.

걸프전의 총 사령관을 역임한 노먼 슈워츠코프 사성장군을 비롯해 시몬 릴스키 전 불가리아 총리, 에르난데즈 전 푸에르토리코 대통령 등 많은 기라성 같은 육군 장성들이 밸리포지를 거쳐 갔다. 《호밀밭의 파수꾼(The Catcher in the Rye)》의 작가 J. D. 샐린저도 역시 이곳의 자랑스러운 동문이다. 운동 팀들의 실력도 우수해 몇 년 전 전미 대학 미식축구 리그 2위에 뽑혔던 피츠제럴드를 비롯해 상당수의 프로 선수들을 배출했다.

이런 대단한 사람들도 모두 이 어려운 신병 훈련을 거쳐 갔다고 생각하니 어린 마음에 전율이 느껴졌다. 꼭 이 관문을 통과해야겠다는 의지가 솟아났다. 행진을 너무 오래 해 발에 물집이 잡히고 무릎이 퉁퉁 부었지만 이것만 해낸다면 나도 그들처럼 멋지게 성장할 것 같은 기분이 들었다.

거인의 땅 미국을 밟다

"Plebe An reporting his presence, Staff Sergeant(일병 안재우, 하사님께 신고합니다)!"

"What? Not loud enough! Get down and give me 20, plebe!(뭐라고? 소리가 작다! 엎드려서 팔굽혀펴기 20개 실시!)"

"One Staff Sergeant, two Staff Sergeant…Twenty, Staff Sergeant! Permission to recover, Staff Sergeant?(하나, 하사님! 둘, 하사님! … 스물, 하사님! 일어나도 되겠습니까, 하사님?)"

"Get up(일어나)!"

"Thank you, Staff Sergeant(고맙습니다, 하사님)!"

"May I tie my shoes, Staff Sergeant(신발 끈을 묶어도 될까요, 하사님)?"

"You have 5 seconds, go(5초 주겠다, 실시)!"

하루에만 팔굽혀펴기를 몇 개나 했을까? 머리에서는 땀이 줄줄 흘러내린다. 눈꺼풀 속으로 파고드는 땀을 닦아 내고 싶지만 팔은 부들부들 떨릴 뿐 말을 듣지 않는다. 팔뚝과 허벅지는 이미 마비가 된 것 같지만 내 앞에 서 있는 하사(Staff Sergeant) 티안은 눈빛 한 번 흔들리는 일 없이 계속 명령이다.

티안은 나보다 한 살 어린 중국 학생으로, 우리 부대를 훈련시키는 임무를 맡았다. 하는 일마다 꼬투리를 잡아 팔굽혀펴기를 시키는 게 너무너무 얄미웠다. 집합 시간에 겨우 몇 초 늦었다고 연병장 세 바퀴를 돌리고, 신발 끈을 묶어도 되냐고 물어 보면 목소리가 작다고 팔굽혀펴기 20개를 시키곤 했다.

나이도 어린 녀석이 마음 내키는 대로 명령하는 것을 듣고 있으려니

본격적으로 학기가 시작되기 전 밸리포지 사관학교의 생도는 의무적으로 6주 동안의 신병 교육을 거친다. 이는 지옥같이 혹독한 훈련 스케줄과 칼날같이 매서운 규율로 미국 전역에 명성이 자자하다. 위의 두 사진을 보면 신병 훈련 전후의 모습이 선명하게 대비된다.

무척이나 자존심이 상했다. 그러나 무엇보다 참기 힘든 것은 '하사님 (Staff Sergeant)'이라는 존칭이었다. 하지만 깜박 잊고 그 존칭을 빠뜨렸을 때에는 그 즉시 연병장으로 달려가 지옥의 뺑뺑이를 돌아야 했다.

"Everybody, get out of your room and stand at attention in the corridor. Go!(전원, 각자 방문 앞으로 나와 복도에 차렷 자세로 집합. 실시!)"

얄미운 티안의 목소리가 기숙사 복도에 쩌렁쩌렁하게 울린다. 새로 받은 제복을 옷장에 정리하던 나는 티안의 말이 끝나기 무섭게 방문을 박차고 달려 나간다. 조금이라도 꾸물거렸다가는 'Uniform Drill'을 해야 하기 때문이다.

Uniform Drill이란 벌칙으로 실시되는 일종의 훈련이다. 군복에서 운동복, 운동복에서 교복, 교복에서 외출복, 외출복에서 샤워 가운 등 여러 종류의 학교 유니폼을 각각 30초 안에 완벽하게 갈아입어야 한다. 만약 시간 안에 못해 낼 경우에는 그 즉시 뺑뺑이다.

상상해 보라. 군화부터 베레모까지 완전 무장을 한 생도가 30초 안에 모든 옷가지들을 벗어 던지고 샤워 가운 차림으로 갈아입는 모습을! 그리고 다시 30초 동안 넥타이까지 매야 하는 외출복 차림으로 변신, 다시 외출복에서 공식 행사용 정장을 입기까지 30초. 5분도 채 되지 않아 몸은 흥건히 젖고 방은 돼지우리로 변해 버린다. 속옷, 티셔츠, 체육복, 양말 등이 엉망으로 흐트러져 침대 위에 쌓이게 된다.

복도에 서 있던 티안은 거만한 투로 말을 시작한다.

"자, 이제부터 구두 닦는 법을 배울 텐데 모두 잘 듣도록. 우선 수건에 물을 살짝 묻힌 후 구두약을 찍는다. 그 다음엔…."

간단한 설명과 함께 그는 흙먼지로 뒤덮여 있던 한 켤레의 군화를

쌍둥이 형제, 하버드를 쏘다

능숙하게 닦기 시작한다. 동그란 구두 약통을 무릎에 올려놓고 한 손에는 구두를, 다른 한 손에는 손수건을 들고 있는 티안을 보니 어릴 때 목욕탕 앞에서 본 구두닦이 아저씨가 생각난다. 놀랍게도 얼마 지나지 않아 군화는 거울로 써도 될 만큼 반질반질 윤이 난다.

'무슨 마법을 부린 거지?'

마치 카퍼필드의 마법 쇼를 본 듯한 느낌이다.

"모두들 방으로 들어가서 주어진 구두 두 켤레와 군화 한 켤레를 2시간 이내로 닦는다. 실시! 단, 내가 검사할 때 이가 비칠 정도로 빛나지 않으면 오후 내내 Uniform Drill할 각오를 하도록."

"예, 하사님!"

대답은 우렁찼지만 구두를 한 번도 닦아 본 적이 없는 나는 걱정이 앞섰다.

'이러다 결국 오늘 밤새 뺑뺑이 돌겠구나.'

침대 밑에 놓여 있는 검은 신발들을 보자 한숨이 나왔다. 티안이 가르쳐 준 대로 구두약을 찍어 문질러 보았다. 침까지 조금 뱉어 넣고는 검지로 둥근 원을 그리듯이 살살 닦았다. 하지만 구두는 빛나기는커녕 더욱 더러워지기만 했다.

그렇게 낑낑대며 구두 색을 흐리게 만들던 중 새삼스레 어린 시절의 일화 하나가 떠올랐다. 초등학교 저학년 때였던 것 같다. 나는 용돈을 벌어 볼 생각으로 아버지의 새 구두를 꺼내어 막무가내로 문지르고 있었다. 그런 나를 보며 아버지는 잘했다며 용돈을 주었다.

생각해 보면 철부지 어린애였던 내가 구두를 제대로 닦았을 리 만무했다. 아마도 오히려 새로 산 구두의 부드러운 가죽을 한참 망쳐 놓았을 것이다. 그럼에도 불구하고 내 머리를 쓰다듬으며 환하게 웃어 주던 아버지. 그날 따라 부드러운 아버지의 미소가 그리워졌다.

그날 밤 구두닦이에 실패한 사람은 비단 나 혼자만이 아니었다. 복도에 진열된 우리들의 신발은 검은 구두약으로 덕지덕지 얼룩져 있었다. 결국 우리는 마치 패션모델이라도 된 듯 질리도록 유니폼을 갈아입어야 했고, 어두운 연병장에서 밤새 체력 훈련을 받았다.

온몸이 야구 배트로 얻어맞은 것처럼 욱신거리던 그 밤, 망친 새 구두를 내미는 내 머리를 쓰다듬어 주던 아버지의 너그러운 손이 생각나 좀처럼 잠이 오지 않았다.

다음날이었다. 돌아온 점심시간, 혹독한 새벽 행군 때문에 극도로 배가 고팠던 나는 부대가 식당 앞에서 행군을 멈추자마자 부리나케 식당으로 들어갔다. 지정된 테이블로 허겁지겁 달려가자 앞에 있는 딱딱한 빵이 눈에 들어 왔다. 뭐든지 먹어 치울 준비가 되어 있던 나는 얼른 빵을 움켜쥐고는 입으로 가져갔다. 그때였다. 바로 그 순간 테이블 근처를 서성이던 티안과 눈이 마주쳤다.

"Get out! Get out of my face right now!(나가! 당장 내 눈앞에서 꺼져!)"

"What, Staff Sergeant?(네? 하사님?)"

"I said, get the fuck out! You just touched the bread without my permission? You're a fucking plebe!(당장 꺼지라고! 감히 허락도 없이 빵에 손을 대? 넌 일개 훈련병이야!)"

기가 막히고 어이가 없었다. 빵에 이름이라도 써 있단 말인가? 항의하고 싶은 마음이 굴뚝같았지만, 티안을 비롯한 부대의 상급생 모두가 나의 다음 반응을 주시하고 있었다. 나는 하는 수 없이 조용하게 식당을 빠져 나왔다.

허기에 지쳐 빈 뱃속이 요동을 쳤다. 왜 이런 부당한 대우를 받아야 하는가. 그는 내게 안 좋은 감정이 있나. 어제 구두닦이를 너무 못해서 화가 났나. 오만 가지 생각이 스쳐 지나갔다.

'아! 맞다! 식당 안에서의 행동도 상관한테 무조건 허락을 받아야 한다고 했지.'

너무 배가 고픈 나머지 나는 이 규칙을 까맣게 잊었던 것이다.

"May I have permission to cut my steak, Staff Sergeant Tian(스테이크를 잘라도 되겠습니까, 티안 하사님)?"

"Go ahead, you have 10 seconds(10초 주겠다, 시작)."

"Thank you, Staff Sergeant(감사합니다, 하사님)."

식당 의자에 앉을 때, 물을 한 모금 삼킬 때, 스테이크 한 조각을 자를 때 등 신입 훈련병들은 식당 안에서의 모든 행동을 하사관에게 허락 받아야 했다.

의자에 앉을 때는 허리를 꼿꼿이 세운 채 엉덩이를 의자 앞부분 3인치에만 걸터앉았다. 눈은 정면을 주시했다. 그리고 음식을 먹는 순간을 제외하고는 손을 계속 허리에 붙이고 앉아 차렷 자세를 유지했다.

음식을 먹는 일정한 법칙도 있었다. 일명 'Squaring the meal'. 신병들이 식사할 때 지켜야 하는 엄한 규칙이었다. 일단 음식을 손에 쥔 후 손을 쭉 뻗은 채 눈높이까지 수직으로 올린다. 그리곤 90°를 그리며 음식을 입 앞으로 가져가 입에 넣은 후, 다시 팔을 쭉 뻗고 수직으로 내려 90°를 다시 그리는 식으로 모든 음식을 먹어야 했다. 심지어 수프를 먹을 때에도, 떨리는 숟가락 아래로 국물이 줄줄 흐르는 한이 있더

거인의 땅 미국을 밟다

라도 90°를 정확히 그려야 했다.

이런 식으로 음식을 먹다 보니 한 끼마다 먹는 것은 겨우 빵 몇 조각
이었고, 우리는 항상 허기진 배를 움켜쥐고 식당에서 나와야 했다.

그에 반해 티안은 늘 즐거워 보였다. 그는 등받이에 몸을 편히 기대
어 음료나 후식을 먹으며 우리를 거만한 눈빛으로 감시했다. 항상 어
떻게 해야 우릴 굶길 수 있을까 고민하는 듯 했던 그는 식기를 떨어뜨
리거나 음식물을 흘리는 등의 단순한 실수에도 우리의 한 끼 식사를
박탈하곤 했다.

9월인데도 불구하고 한여름 같은 펜실베이니아 주의 날씨는 우리를
한껏 괴롭히고 있었다. 전교생이 꽉 들어찬 학교 식당은 훈련을 막 마
친 우리가 발산하는 열기로 인해 후끈 달아올랐다. 그 흔한 선풍기조
차 놓여 있지 않은 그곳은 생지옥을 연상케 했다. 비 오듯 흐르는 땀이
이마와 볼을 타고 흘러 내려 얼굴은 참을 수 없이 간질거렸다. 가려운
부분을 긁고 싶은 마음에 미칠 지경이었지만 그랬다간 식당에서 쫓겨
나기 십상이기에 나는 속으로 구구단을 외워 가며 가려움증을 이겨야
했다. 그야말로 혹독한 나날들이었다.

6 : 지옥의 끝 맛

고난이 있을 때마다
그것이 참된 인간이 되어 가는 과정임을 기억해야 한다.

— 괴테

어느덧 6주간의 신병 교육은 마지막 주로 접어들었다. 처음에는 낯설고 난감하기만 했던 밸리포지의 시스템에 우리는 비교적 잘 적응해 가고 있었다.

도저히 불가능해 보였던 새벽 5시 30분 기상이 이제는 요란한 자명종 없이도 가능했다. 어렵기만 하던 구두 닦기도 10분이면 충분했다. 내 군화는 늘 거울로 쓸 수 있을 정도로 반짝거렸다.

지난 5주간의 혹독한 경험 덕분이었는지 같은 부대원들과 상상 이상으로 가까워져 있었다. 원수지간처럼 지내던 상관 티안과도 이제는 꽤 친하게 지냈다. 그는 나보다 1년 빨리 학교에 들어와 계급은 높았지만 나이도 한 살 어리고 학년도 같았다. 같은 동양인에 비슷한 연배였기에 우리는 안 좋았던 기억을 금세 털고 마음을 열 수 있었다.

"오늘 행진 좀 힘들었지? 내일은 좀 괜찮아질 거야. 푹 쉬어."

"네, 티안 하사님."

거인의 땅 미국을 밟다

"우리끼리만 있을 때에는 편하게 말해도 돼. 그냥 친구처럼 대해."

"… 고마워."

"이제까지 내가 너무 엄했던 것, 본심은 아니었어. 내 위치상 해야 하는 일이니깐 이해해 주길 바란다. 나도 어쩔 수가 없어."

"으, 응…."

훈련 때는 피도 눈물도 없던 녀석이 이렇게 변할 수도 있구나 하는 생각에 나는 깜짝 놀랐다. 오죽하면 별명이 '냉혈한'이었을까. 한결 부드러워진 티안에게 학교생활에 대해 물었다.

"근데 신병 교육 끝나고 학기가 시작돼도 계속 이렇게 훈련을 받는 거야?"

"응, 받긴 받는데 조금은 쉬워질 거야. 몇 가지 특권도 부여되고. 예를 들어 의자에 6인치까지 걸터앉을 수 있다거나 허락 받지 않고 화장실에 가는 것 말이지. 하하하. 그래도 주말 내내 훈련을 하고, 평일에도 방 검사, 구두 검사, 복장 검사 같은, 언제 닥칠지 모르는 검사에 대비를 해야 해. 군대생활이랑 학교생활이랑 둘 다 한다고 생각하면 되지, 뭐."

"아, 그렇구나…."

마지막 주, 취침 전의 짧은 휴식 시간을 틈타 티안은 종종 나를 찾아왔다. 예상 외로 우리는 대화가 잘 통하는 편이었다. 그는 지난 훈련 기간 동안 신입생들을 교육시키면서 느꼈던 자신의 고통과 고뇌를 내게 허심탄회하게 털어 놓았다. 그들이 자기에게 품을 분노의 크기를 상상하며 때로는 공포감과 비애를 느끼기도 했단다.

"나 사실 너희들한테 많이 미안해. 내 임무라서 어쩔 수 없는 일인데, 애들이 날 싫어하는 것이 느껴지니 마음도 안 좋고…."

쌍둥이 형제, 하버드를 쏘다

마치 고해성사와도 같은 그의 애기들을 듣고 있노라니 지난 훈련 동안 티안과 함께한 최악의 상황들이 파노라마처럼 스쳐 지나갔다. 30초 만에 끝내야 하는 얼음물 샤워, 시간 내에 샴푸를 행구지 못해 머리에서 줄줄 흐르던 거품, 학교 건물에 붙어 있는 수천 개의 껌 자국을 작은 클립 하나로 제거하던 일, 티셔츠·속옷·반바지 등 모든 빨래들을 정확히 6인치로 반듯하게 접어 옷장에 정리하던 일, 새벽 3시에 난데없는 소방 연습에 속옷 차림

티셔츠, 속옷, 반바지 등 모든 빨래들을 정확히 6인치로 반듯하게 접어 옷장에 정리해야 했다.

으로 연병장에 집합하게 했던 일 등등. 이 모든 것을 눈 하나 깜짝 하지 않고 내게 명령했던 자가 바로 티안이었다. 그 차갑고 무시무시했던 상관이 돌변하여 지금 내 눈앞에서 고개를 수그리고 있었다.

"너도 내년에 알게 될 거야. 내가 얼마나 힘들었는지…. 속으로는 잘 해 주고 싶지만 겉으로는 그래서는 안 된다는 게 얼마나 가슴 아픈지."

티안의 위치에 서 있을 내년의 내 모습이 당장은 실감나지 않았지만, 그의 고백은 충분히 가슴을 울리는 면이 있었다.

그때 나는 어렴풋이 느꼈다. 밸리포지가 지금까지 내가 경험했던 학교와는 확실히 다르다는 사실을. 이곳의 아이들은 아직 십대임에도 불구하고 스스로에게 부과된 책임과 임무를 완벽하게 소화해 내고 있었

거인의 땅 미국을 밟다

다. 일반적인 사립학교와 군사 학교가 다른 면이 있다면 아마도 이것이리라. 밸리포지의 사관생도들은 여러 면에서 훨씬 더 강하고 독립적인 구석이 있었다.

생각이 여기까지 이르자 나는 밸리포지의 신병 훈련이 단순히 학생들을 고생시키기만 하는 프로그램이 아니라는 사실을 깨달았다. 이 학교는 '고난이야말로 아이들을 성숙시키는 위대한 스승'이라는 격언을 그대로 실천하고 있는 곳이었다. 고된 훈련은 의존적이고 나약하며 비생산적인 새 시대의 아이들을 당당하고 책임감 있는 어른으로 성장시켜 주는 첫 번째 징검다리의 역할을 충실히 해 내고 있었다.

드디어 지옥 같았던 신병 훈련은 완전히 끝났다. 이는 어쩌면 우리의 육체를 쇠잔하게 만들었는지도 모른다. 그러나 체력이 떨어지고 몸이 고단한 것은 순간에 불과한 현상이었다. 중요한 변화는 내부에서 나오는 법. 훈련을 통해 한층 성숙해진 나는 다가오는 미지의 세계를 향한 뜨거운 열망과 의지로 열렬하게 달아올랐다.

지옥의 맛은 너무나 맵고 썼지만 그 끝 맛만큼은 매우 달콤했다.

Mission Possible

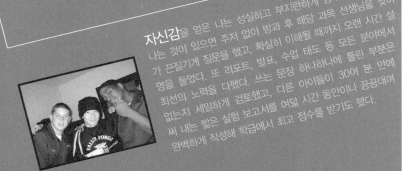

자신감을 얻은 나는 성실하고 부지런하게 공부를 했다. 의문
나는 것이 있으면 주저 없이 방과 후 해당 과목 선생님을 찾아
가 끈질기게 질문을 했고, 확실히 이해될 때까지 오랜 시간 설
명을 들었다. 또 리포트, 발표, 수업 태도 등 모든 분야에서
최선의 노력을 다했다. 쓰는 문장 하나하나에 틀린 부분은
없는지 세밀하게 검토했고, 다른 아이들이 30여 분 만에
써 내는 짧은 실험 보고서를 여덟 시간 동안이나 끙끙대며
완벽하게 작성해 학급에서 최고 점수를 받기도 했다.

1 : 이방인들의 수업

군자는 곤궁한 처지에 빠져도 마음이 흔들리지 않는다.
그러나 소인은 곤궁하게 되면 난폭한 생각을 한다.
─ 논어

"미안하지만 너희는 미국 아이들과 같이 수업을 받을 수 없다. 제일 낮은 수준의 반으로 가서 영어를 배우도록 해."

학기 시작 첫날 드럼라잇 선생님이 우리에게 한 말이다. 선생님은 우리 학년의 담당 카운슬러로서 학생들이 이수하는 과목과 학업에 대한 전반적인 문제점을 상담해 주었다.

제대로 완전한 문장 하나 말하지 못하고 쑥스러워 바닥만 보는 아이들. 더군다나 우리는 그 흔한 어학연수 경험 한 번 없었다. 여름학교가 끝날 무렵 보았던 반 배치 테스트 점수도 낮았기 때문에 어찌 보면 영어 구사 능력이 떨어지는 학생들만 모이는 기초반으로 배치되는 것은 지극히 당연한 일이었다. 아직은 미국 아이들과 수업을 들을 수준에 못 미친다는 것을 잘 알면서도 나는 왠지 모를 억울함에 몸을 떨었다.

한국과 달리 미국에서는 자신이 이수하고자 하는 과목을 스스로 선택할 수 있었다. 하지만 입학 당시의 우리는 그런 결정권을 가질 수 있는 처지가 아니었다. 문제는 현저히 떨어지는 의사소통 능력만이 아니었다. 앞으로 우리는 영어로 수업을 듣고 그에 대한 질문과 토론을 해야 했다. 그러나 그 당시 우리에게 복잡한 수업 내용을 영어로 듣고, 정리하고, 다시 짧은 시간 안에 말로 옮기는 것은 거의 불가능한 일이었다.

물론 여름학교 기간 동안 영어를 집중적으로 공부해 회화 및 어휘력이 많이 늘기는 했다. 그러나 영어로 다른 과목, 즉 수학이나 물리, 세계사 등의 교과를 공부하는 것은 아직 역부족이었다. 이제 우리에게 필요한 것은 영어 '사용 능력'이 아닌 2차 과목을 배우기 위한 '학습 능력'을 기르는 것이었다.

사실 당장의 상태만을 놓고 보자면 우리의 '학습 능력'은 거의 제로에 가까웠다. 이 때문에 아무리 반 배정이 마음에 내키지 않는다 해도 우리는 묵묵히 카운슬러 드럼라잇의 결정에 따르는 수밖에 없었다. 해결책이 있다면 단 한 가지, 무슨 일이 있어도 이 과정에서 좋은 성적을 획득해 그 다음 과정으로 넘어가는 것이었다.

어쩔 수 없이 우리는 카운슬러의 권유에 따라 ESL(English as Second Language) 과정에 들어갔다. 우리는 자존심을 버리고 처음부터 다시 시작한다는 자세로 모든 것에 열정적으로 임하기로 마음먹었다.

ESL의 A반은 미국에서 공부를 해 본 경험이 아주 없는 멕시코, 코스타리카 등 라틴 아메리카 학생들과 타이완, 중국 등지에서 온 아시아 학생들, 그리고 우리 형제를 포함한 총 9명으로 구성되어 있었다.

"나는 너희들을 앞으로 1년 동안 가르치게 될 홉스 선생님이다. 이 클래스에서는 주로 영어의 기초적인 문법과 작문에 대해 배우게 될 거야. 너희가 ESL 다음 과정인 레귤러 과정에 들어갈 준비를 하게끔 도와주는 것이 내 임무다. 같이 생활하게 되어서 무척 반갑다."

검은 콧수염이 인상적인 홉스 선생님의 첫인상은 마치 포근한 옆집 아저씨 같은 느낌이었다. 그는 10여 년 동안이나 ESL 클래스를 담당한 분이었다. 그래서 누구보다도 미국으로 유학 온 학생들이 겪는 여러 고충에 대해 잘 알고 있었다. 그는 자신만의 독특한 수업 방식과 오랜 경험에서 얻은 노하우를 바탕으로 ESL반 아이들이 자칫 느낄 수 있는 소외감과 영어 콤플렉스를 극복할 수 있도록 적극적으로 도와주었다. 그런 홉스 선생님과 호흡을 맞춰 순조로운 첫 학기를 보내면서 미국에서의 수업에 대한 막연한 두려움은 점차 사라져 갔다.

ESL반의 수업 내용은 기초적인 영어 문법을 익히고 문장 구조를 연습하는 것과 기본 단어를 공부하는 것이 주를 이룬다. 처음 유학을 오면 조급한 마음에 이런 식의 기초적인 수업을 시간 낭비로 생각하기 쉬운데 그것은 정말 오산이다. 레벨이 낮은 ESL 클래스의 수업 내용은 유학 초기에 생기기 쉬운 영어에 대한 불안감을 없애 주고, 공부 자체에 대한 흥미를 유발시키는 좋은 촉매제이다.

수업 방식은 한국과 많이 다르다. 질문과 토론이 수업의 주축이다. 심지어 문장 하나를 쓸 때조차 열띤 의견 교환을 권장한다. 그저 책상에 앉아 칠판을 바라보며 노트 필기만 하던 한국의 방식과는 많이 달라 처음에는 어색했지만, 이곳의 새로운 수업 방식이 왠지 나에게는 더 흥미롭고 잘 맞는 것 같았다. 다행히 여름학교 때 막무가내로 외국 아이들과 대화를 시도한 결과 듣기와 말하기 실력은 처음보다 많이 나아져서 수업에 참여하는 것이 그리 어렵지는 않았다.

홉스 선생님의 독특한 수업 방식도 공부에 흥미를 붙이는 데 한몫했다. 수업 도중 선생님은 간간히 질문을 던졌고 정답을 맞힌 학생들에게 일정한 점수를 주었다. 그는 점수가 일정 수준 이상 도달한 아이에게 직접 만든 쿠폰을 주었다. 쿠폰 1개는 숙제 한 번 면제, 그리고 4개는 수업 대신 도서관에 가서 자기 공부를 할 수 있는 특권을 의미했다. 사려 깊은 홉스 선생님이 직접 고안한 이 수업 방식은 활력이 없던 교실에 생기를 불어넣었다.

우리는 ESL 과정에서 빠르게 성장해 나갔다. 영어로 듣고 말하는 게 일상적이었기 때문에 자연스럽게 귀가 뚫리고 의사소통도 많이 자연스러워졌다.

한국에 있는 동안 집중적으로 훈련했던 발음 연습은 이때 큰 효과를 보았다. 영어 특유의 억양을 입에 익히는 훈련을 매일 했던 나로서는 문장 하나하나마다 리듬을 익히는 게 굉장히 수월했다. 나는 완벽한 발음을 위해 한 단어, 한 문장을 말할 때에도 입으로 몇 번이고 되새긴 다음 신중하게 말을 했고, 그런 버릇은 한국인 특유의 악센트나 부자연스러운 발음을 없애는 데 큰 몫을 했다. 또한 ESL 과정에서 배우는 문법은 대화나 숙제를 통해 그 즉시 사용해 봄으로써 완전히 내 것으로 만드는 데에 주력했다.

이렇게 발음과 문법이라는 두 마리의 토끼를 동시에 잡는 공부 방식 때문에 어눌했던 나의 영어는 점차 세련미를 더해 갔다. 여전히 부족했지만 이 시기 나날이 조금씩 발전하는 스스로의 모습에 자신감도 생겼다.

이때 꾸준히 읽었던 것이 영어 구어체 표현을 모아 놓은 책이었다. 어렵지 않으면서도 일상생활에 자주 쓰이는 표현은 나에게 쉽고 부담 없이 다가왔다. 그리고 책을 통해 익힌 표현을 그저 외우기보다는 친구들과의 대화에서 어떻게든 써먹으려고 노력했다. 예를 들어 'stab somebody in the back(중상모략 또는 배신하다)' 라는 표현을 접하면 이것을 어떤 식으로든 대화할 때 사용하곤 했다.

"Hey, Daniel. You're not someone who will stab me in the back. Am I right?(다니엘. 너는 나를 배신할 사람은 아닐 거야. 내 말 맞지?)"

"Of course not. Why are you asking me that kind of question all of a sudden, by the way?(당연하지. 그런데 왜 갑자기 그런 질문을 하는 거야?)"

"Nothing. Don't worry about it.(그냥. 신경 쓰지 마.)"

나는 여러 외국 친구들을 연습 상대로 삼아 다양한 표현을 익혔다. 이 유용한 나만의 개인 회화 수업은 큰 효과를 발휘했다. 이런 방법으로 익힌 표현들은 나의 뇌리 깊숙이 박혀 시간이 지나 이를 써 먹을 적절한 타이밍이 왔을 때 자동으로 툭툭 튀어나왔다.

매사에 적극적이고 재치 있는 농담도 곧잘 던지게 된 것이 바로 이 시기였다. 수업 시간에도 맨 앞자리에 앉아 질문 공세를 펴는 등 점점 활발해져 가는 내 모습에 훕스 선생님도 상당히 놀란 눈치였다.

"재연 학생, 영어 실력이 많이 늘었어요."

"아니에요, 아직 멀었는걸요. 감사합니다."

자신감을 얻은 나는 성실하고 부지런하게 공부를 했다. 의문 나는 것이 있으면 주저 없이 방과 후 해당 과목 선생님을 찾아가 끈질기게 질문을 했고, 확실히 이해될 때까지 오랜 시간 설명을 들었다.

또 리포트, 발표, 수업 태도 등 모든 분야에서 최선의 노력을 다했다. 쓰는 문장 하나하나에 틀린 부분은 없는지 세밀하게 검토했고, 다른 아이들이 30여 분 만에 써 내는 짧은 실험 보고서를 여덟 시간 동안이나 끙끙대며 완벽하게 작성해 학급에서 최고 점수를 받기도 했다.

밸리포지의 선생님들은 평범하지만 열정적인 두 동양인 학생에게 차츰 관심을 보이기 시작했다. 그들은 우리를 주목했고 많은 격려와 후원을 아끼지 않았다. 우리에게 타고난 실력이나 대단한 학습 능력이 있어서가 아니었다. 매사에 보여 준 진지한 태도와 끈질긴 노력, 이것이 밸리포지의 지도자들을 움직이게 한 것이다.

10학년 때 자연과학 교과를 가르친 미 공군 대령 출신 휴이 선생님은 1년 뒤 학년 말 상장 수여식에서 나에게 Harvey Medal(과목 수석에게 주어지는 메달)을 수여하며 한 장의 편지를 주었다.

재연 군, 너와 너의 형을 만나 오랜 시간 가르칠 수 있었던 것은 나에겐 참 큰 행운이자 영광이었단다. 처음에는 말 한 마디 제대로 하지 못했지만, 너희들의 눈에는 무서우리만큼 강한 무언가가 숨겨져 있었지. 놀랍게 늘어 가는 문장력과 발표력은 내가 그 동안 보아 왔던 어떤 학생의 발전 속도보다 빠르고 대단했네. 다른 학생들이 자네로부터 그 열성적인 수업 태도와 학구열을 본받았으면 하는 소망이 있어. 앞으로도 더욱 노력하여 훌륭한 인물로 성장해 주게.

2 : 축구 애국자

조급히 굴지 마라. 행운이나 명성도 일순간에 생기고 일순간에 사라진다.
그대 앞에 놓인 장애물을 달게 받아라.
싸워 이겨 나가는 데서 기쁨을 느껴라.

– 앙드레 모루아

어렸을 때부터 축구라면 밥도 거르고 했던 나는 미국에서도 꼭 한 번 축구를 해 보고 싶었다. TV에서만 보았던 잔디 구장에서 뛸 수 있다는 것도 설레었고, 그 동안 갈고 닦은 실력을 외국 아이들 앞에서 뽐내 보고 싶은 마음도 있었다. 그래서 나는 재우와 함께 학교 대표 선수를 뽑는 테스트에 참가하기로 결정했다.

첫 테스트는 패스, 슈팅, 드리블, 팀 전술 이해 능력 등 전 분야에 걸쳐 이루어졌다. 이 테스트 결과를 바탕으로 코칭스태프는 지원자들의 당락을 결정하기에 짧은 시간 내에 전력을 다해 소질과 역량을 선보여야 했다. 기회는 단 한 번뿐이었고 나는 그 기회를 놓칠 수 없었다.

테스트 당일 운동장에는 학교 내에서 손꼽힌다는 축구꾼들이 모두 모여 들었다. 미국 아이들을 비롯한 멕시코, 브라질, 이탈리아 등 각국에서 온 학생들과의 경쟁이었다. 범국가적인 대결 양상으로 축구장에는 묘한 긴장감이 감돌았다.

신기하게도 아이들은 우리가 한국에서 왔다는 사실만으로도 위축이 되는 모양이었다. 2002년 한국의 월드컵 4강 진출 신화가 새삼 재확인 되는 순간이었다. 나는 은근 슬쩍 한국 국가 대표 팀의 빨강 유니폼을 꺼내 들었다. 월드컵과 붉은 악마가 한국인들에게 남긴 자부심과 긍지는 이곳 밸리포지에까지 이어지고 있었다. 새삼스레 친구들과 함께 거리에 나가 "대한민국~!"을 목이 터져라 외치던 지난여름이 생각났다. 그 뜨거웠던 여름 우리 모두가 입었던 빨강 유니폼을 걸치고, 앞으로 나는 푸른 밸리포지의 축구장을 힘차게 누빌 것이었다.

감독님은 평가 기준에 관해 간단한 설명을 한 후 테스트의 시작을 알리는 호루라기를 힘차게 불었다. 나는 신중하게 볼 터치를 하며 정확한 플레이를 했고, 패스와 드리블은 합격점을 받았다. 틈날 때마다 나이키 광고를 몇 번씩 돌려보며 호나우두와 피구의 기술을 연마했던 내게 이는 실력 발휘를 할 수 있는 절호의 찬스였다. 새로 부임한 코치도 나의 테크닉에 만족하는 눈치였다. 간간히 찔러 주는 나의 정확한 스루패스와 현란한 발재간은 아이들의 탄성을 자아내게 했다.

하지만 문제는 슈팅이었다. 맨땅에서만 뛰어 봤던 내게 잔디 구장에서의 축구가 익숙할 리 없었다. 긴 잔디에서는 땅에서보다 공이 살짝 위에 떠 있었기에 나는 습관적으로 공의 아래 부분을 차기 일쑤였다. 슈팅을 하는 족족 축구공은 골대를 넘어갔다. 잔디에 적응하기 위해서는 적어도 며칠간의 연습 시간이 필요한데 생전 처음으로 잔디 구장을 밟아 보는 나로서는 이겨 내기 힘든 핸디캡이었던 것이다.

우려했던 광경은 이어 진행된 연습 경기에서 벌어졌다. 전반적으로 좋은 플레이를 펼치던 나였지만 결정적인 순간에 실수를 하고 말았다. 무득점으로 비긴 상황에서 전반전이 끝나 갈 무렵, 나는 수비수 두 명을 멋지게 따돌리고 골키퍼와 일대일로 맞서게 되었다.

"슛해! 슛!"

"뻥!"

각도를 좁혀 오는 골키퍼의 움직임에 조급해진 나는 재빨리 슈팅을 날렸다.

'아차!'

너무 긴장한 나머지 공이 하늘 높이 치솟고 말았다. 당황스러워 얼굴이 빨개졌을 때 에콰도르에서 온 챠콘과 다른 멕시코 아이들이 내 옆을 지나가며 중얼거렸다.

"야, 한국 애들, 축구 저것밖에 못하나 봐. 역시 이번 월드컵은 심판이 완전히 봐준 거였어."

"그런가 보다. 원래 홈에서 하는 나라가 유리한 거잖아. 완전 사기극이었어. 크크."

뭐라고? 나는 순간 화들짝 놀랐다. 갑자기 속이 부글부글 끓어올라 참을 수가 없었다.

"야! 너 방금 뭐라고 했냐?"

"너 축구 진짜 못한다고, 임마. 가서 탁구나 쳐. 한국 애들, 탁구는 잘 치던데. 크크."

"이 새끼가 죽을라고 헛소리야! 너 이리 와 봐."

나와 챠콘은 어느새 서로를 욕하며 심한 주먹 다툼을 하기 시작했다. 온힘을 다해 녀석의 가슴팍을 차 버리려던 찰나 아이들이 급하게 우리를 떼어 놓았다. 녀석의 육중한 팔꿈치에 맞아 갈비뼈가 욱신거렸지만 나는 애써 아무렇지 않은 척 해야 했다.

"야, 코리언! 집으로 돌아가서 수학 문제나 더 풀지 그래?"

내 빗나간 슈팅 하나가 한국 전체를 욕되게 한 것임은 틀림없었다. 알 수 없는 죄책감이 나를 괴롭혔다. 그 동안 한 번도 한국을 떠나 본 적 없이 토종 한국인으로 살아온 나로서는 처음 접하는 생소한 경험이었다.

또다시 챠콘은 자신의 스페니시 친구들과 함께 나를 빈정거리고 있었다. 화가 치밀어 물병을 던져 보았지만 그는 이미 멀리 달아난 후였다.

심한 모욕감이 나를 괴롭혔다. 물론 축구라면 뒤지지 않는다는 자존심에 큰 상처를 입기도 했지만, 내 축구 실력을 폄하하는 비아냥거림보다는 'Korea'를 들먹거리는 그들의 태도에 분노가 치밀었던 것이다. 저렇게까지 우리나라를 비하하며 나쁜 말을 해댈 줄은 상상도 못했던 바였다.

후반전이 시작된 후에도 나는 씩씩거리며 필드를 열심히 뛰어다녔지만 경기는 생각대로 순순히 풀리지 않았다. 얼마 후 챠콘은 내 어깨를 툭 치고 가더니 보란 듯이 멋진 중거리 슈팅을 날려 내 기를 꺾어 놓았다. 스페인 명문 프로 구단 레알 마드리드 유소년 축구팀에서 뛴 적이 있다던 그의 말은 거짓말이 아니었던 모양이었다. 뒤통수를 한 대 얻어맞은 것 같아 한참을 자리에서 움직일 수 없었다.

밸리포지에서의 첫 번째 연습 경기는 그렇게 허무하게 끝이 났다. 아이들 모두가 기숙사로 돌아간 후 나는 축구공 몇 개를 들고 텅 빈 골대 앞으로 달려갔다. 다음 연습 경기 때에도 같은 비웃음을 사기는 죽기보다 싫었다. 하늘이 어둑어둑해져서 공이 더 이상 안 보일 때까지 이를 악물고 몇 십 번이고 슈팅 연습을 한 후에야 땀에 젖은 몸을 이끌고 기숙사로 향했다. 발뒤꿈치에 물집이 잡히고 엄지발톱이 빠져 걷는 것조차 힘이 들었다. 발에서는 붉은 선혈이 떨어지고 있었다.

아무도 없는 탈의실에서 몸 이곳저곳의 상처를 소독하며 나는 깊은 생각에 잠겼다. 사소한 말다툼이었다고는 하지만 내 빗나간 슈팅 하나가 한국 전체를 욕되게 한 것임은 틀림없었다. 알 수 없는 죄책감이 나를 괴롭혔다. 그 동안 한 번도 한국을 떠나 본 적 없이 토종 한국인으로 살아온 나로서는 처음 접하는 생소한 경험이었다. 그러나 그 순간 내 머릿속을 스치는 생각이 있었다.

'그 욕지거리들을 감탄으로 바꾸면 되는 것이 아닌가?'

그래, 바로 그것이었다. 나를 조롱하며 한국을 비웃었던 그들의 인식을 앞으로의 내 행동을 통해 바꾸면 되는 것이었다. 그러기 위해서는 말 한 마디, 행동 하나하나에도 신경을 쓰고 책임을 져야 했다.

어느새 넘치는 소명 의식과 책임감이 밀려들어 왔다. 나는 무의식중에 두 주먹을 불끈 쥐었다. 그 동안 느낄 수 없었던 무언가가 가슴 깊숙한 곳에서 끓어오르고 있었다.

'한국에 있는 내 친구들을 대표해서 꼭 최고가 되고야 말리라.'

그것은 한국에 있을 때는 미처 알지 못했던 비장한 애국심이었다. 그날 이후 나는 선생님이나 친구들로부터 '잘한다'는 칭찬을 들을 때마다 항상 이렇게 말했다.

"다른 한국 애들은 나보다 훨씬 더 잘해."

3 : 수석과 차석을 휩쓸다

가난한 자 열 명은 돗자리 하나에서 평화롭게 잠들지만
아무리 넓은 제국도 두 군주에게는 너무나 좁다.
- W. R. 앨저의 《동양시선》 중에서

10월의 마지막 주 어느 날이었다. ESL 클래스 담당인 홉스 선생님
은 두툼한 종이를 책상 위에 꺼내 놓았다.

"너희가 그토록 기다리던 이번 쿼터 성적표가 나왔다. 누구부터 나
눠 줄까?"

"저요! 저요!"

새 학기 첫 성적표가 나왔다는 설렘에 클래스 친구들은 저마다 손을
들며 어린아이처럼 외쳤다.

성적표를 받아 든 친구들의 표정은 각양각색이었다. 머리를 감싸 쥐
며 탄식하는 친구도 있었고, 기뻐서 어깨를 들썩거리는 친구도 몇몇
보였다.

밸리포지에서는 1년에 네 번 전교 석차와 평균 점수, 그리고 선생님
의 의견이 기록된 성적표를 나눠 준다.

첫 번째 쿼터가 끝나 갈 무렵 부쩍 많아진 시험과 퀴즈에 나는 더 많

은 시간을 공부에 투자해야 했다. 그러나 공부가 힘들게 느껴졌던 기억은 없다. 군사 훈련과 각종 체육 활동 등의 과외 활동에서 오는 육체적 피로감은 때때로 있었다. 하지만 사실 보충 수업과 야간 자율 학습이 있는 한국 고등학교와 비교해 볼 때 이는 힘든 축에도 못 끼었다. 오후 3시면 모든 학교 수업이 종결되었고, 그 후의 군사 훈련과 축구부 연습도 힘들다기보다는 재미있게 느껴졌다. 그것이 끝나고 나서도 시간이 많이 남았기 때문에 휴식을 취할 시간도 충분했다.

ESL 클래스에서 보낸 두 달여 동안은 앉아서 하는 공부보다 돌아다니면서 하는 '살아 있는 공부'에 열중했다. 즉 방방마다 돌아다니며 새로운 친구들과 수다를 떨며 영어 구사 능력을 점진적으로 향상시켜 나갔다. 물론 전처럼 주어진 과제만큼은 충실하게 해내면서 말이다.

당시 나는 수학과 과학은 미국 아이들과 같이 레귤러 코스를 이수했다. 하지만 영어와 사회는 ESL 과정 학생들만을 위한 별도의 과목을 듣고 있었다. 그래서 ESL 코스 특유의 낮은 난이도 덕분에 느슨한 생활을 하면서도 좋은 성적을 내는 것이 가능했다. 퀴즈나 시험 같은 경우 기본적인 영어 문장 구조와 단어만을 철저히 공부하면 만점에 가까운 점수를 받을 수 있었다. 우리와 같이 ESL 과정을 이수하던 외국인 학생들은 진지한 수업 태도가 많이 부족했지만 나와 재우는 착실히 공부함으로써 좋은 성적을 유지할 수 있었다.

수학과 과학은 한국에서 이미 배웠던 내용이 주를 이루었기 때문에 다른 학생들보다 개념 이해가 빨랐다. 한국에서는 공포의 대상이었던 수학과 과학이 이제 영어와 사회에 비해 상대적으로 쉬운 과목이 되었다. 여느 유학생이건 이런 경험은 있을 것이라고 생각한다.

이렇게 보낸 나의 첫 쿼터 성적은 어떨까? 미국에서 받는 첫 성적표가 궁금해 미칠 지경이었지만 나는 초조감을 감추기 위해 일부러 눈을 감고 있었다.

"재우, 재연, 축하한다. 너희가 전체 수석과 차석이야!"

"네?"

"ESL반에 있는 아이들이 이렇게 잘하는 걸 본 적이 처음이 아닌가 싶다."

깜짝 놀라 성적표를 보니 과연 전체 10학년 114명 중 평균 98.5와 97.75로 재우는 1등, 나는 2등이라고 적혀 있었다. 우리 둘은 서로를 바라보며 믿어지지 않는다는 듯 웃었다. 같은 클래스의 친구들도 부러움이 담긴 눈빛으로 우리를 보며 축하의 말을 아끼지 않았다.

'한국에서 한 번도 해 보지 못한 전체 수석과 차석을 여기서 하게 될 줄이야!'

그때 얻었던 자신감과 사기는 이루 형언할 수 없을 정도였다. 기쁜 마음에 빨리 부모님께 소식을 알려 드리고 싶었다. 하지만 급작스럽게 찾아 온 행복의 유효 기간은 그리 길지 않았다.

그날 밤 재우와 나는 룰루랄라 콧노래까지 부르며 기숙사 책상 앞에 쿼터 성적표를 붙이고 있었다. 그때였다. 같은 10학년이지만 계급이 병장인 얼데즈가 불쑥 방 안으로 들이닥쳤다. 러시아 출신이지만 어릴 때부터 미국에서 살아 온 얼데즈는 작년에 전체 2등을 차지한 밸리포지의 수재였다. 자존심이 강한 그는 초면의 신입생에게 수석 자리를 뺏겨 무척 자존심이 상한 모양이었다. 그는 씩씩거리며 말했다.

"너희가 이번에 일등, 이등 했다며? 당연하지. 그렇게 쉬운 과목들만 영어 한 마디도 뻥긋 못하는 애들이랑 듣고 있으니 성적이 안 좋을 리가 있겠어? 나라면 더 잘했겠다."

첫 쿼터에서 우리는 10학년 전체의 수석과 차석을 차지했다. 하지만 ESL반의 수업 내용이 레귤러반의 그것보다 쉽다는 이유로 얼데즈(왼쪽에서 세 번째)를 비롯한 몇몇 아이들은 이를 인정하려 하지 않았다.

"무슨 말인지…."

"내가 듣는 과목을 한번 들어 봐. 너희들은 C도 안 나올걸. 수석? 차석? 얼어 죽을. 그 따위 것 가지고 흥분하지 마라. 괜히 너희 꼴 우스워질까 봐 하는 말이야. 헤이, 천재 쌍둥이, 나 간다."

그는 연신 우리를 비아냥거리더니 휙 하고 나가 버렸다. 마음 같아서는 쫓아가서 한 대 쥐어박고 싶었지만 계급 차 때문에 꾹 참을 수밖에 없었다. 우리는 일순간 무기력해져 침대에 털썩 주저앉았다.

"쟤 뭐야? 쪼잔한 놈. 너무 웃긴다."

"근데 얼데즈 녀석의 말, 짜증나지만 어느 정도는 일리가 있어. 우리는 아직 진짜 수석, 차석은 아니야."

"음…."

사실 같은 점수를 받더라도 ESL반의 수업 내용이 레귤러반의 그것보다 쉬운 것은 당연했다. 이 때문에 얼데즈뿐만 아니라 다른 아이들도 우리 형제가 수석과 차석을 나란히 차지했다는 것을 인정하려 하지 않았다. 그들은 우리가 어떤 환경에서 얼마나 노력했는가에 대해서는 전혀 알고 싶어 하지 않았다. 다만 외국에서 온 '낯선' 아이들이 최고 자리를 '빼앗아 갔다'는 생각에 심기가 불편한 모양이었다. 어떻게든 우리의 결과를 폄하하려는 그들에게 우리가 ESL반 학생이라는 사실은 더없이 좋은 트집거리였다.

열심히 노력해 얻은 결과가 마치 도둑질인 양 평가 절하될 수 있다니! 화가 나기도 했지만 그보다 우리는 어떻게 하면 모두가 인정할 수 있는, 아니 인정할 수밖에 없는 성공을 만들어 낼 수 있을지 고민하기 시작했다.

: 3개월 만의 월반

우리의 인생은 우리가 노력한 만큼 가치가 있다.
- 모리악

"저, … 드럼라잇 선생님. 저희는 두 번째 쿼터부터 ESL 클래스를 나가 레귤러 과정에서 공부하고 싶습니다."

"응? 내가 잘못 들은 건 아니지? 다시 한 번 말해 줄래?"

"죄송하지만 ESL 과정을 그만두고 레귤러 과정으로 올라갈 수 있을까요? 미국 아이들과 함께 공부하고 싶어요."

이는 밸리포지의 정식 규정에는 어긋나는 것으로, 일종의 월반을 신청하는 것이었다. 말도 안 되는 요청이라는 것을 진작 알았지만 우리는 용기를 내었다. 그리고 클래스 이동을 허가 받고자 담당 카운슬러인 드럼라잇 선생님을 찾은 것이다.

'레귤러 과정에서 다시 한 번 수석과 차석을 하자.'

병장 얼데즈의 조롱에 자극을 받아 결심을 하긴 했지만 이는 어찌 보면 지나친 욕심으로 보일 수도 있었다.

"음…. 너희는 미국에 온 지 아직 3개월도 되지 않았어. 영어나 사회 과목은 독서량도 많고 아주 힘들다. 정말 공부하는 게 힘들어질 거야. 그리고 난 이제껏 아무도 ESL 과정을 1년 이내에 나가게 해 준 적이 없다."

"그래도…."

"더군다나 너희 둘은 이번에 최고 성적을 거두었다고 들었다. 왜 굳이 성적만 나쁘게 만들 그런 선택을 하려고 하는지 이해를 못하겠구나. 미안하지만 영어 실력이 더 향상된 후에 미국 아이들과 한 교실에 넣어 주마. 지금 그 실력으로는 다음 과정에서 절대 승산이 없다."

"…."

드럼라잇 선생님의 말대로 보통의 외국인 학생들은 ESL 과정을 1년에 걸쳐 끝내는 것이 학교의 원칙이었다. 그리고 1년 동안 거둔 성적이 이수 기준을 통과하면 레귤러 과정으로 그 다음해에 진급한다. 만약 성적이 좋지 않다면? 그때는 해당 선생님으로부터 허가를 받을 때까지 계속 ESL 과정을 이수해야만 한다. 당시 ESL 과정 B반에 있던 멕시코 출신 날리는 영어 실력을 향상시킬 노력을 전혀 하지 않아 3년 동안 유급된 상태였다. 이처럼 ESL 클래스에서 레귤러 과정으로 넘어가는 것은 고1에서 고2 올라가듯이 그냥 주어지는 것이 아니었다. 진급을 위한 일정 정도의 노력과 영어 실력을 요구했다.

"무슨 이유인지는 모르겠지만 괜한 마음 먹지 말고, 이만 돌아가 보렴."

계속되는 선생님의 강경한 태도에 우리의 결심은 점점 약해져 갔다.

'그럼 그렇지. 선생님께서 반대하실 줄 알았어. 사실 영어가 모국어인 아이들을 어떻게 이길 수 있겠어. 우린 고작 유학 3개월차 풋내기에 불과하다고. 아직은 한참 부족해….'

드럼라잇 선생님에게 포기하겠다는 말을 꺼내려던 순간, 불현듯 초등학교 때의 일이 떠올랐다.

"You Can Do It!"
"아이, 엄마 또 왜 그래. 하기 싫어."
"또 그러네. 자꾸 말해야 돼. 그럼 정말 뭐든지 할 수 있어."
"유치해, 진짜. 알았어, 알았어. I Can Do It."
"잘했어. 오늘 하루 열심히 생활하고 이따 보자!"

어릴 적 어머니는 우리가 등교할 때마다 'I Can Do It'을 외치게 했다. 계속 그 말을 하다 보면 매사에 자신감도 붙고, 아무리 어려운 일도 해 낼 수 있을 거라는 믿음을 가지게 될 것이라는 확신 때문이었다. 예전에는 창피하단 생각에 극구 꺼리던 말이었지만 지금 이 순간 할 수 있다는 믿음은 나에게 그 어떤 것보다도 큰 힘이 되었다. 이 결단의 순간을 위해 어머니는 그 같은 대화를 나와 몇 백 번이고 하셨으리라.

I Can Do It. I Can Do It. 나는 할 수 있다. 나는 할 수 있다.

'이 말을 이제껏 왜 잊고 살았단 말인가. 한번 해 보자. 모두가 안 된다고 해서 내가 안 되는 건 아니지. 보란 듯이 해 내서 모두를 놀라게 해 보자.'

잠시 침묵의 시간이 흘렀다. 꿀꺽 침 삼키는 소리와 벽에 걸린 시계의 초침 소리만이 좁은 사무실 안을 울릴 뿐이었다. 나는 눈을 지그시 감고 그 어색한 정적을 깼다.

"Ma'am, I Can Do It."

무모하지만 단호한 한 마디였다.

그날 오후 내내 드럼라잇 선생님에게 우리의 의지와 각오를 표명한 끝에 결국 ESL 과정에서 나오게 해주겠다는 허락을 얻어 냈다. 어떤 좋지 않은 일이 생겨도 다 우리들 책임이니 걱정 말라는 말을 몇 번이나 했는지 모르겠다. 선생님은 두 손 들었다는 듯 잘해 보라며 쓴웃음을 지어 보였다. 고개를 절래절래 흔드는 선생님의 모습에서 알 수 없는 불길한 예감이 느껴졌다.

레귤러 과정으로 월반한 첫날 영어 시간이었다. 하늘이 무심하게도 파워스 선생님은 첫 시간부터 나를 지목했다.

"안재연 학생, 방금 읽은 서사시 〈Beowulf〉에서 주인공의 비참한 최후를 왜 신하들은 막지 않았죠?"

반 아이들의 시선은 나에게 집중됐고, 몇몇 아이들은 킥킥대며 수군거리고 있었다. 식은땀이 흘렀다. 뭔가 말을 하고 싶었지만 입 안에서만 맴돌 뿐 밖으로 나오지를 않았다. 왠지 발음이 틀려 놀림감이 될까 봐 두려웠고, 혹시나 답이 틀리면 망신만 당할 것이라는 생각에 나도 모르게 고개가 숙여졌다. 하지만 무엇인가 말을 해야겠다는 생각에 간신히 입을 열었다.

"제 생각에는…."

그때 얼데즈가 끼어들었다.

"왕을 구하려다 자기들이 죽을까 두려웠기 때문입니다. 자기 목숨을 걸고 그를 구해 내려는 용기를 가진 사람이 그들 중엔 없었죠. 솔직히 저도 누가 물에 빠져 허우적대면 구하러 들어갈 자신은 없을 것 같은데요."

나를 보고 여유롭게 웃어 주기까지 하는 그의 얼굴이 어찌나 얄밉게 보이던지. 그러나 그의 대답은 정확하면서도 재치 있었다. 기가 죽은 나는 입을 꽉 다물고 남은 수업 시간을 괴롭게 버텼다. 반 아이들은 저런 녀석이 2등이라는 사실을 믿을 수 없다는 눈치로 힐끔힐끔 쳐다보았다.

'난 언제쯤 저렇게 될 수 있을까.'

자꾸만 알 수 없는 열등의식에 사로잡혀 괴로웠다. 이 힘겹기만 한 영어와의 싸움에서 과연 내가 승리할 수 있는 가능성은 얼마나 될까.

카운슬러 드림라잇의 경고대로 확실히 레귤러 코스는 ESL 과정보다 난이도가 훨씬 높았다. 당시 우리의 영어 실력은 '말하고 듣는' 단계에 겨우 도달한 수준이었다. 그러나 레귤러 과정은 대부분 난이도 높은 토론과 논술로 이루어지는 수업이었다. 우리는 영어로 '사고' 하고 그것을 '창의적으로 표현' 해야 했다.

ESL 과정에서는 아시아나 남미 등의 비영어권 국가에서 온 학생들과 공부하기 때문에 설혹 영어가 서툴러도 의미만 통하면 이해해 주는 분위기가 자연스럽게 조성되어 있었다. 그곳에서는 모두가 배우는 단계이기에 실수는 당연한 것이었다. 또한 이방인이라는 동질감은 구성원들 간의 관계를 돈독하게 만들어 주었다. 예를 들자면 ESL 과정에서의 수업은 마치 홈그라운드에서의 경기 같았다.

그러나 레귤러 과정은 달랐다. 그곳은 미국 학생들의 홈그라운드였다. 그들은 틈만 나면 외국 학생들의 독특한 악센트를 가지고 놀려 댔다. 남의 억양과 발음을 일부러 과장해서 따라 말하고는 뒤에서 킥킥대는 머저리들을 보고 있노라면 불끈불끈 분노가 치솟았다. 하지만 내게는 그걸 멈출 만한 힘이 없었다. 말로 이길 수 없다면 입을 다물고 묵묵히 있는 것이 현명한 행동이라고 생각했다.

'내가 말했지. 넌 안 된다니까, 애송이. 이게 진짜 공부라는 거야.'

어디를 가든 뒤에서 얼데즈가 비웃는 소리가 들리는 것 같았다. 이 대로 질 수는 없었다.

'오냐. 알았으니까 조금만 기다려. 네 코를 보란 듯이 납작하게 해 주겠어.'

애송이에 불과한 나였지만 얼데즈를 향한 승부욕에 불타올라 두꺼운 원서들과의 전쟁을 시작했다. 정복 대상은 레귤러 과정에서 다루는 여러 권의 영문 소설들. 워낙 아는 단어가 적고 읽는 속도가 느린 탓에 같은 양을 읽으려면 다른 아이들보다 세 배 이상의 시간이 소요되었지만, 어떤 일이 있어도 2등 이하로는 떨어질 수 없다는 생각에 도무지 책을 덮을 수 없는 나날들이었다.

이즈음 나는 방과 후 각종 교외 활동이 끝나면 곧바로 방으로 돌아와 공부에 온힘을 쏟았다. 몰두해서 공부하다 보면 내 방만 남기고 모든 기숙사 불이 꺼져 있는 때가 많았다. 견딜 수 없을 만큼 피곤했지만 그렇다고 잘 수는 없어 이를 악물고 충혈된 눈동자를 굴렸다.

11월 초 새벽.

어느새 시계는 3시 40분을 가리키고 있다.

늦가을의 새벽바람은 무섭게 쌀쌀하다. 나는 여느 때처럼 정신없이 펜을 움직이고 있다. 책상 위에 쌓여 있는 영영 사전과 교과서, 그리고 두꺼운 소설책들.

소설은 한 권당 세 번 이상 정독했지만 모든 구절이 완벽하게 이해된 책은 아직 몇 권 없다. 영영 사전은 너덜너덜해져 성한 곳이 없고, 단어 수첩은 벌써 세 번째 권의 마지막 장이다.

아무리 뺨을 때려 봐도 아래로 떨어지는 머리는 내 의지로만 안 되는 것

쌍둥이 형제, 하버드를 쏘다

이다. 곤히 잠든 룸메이트의 코고는 소리가 이렇게 부러울 수 없다.

이제 두 시간 후면 어김없이 요란한 기상나팔이 울릴 것이다. 아침 행군을 위해 옷을 갈아입는 내게 룸메이트 유스태시는 언제나처럼 말하겠지.

"잘 잤어? 난 통 못 잤어. 이 학교에서 내가 제일 싫어하는 게 기상 시간이야. 졸려 죽겠다."

그러면 나는 웃으며 답할 것이다.

"코 골면서 잘만 자던 놈이 무슨 소리야? 서둘러. 늦겠다."

나는 아마도 더욱 무거워진 군화를 끌며, 부대 앞으로 걸음을 재촉할 것이다. 날은 밝고, 세상은 언제나처럼 바쁘고, 나는 한결같이 그 풍경 안에서 있겠지.

언젠가는 이 잠과의 지난한 싸움에서 벗어날 수 있기를 기도하며.

　

－ 재연이의 일기장 중에서

5 : 룸메이트가 죽은 영어를 살리다

친구는 제2의 재산이다.
— 아리스토텔레스

나의 첫 룸메이트는 재우였다. 새 학기가 시작되었을 때 기숙사 사감 선생님은 나와 재우를 같은 방에 배치시켜 주었다. 가족인 데다 쌍둥이 형제이니 같이 생활하면 더 편하리라는 생각에서 나온 결정이었을 것이다. 하지만 하루 빨리 영어 실력을 향상시키고자 했던 우리에게는 치명적인 배려였다.

기숙사는 영어권 학생들과 자연스럽게 친구가 되고 속 깊은 대화를 나누기에는 최적의 장소다. 이 때문에 기숙사는 진정한 의미의 언어 학습 공간이라고 볼 수 있다. 실제로 일상 회화의 경우 수업에서보다 기숙사 룸메이트와의 대화를 통해서 훨씬 더 빨리 실력을 향상시킬 수 있다.

유학이나 어학연수 중에 한국말을 쓰고 한국 아이들과 몰려다니는 것은 영어 실력을 늘리는 데에 악영향을 끼친다. 이런 태도로 생활해서는 모처럼 해외까지 공부하러 나온 보람이 없다. 일단 한국을 벗어

나면 한국어는 잠시 잊어 주는 것이 좋다.

영어 실력 향상은 사실 자신이 얼마나 노력하느냐에 달려 있다. 특히 유학 초기 외국인들과 얼마나 고루 사귀고 친해지는가가 회화 능력의 80% 이상을 결정한다고 보면 된다. 어떤 외국인 학생이 학기 초부터 영어권 아이들과 어울려 놀고 있다면 그는 그 자체로 영어를 이미 반 이상 정복했다고 볼 수 있다.

이러한 연유로 재우와 나는 사감 선생님을 찾아갔다. 그는 영어권 룸메이트와 방을 쓰게 해 달라는 우리의 요구를 흔쾌히 승낙해 주었다.

나의 새로운 룸메이트 유스태시는 조지아 주에서 온 흑인이었다. 그는 190cm가 넘는 신장을 가진 거대한 몸집의 소유자였다. 그러나 무섭게 보이는 외모와는 달리 정말 착하고 유순했으며 이해심이 깊었다.

첫 대면 때 무슨 말을 해야 할지 몰라 어색한 표정을 짓고 있는 내게 먼저 다가와 친근하게 말을 붙여 준 것도 유스태시였다. 서로 간에 간단한 소개를 마치자 그는 말했다.

"Jaeyeon, I've got a good movie. Do you want to watch it with me?(재연, 나한테 재미있는 영화 DVD 있는데, 같이 볼래?)"

"Yes, sure(응, 그래)."

잔뜩 긴장해 있던 나는 친근감이 묻어나는 그의 제안이 무척이나 반가웠다. 나중에야 알게 된 사실이지만 작은 태도 하나하나에도 상대에 대한 배려와 이해심이 묻어 있는 그는 무척이나 예의 바른 친구였다.

영화를 좋아한다는 공통점이 있어서 우리는 더욱 빠르게 가까워질 수 있었다. 한글 자막 없이는 미국 영화를 잘 이해하지 못하던 나를 위해 유스태시는 영화의 중요한 장면마다 '잠시 멈춤' 버튼을 누르곤 했다. 영화 전개상 이 장면이 왜 중요하고, 인물들의 심리 상태가 어떻게

변화했는지 내게 설명해 주기 위해서였다. 유스태시의 흥미진진한 설명에 절로 감탄사가 터져 나왔다. 열광적인 나의 반응에 그도 신이 난 듯 했다. 우리는 갈등이 고조되는 장면에서 종종 '멈춤' 버튼을 눌러 심도 있는 토론을 벌이기도 했고, '되감기' 버튼을 눌러 가슴에 와 닿는 대사를 흉내 내 보기도 했다. 우리는 이런 식으로 영화 한 편 한 편을 정복해 갔다.

영화 〈마이너리티 리포트(Minority Report)〉나 〈바닐라 스카이(Vanilla Sky)〉 등 고도의 심리전과 추리, 그리고 SF가 결합된 영화들을 완전히 '분해'하는 데에는 총 4시간이 넘게 걸리기도 했다. 그러나 이런 난해한 영화 한 편을 완벽하게 이해하게 될 때 느껴지는 성취감과 향상되는 영어 실력은, 그깟 4시간쯤은 전혀 아깝지 않은 커다란 보상이었다.

시간이 날 때마다 우리는 자라 온 환경이나 관심 분야 등 화제를 바

기숙사는 영어권 학생들과 자연스럽게 친구가 되고 속 깊은 대화를 나누기에는 최적의 장소다. 실제로 일상 회화의 경우 수업에서보다 기숙사 룸메이트와의 대화를 통해서 훨씬 더 빨리 실력을 향상시킬 수 있다. 사진의 오른쪽 인물이 재연이와 각별한 우정을 나누었던 룸메이트 유스태시다.

꾸어 가며 풍부한 대화를 나누었다. 발음이 틀리면 여러 번 되물어 의미를 파악해 주고, 다시 친절하게 교정까지 해주는 유스태시의 배려에 어렵기만 했던 영어는 점점 친숙해져 갔다.

그는 가끔 나의 모의 선생님이 되어 주기도 했다. 영어 발표가 있기 전날이면 나는 유스태시 앞에서 모의 발표회를 열었다. 그는 나의 발표를 조용히 듣고 있다가 부족한 부분이나 올바르지 않은 발음을 예리하게 지적해 주었다. 영어 발표에서 미국 아이들에게도 뒤지지 않을 만큼의 실력을 발휘할 수 있었던 나의 숨은 비결은 바로 유스태시의 친절한 지도였다.

국내외를 통틀어 이제껏 그만큼 좋은 녀석을 본 적이 있던가? 약 1년의 기간 동안 나는 유스태시와 정말이지 각별한 우정을 나누었다. 미국에서 맞이했던 첫 번째 생일, 그는 중국 요리까지 몰래 시켜 와 나와 재우를 위한 조촐한 파티를 열어 주었다. 게다가 1주일여의 추수감

사절 휴가 때는 우리를 보스턴의 자기 집으로 초대하기도 했다. 자기 것까지 총 3장의 비행기 표를 끊어 와서 말이다.

그러나 정식으로 졸업하기도 전에 우리는 아쉬운 이별을 해야만 했다. 정확히 1년 후 유스태시는 부모님과 형제가 있는 고향이 그립다며 다시 조지아 주에 있는 공립학교로 돌아갔다. 그는 비록 떠났지만 그와 나눴던 훈훈한 우정은 아직도 가슴속에 남아 나를 따뜻하게 한다.

미국에 온 후 과도한 경쟁심과 위축감으로 왜곡될 뻔 했던 나를 따뜻하게 보듬어 준 친구 유스태시. 그는 어쩌면 사람에 대한 미움과 질투를 없애라고 하늘에서 보낸 사자(使者)였을지도 모르겠다. 까만 날개를 지닌 나의 우람한 천사.

쌍둥이 형제, 하버드를 쏘다

6 : 최고의 답안

조금을 알기 위해서 많이 공부해야 한다.
— 몽테스키외

두 번째 쿼터가 시작된 이후부터 우리는 보통 생도들보다 최소 3배는 더 학습에 몰두해야 했다. 모국어인지라 설렁설렁 공부해도 수업을 따라가는 데 별 어려움이 없던 그들에 비해 우리는 새로운 언어 습득이라는 어려움에 맞서 싸워 가며 그들과 경쟁해야 했기 때문이다.

억지로 잠을 줄여 가면서 새벽까지 공부한 덕분에 수업 진도는 제법 따라갈 수 있었지만, 더 큰 문제는 한 달에 한 번꼴로 실시되는 각종 테스트였다. 특히 영어 교과 담당 파워스 선생님의 시험은 최대의 난코스였다.

그는 해당 작품 내에서 가장 쓸데없고, 가장 사소하며, 가장 의미 없는 부분에 대해 콕 꼬집어 묻는 문제들을 시험에 출제했다. 예를 들어 주인공이 즐겨 갔던 클럽의 친한 종업원 이름은 무엇인가, 그를 습격한 두 번째 범인의 인상착의는 어땠는가, 주인공 딸이 운영하던 농장 이름을 적어라 등.

선생님은 아주 세부적인 내용까지 꼼꼼하게 읽는 습관을 기르기 위한 고육지책이라고 했다. 낯선 단어가 많아 전체적인 의미 파악도 어려운 지경인데 그런 세세한 부분까지 외워야 하다니 머리에 쥐가 날 지경이었다.

그때 영어 수업에서 다루던 책은 J. D. 샐린저의 《호밀밭의 파수꾼》이었다. 200여 페이지에 불과한 소설로, 쉽고 솔직한 문체로 널리 알려진 책이지만 당시 나에게는 정말로 읽기 버거운 책이었다. 아마도 구어체 표현이나 슬랭(slang, 속어)이 많아서였던 것 같다.

레귤러 과정에서의 첫 시험이니만큼 꼭 잘 봐야 한다는 생각에 나는 일주일 전부터 하루 일과가 끝나면 어김없이 책상에 앉아 축구 훈련으로 녹초가 된 몸을 이기며 이 책을 신물이 날 때까지 반복해서 읽었다. 한국에서 국사 자습서를 외우던 기억을 되살려 연필을 들고 줄을 그어 가며 읽어 내려갔다. 다섯 번쯤 정독하니 주인공의 담임선생님이 몇 번지 무슨 아파트 몇 호에 사는지까지 정확하게 기억날 정도였다. 심지어 책 구석구석에서 발견한 오타까지 생각났다. 그리하여 한 권의 책을 마지막으로 덮을 즈음에는 반복해서 그은 줄 때문에 글자가 안 보일 지경까지 되었다.

드디어 대망의 영어 시험일이 왔다. 예상대로 자잘한 내용을 묻는 문제가 시험의 대부분을 차지했다. 책을 통째로 외워 버리다시피 한 덕분인지 놀랍게도 모든 문제가 너무나도 쉬웠다. 문제를 여유롭게 풀어 낸 후 다들 쉽게 푸는가 싶어 주위를 살펴보니 거의 모든 아이들이 고개를 내저으며 연신 끙끙대고 있었다.

한편 영어와 함께 레귤러 코스 중 가장 어려웠던 과목은 세계사였다. 미국을 중심으로 전개되는 세계 사회의 흐름에 대해 전혀 아는 바가 없던 나에 비해 다른 미국 아이들은 어릴 때부터 자국의 사회와 역사에 대해 익히 들어온 탓인지 굳이 예습을 하지 않아도 배울 내용을 미리 알고 있었다.

설상가상으로 세계사를 가르치던 머디러스 선생님은 학교에서 제일 엄하고 철두철미한 분이었다. 그의 수업은 심지어 선생님들 사이에서도 완벽하고 깐깐하기로 정평이 나 있었다.

"자, 오늘 수업은 여기까지. 숙제 해 오는 것 잊지 않도록."

"땡땡땡!"

머디러스 선생님의 마지막 말이 끝나는 순간 어김없이 수업의 끝을 알리는 종이 울렸다. 그는 시간을 철저하게 안배하여 단 일 초의 낭비도 없이 수업 시간을 최대한 효과적으로 사용했다. 농담 한 마디 없이 계획대로 완벽하게 수업을 이끄는 그의 카리스마는 늘 학생들을 압도했다. 게다가 그의 세계사 시험은 까다롭기로 악명이 높았다. 이 때문에 밸리포지의 많은 학생들은 세계사 과목 수강을 극구 꺼려했다.

머디러스 선생님의 세계사 테스트는 크게 세 부분으로 나뉘었다. 객관식과 단답형 주관식 문제, 그리고 에세이. 일단 객관식과 주관식 문제는 읽고 또 읽어 달달 외워 버리면 되었지만, 이 테스트의 진짜 어려움은 에세이에 있었다. 배운 범위 내에서 하나의 토픽이 주어지면 학생들은 그 토픽과 관련된 역사적 사건에 대해 설명하고, 거기에 자신의 주관적 입장까지 첨가해 글을 써야 했다.

'일본 메이지 유신의 발전 배경에 대해 서술하라'는 토픽을 예로 들어 보자. 이를 단순히 받아들여 '메이지 유신'이라는 사건에 대해서만 대충 쓴다면 낙제점을 면하기 힘들 것이다. 에세이 시험은 일본의 메이지 유신이라는 토픽이 세계 사회의 흐름과 어떤 관계를 맺고 있는

지, 어떤 의의가 있는지, 또 그 의의에 대한 나의 입장이 무엇인지를 하나의 일관된 논리 속에서 글로 풀어내는 것이 중점 과제였다.

선생님은 항상 시험 전에 4개의 토픽을 미리 공지했다. 그리고 그중 2개만을 골라 시험문제에 냈다. 어떤 것이 나올지 모르기 때문에 에세이를 성공적으로 써 내기 위해서는 4개의 토픽 모두에 대해 완벽하게 알아 놓아야만 했다.

"야, 너 에세이 공부 할 거야?"

"그냥 교과서 대충 읽어 보기만 해야지, 뭐. 미쳤다고 저걸 언제 다 공부해."

불만 섞인 아이들의 푸념을 들으며 나는 도서관으로 급히 발걸음을 옮겼다. 두꺼운 세계사 교과서와의 싸움을 시작하기 위해서였다.

토픽을 미리 알려주는 머디러스 선생님의 방식은 다른 아이들에게는 짐이 될지 몰라도 내겐 좋은 성적을 거둘 수 있는 기회처럼 느껴졌다. 다만 주제를 공지하는 시점이 늘 시험 이틀 전이기에 테스트를 준비할 수 있는 시간은 48시간밖에 주어지지 않았다. 시간이 턱없이 부족했다.

게다가 머디러스 선생님은 문법에 어긋나는 허술한 문장 사용을 허용하지 않는 사람이었다. 하지만 안타깝게도 당시의 나는 어휘력이 부족해 단시간 내에 적절한 단어를 찾아 문장을 짓는 능력이 턱없이 부족했다. 또한 시험 때 문장을 대충대충 급박하게 창조하는 것은 완벽한 문장력을 가진 학생을 선호하는 머디러스 선생님에게 역효과를 낼 것이 분명했다. 그래서 나와 재우가 생각해 낸 방법은 바로 '미리 써서 통째로 외우기'였다.

일단 노트 필기와 각종 참고 자료를 이용하여 꼼꼼하게 에세이를 작성했다. 완성된 것은 총 4개의 토픽에 대한 4개의 에세이였다. 그것을 들고 ESL 과정 영어 담당인 홉스 선생님을 찾아갔다. 그는 에세이에서 문법적으로 틀린 부분이나 어색한 표현 등을 찾아 올바른 문장으로 고쳐 주었다. 여러 방을 돌아다니며 친구들의 조언도 구했다. 이렇게 문장 하나하나에 세심한 노력을 기울이면서 세계사 에세이를 완벽하게 만들기 위해 노력했다.

문제는 이를 어떻게 외우느냐였다. 한 에세이당 A4 용지 두 장 정도를 할애하는 것이 일반적이었으므로 나는 빽빽이 채워진 8장의 에세이를 달달 외워야 했다. "무식하면 용감하다"는 말은 아마도 이런 상황에 적합한 말일 것이다. 그러나 '통째로 외우기'는 그 효용성을 아무리 강조해도 부족함이 없는 최상의 공부 법칙이다. 이는 영어든 과학이든 세계사든 할 것 없이 거의 모든 과목에 통용되는 불변의 법칙이라고 생각한다.

참고로 나는 주로 쓰면서 외운다. 연습장을 옆에 두고 외울 부분을 그대로 필사한 다음 필사본에 줄과 동그라미를 쳐 가며 읽어 나간다. 그러다 줄 때문에 글씨가 안 보이면 다시 옮겨 쓰고, 그것을 또다시 보이지 않을 때까지 줄을 쳐 가며 외운다. 그리고 중요한 부분이라고 생각되는 경우 계속 입으로 중얼거리며 읽는다. 이를 반복하다 보면 긴 에세이도, 두꺼운 책도 어느새 뇌 한쪽에 차곡차곡 쌓여 가는 것을 느낄 수 있다.

세계사 시험도 이런 방식으로 정복해 나갔다. 에세이를 외우기 위해 너무 많이 쓰다 보니 연필을 잡고 있던 오른쪽 검지 손톱에 멍이 들어 나중에는 중지와 약지까지 사용해야 했다. 그리고 복도를 걷거나 화장실에 갈 때, 행군을 할 때에도 입으로 에세이를 끊임없이 중얼거려 그

시험에만 온 신경을 집중했다.

시험 당일 어떤 식으로 시험을 치렀는지는 기억이 나지 않는다. 아마 그저 저려 오는 팔을 가지고 부지런히 외운 것들을 차분히 써 내려갔던 것 같다.

나의 두 번째 퀴터 시험 결과는 영어 95점, 세계사 103.6점이었다. 세계사의 경우 시험지 뒷면에 있는 보너스 문제까지 맞춰서 100점을 넘겼던 것이다. 반 평균이 각각 83점과 79점인 것을 감안할 때 내 점수는 놀라운 수준이었다. 테스트 후 내 답안지에 머디러스 선생님은 예외적인 코멘트를 달아 주었다.

This is one of the most superb performances I've seen in past 13 years. Outstanding! Excellent!(이것은 내가 지난 13년 동안 본 답안지 중 가장 우수한 것의 하나이다. 단연 돋보이고 훌륭하다!)

이렇게 우리의 한 학기는 무식하고 미련하게, 그러나 용감하고 특별하게 끝이 났다. 재우와 나는 ESL 과정에서의 첫 번째 퀴터보다 더욱 우수한 성적을 기록하며 다시 한 번 수석과 차석의 영광을 안았다. 우리 쌍둥이 형제가 거둔 최고의 성과는 밸리포지의 모든 선생님과 학생들에게 강렬한 인상을 심어 주었고, 우리의 이름은 다수의 입에 오르내리기 시작했다.

그리고 그 해 겨울, 얼데즈는 더 이상 내 방을 찾아오지 않았다.

>>>재연이 말하다

고통 없이는
결실도 없다

우여곡절 끝에 기숙사에 도착하니 11시 5분. 불행히도 소등 검사가 시작된 후였다. 문틈 사이로 사감 선생님의 모습이 보이는 순간 식은땀이 흐르고 다리가 후들후들 떨려 왔다. 두려움과 공포는 극에 달했지만 머뭇거릴 여유는 조금도 없었다. 우리는 사감 선생님이 방 안을 검사하는 사이를 이용해 몸을 벽에 바짝 붙여 각자의 방으로 살금살금 이동하기로 했다. 007 작전을 방불케 하는 숨 막히는 순간이었다.

1 : 최악의 댄스파티

행복이란 우리 집 화롯가에서 성장한다.
그것은 남의 집 뜰에서 따 와서는 안 된다.

— 제롤드

내가 극도로 싫어하는 것이 있다. 바로 '춤'이다. 노래방이라면 자다가도 벌떡 일어날 정도로 좋아하지만 춤추는 것은 지독히 싫어하고 못한다. 운동할 때는 유연하고 잽싸던 몸놀림이 음악만 나오면 어찌 그리 뻣뻣하고 어색해지는지….

다행히 한국에 있을 때는 춤을 취야 할 때가 많지 않았지만 종종 그 상황이 닥칠 때면 내 얼굴은 홍당무처럼 빨개졌다. 특히 수학여행이나 야외 캠프 등의 행사 때 모두가 음악에 맞춰 몸을 흔들어 대는 댄스 타임은 나에게는 공포 그 자체였다. 나는 매번 몸이 좋지 않다는 둥 감기 기운이 있다는 둥 갖은 핑계를 동원해 뒤로 슬그머니 빠지곤 했었다.

한편 밸리포지 사관학교는 남녀공학이 아니었기에 생도들로서는 이성을 만나지 못한다는 아쉬움이 컸다. 이성에 대한 호기심이 한참 극에 달할 시기에 여자라곤 연세가 지긋하신 선생님들밖에 볼 수 없으니 이 사춘기의 남학생들이 얼마나 애가 타겠는가?

그래서 학교 측은 한 달에 한 번 댄스파티를 열었다. 이날이 되면 밸리포지의 스쿨버스가 근처 학교로 달려가 상당수의 여학생들을 모셔왔다. 이는 사관학교에서만 연출할 수 있는 굉장히 독특한 광경이었다.

대부분의 친구들은 댄스파티 며칠 전부터 머리 스타일은 어떻게 꾸밀 것인지, 마음에 드는 여학생에게 무슨 말을 건네 호감을 살 것인지 등 나름대로의 작전을 짜기에 분주했다. 모두들 행복에 겨워 기대감에 잔뜩 부풀어 있는 그 무렵이 내게는 가장 곤혹스러운 때 중 하나였다.

'아악, 댄스파티라니!'

미국 아이들은 어렸을 때부터 댄스파티를 즐겨서인지 음악에 맞춰 몸을 움직이는 것이 웬만한 댄스 가수들보다 나았다. 그저 적당히 리듬을 타는 것만으로도 내게는 그들의 춤 실력이 경이롭게 느껴졌으니 나의 '몸치' 수준을 미루어 짐작할 만할 것이다.

고교 여름 방학 때 춤을 싫어하는 정도가 너무 병적이라고 생각했던 모양인지 보다 못한 어머니가 나를 댄스 스포츠 학원에 끌고 가기도 했다. 그러나 아무리 배워도 숫기가 부족해서인지 몸은 뻣뻣함 그 자체였다. 이쯤 되니 노력해서 해결될 문제가 아니라는 생각이 들었다. 나는 춤에 관한 한 완전히 포기하는 지경에 이르렀다.

"야, 재연, 너 내일 댄스파티 갈 거지? 예쁜 애들 많이 온다던데. 가서 한 명 사귀어 봐."

댄스파티라면 시험도 제쳐 두고 갈 레이야즈가 말을 건넸다.

"으응…."

나는 '댄스'란 단어에 순간적으로 얼어붙었다.

"자식, 너 안 가면 나 실망한다. 머리도 식힐 겸 가는 거야. 알았지?"

"그러지 뭐. 까짓 거."

고통 없이는 결실도 없다

이런! 얼떨결에 불쑥 답을 해 버린 내가 원망스러웠다. 안 가면 약속을 어기는 것이 되고, 또 그렇다고 가면 어색하게 서성이기만 할 게 분명했다.

'안재연, 이 바보 같은 놈. 이제 어떡하지?'

한참을 고민하다가 결국 눈 딱 감고 한번 가 보기로 마음을 굳혔다. 미국까지 왔으니 파티 문화 체험을 한 번쯤은 해 봐야 하지 않겠나! 이렇게 애써 스스로를 달랬다.

다음날 저녁, 댄스파티가 열리는 멜론 홀은 수많은 학생들로 북적거렸다. 친구들과 함께 홀에 들어선 나는 시끄러운 음악과 현란한 조명에 깜짝 놀랐다. 넓은 스테이지 위에서는 벌써 금발의 미녀들이 화려한 춤을 추고 있었다. 친구들은 흥에 겨워 어느새 스테이지로 뛰어들었고 신나게 몸을 흔들기 시작했다. 순식간에 찾은 파트너들과 몸을 비비적거리며 야한 춤을 추는 그들을 나는 그저 멍하니 바라보고 있었다. 그때였다.

"안녕, 난 줄리라고 해. 나랑 춤출래?"

흠칫 놀라 뒤를 보니 아름다운 아시아계 혼혈 여학생이 나를 향해 미소를 짓고 있었다.

"어, 안녕. 그, 그래."

'아, 어떡하지. 내가 춤 못 추는 걸 알면 실망할 텐데.'

그녀는 재빨리 내 손을 잡으며 스테이지 위로 나를 이끌었다. 이런 경험이 아주 없는 나였기에 적잖이 당황스러웠다. 설상가상으로 때마침 음악은 느린 블루스로 바뀌었다. 그녀는 자연스럽게 내 목에 손을 감고 얼굴을 가슴에 기대 왔다. 갑작스러운 그녀의 행동에 나는 화들짝 놀랐다. 어쩔 줄 몰라 빨개진 얼굴로 가만히 서 있는 나를 줄리는 귀엽다는 듯 쳐다보고 있었다. 은근히 기분이 좋기도 했다.

하지만 내 꼴사나운 춤을 만천하에 알릴 빠른 댄스 음악이 언제 나올지 모르는 상황이었다. 처음 만나는 사람과 이렇게 춤을 춘다는 것도 편하지마는 않았다. 나는 고민 끝에 자리를 피하기로 결심했다.

"미안해, 밖에 친구들이 기다리고 있어서. 재미있게 놀다 가."

나는 그녀의 팔을 서둘러 떼어낸 후 도망치듯이 건물을 빠져 나왔다. 그녀는 어이없다는 듯이 한참 동안 나를 쳐다보고 있었다. 나는 나의 비겁한 행동이 부끄러워 뒤도 돌아보지 못하고 기숙사로 발걸음을 옮겼다.

방으로 돌아온 나는 바로 옷을 갈아입고 체육관으로 달려갔다. 흑인 친구들 틈에 끼어 농구공을 드리블하고 있으려니 그렇게 신이 날 수 없었다. 격렬한 운동 후 땀으로 온몸이 흠뻑 젖은 나를 보며, 나는 역시 이럴 때가 가장 행복하다는 사실을 새삼스레 느꼈다.

그 후 나는 댄스파티가 열리는 날이면 멜론 홀 근처에는 얼씬도 하지 않았다.

2 : 명문대는 저 구름 너머에

인간은 목표를 추구하도록 만들어 놓은 존재다.
— M. 말츠

나는 모처럼 느긋하게 아마존(www.amazon.com)이란 웹사이트를 서핑하며 여가 시간에 읽을 만한 원서들을 고르고 있었다. 그때 내 눈에 번뜩 들어 온 책 한 권이 있었다. 바로 《A is for Admission》이었다. 이는 아이비리그 대학 중의 하나인 다트머스 대학(Dartmouth College) 출신의 전 대학 입학 사정관이 미국 명문 대학에 가기 위해 무엇을 준비해야 하는지, 또 각 대학은 어떻게 합격생들을 선별하는지 등의 과정에 대해 자세히 서술한 책이었다.

대학 입시를 위한 준비 사항을 매우 꼼꼼히 조언하고 있는 이 책의 내용들은 막연히 '무조건 열심히 하면 좋은 대학에 갈 수 있겠지' 라고 생각했던 나의 해이한 마음을 완전히 뒤흔들어 놓았다. 게다가 입시 준비에 관해 조언을 구할 만한 사람이 주변에 마땅히 없었던 터라 나는 주저 없이 그 책을 주문했다.

어느 토요일 오후 책이 도착했다. 긴장된 마음으로 《A is for

Admission》의 첫 페이지를 넘겼다. 책장을 한 장 한 장 넘길 때마다 비밀의 언어들이 후드득 쏟아져 나왔다. 아이비리그 대학의 전 입학 사정관인 이 책의 저자 마이클 헤르난데즈(Michele A. Hernandez)는 미국 대학 입시에 관한 숨겨진 비밀과 진실들을 솔직하게 털어 놓고 있었다.

그에 따르면 아이비리그 수준의 대학에 진학하기 위해서는 어릴 때부터 피나는 노력과 남다른 열정, 그리고 다양한 분야에서의 빼어난 성적이 뒷받침되어야 했다.

일단 고등학교 첫 학년인 9학년 때부터 이미 아너스 클래스(Honors class)의 수준, 즉 레귤러 과정보다 좀 더 심화된 수준의 과목들을 이수하기 시작해야 했다. 그리고 10학년 이후부터는 여러 개의 AP(Advanced Placement, 대학 학점 사전 취득 제도) 수업과 최소 아너스 수준의 수업들로 전 과목을 수강해 우수한 학점을 취득해야 한다고 그는 말했다.

참고로 일반적인 미국 사립학교의 반 배치는 크게 넷으로 나뉜다. 먼저 외국인 유학생들을 위한 ESL 클래스, 그리고 보통 수준의 미국 학생들을 위한 레귤러 클래스, 그보다 한 단계 높은 수준인 아너스 클래스, 그리고 대학 수준의 AP 클래스이다.

그는 또 스포츠 팀, 동아리 등의 서클 활동을 몇 년 이상 꾸준히 이어가야 하며, 12학년 때쯤에는 꼭 주장이나 회장 등의 리더가 되어 미래의 인재로서의 자질, 즉 리더십을 보여 주는 것이 중요하다고 강조했다.

이수 과목 클래스에 관해 혹자는 높은 수준의 과정보다는 보다 쉬운 코스를 들어 좀 더 좋은 성적을 거두는 것이 낫지 않느냐고 말할지도 모른다. 그러나 아이비리그에 지원하는 대부분의 학생들은 9학년 때부터 그들이 들을 수 있는 가장 어려운 과목들을 지원해 듣는다. 난이도가 최고로 높은 코스를 선택하는 것은 학생 자신의 잠재 능력과 끈기, 진취적인 태도를 증명하는 지표가 되기 때문이다. 이는 숱한 지원자들 속에서 자신의 우수성을 증명하는 다양한 방법들 중 하나다. 때문에 미국의 수재들은 고등학교 시절부터 많게는 15개까지 AP 과목을 듣는다.

한국에 있는 친구들에게 나는 이런 말을 종종 듣는다.

"미국에서는 수학이 진짜 쉽다면서? 과학 같은 과목도 아주 기초적이라고 그러더라."

이 말은 학생의 열정과 의지에 따라 맞을 수도 있고 틀릴 수도 있다. 사실 목표를 높게 잡고 최고의 대학에 입학하기를 희망하는 학생들에게 이런 말은 적절치 않다. 한국과는 달리 학생 스스로가 과목과 난이도를 선택할 수 있기 때문에, 만약 어떤 과목이 너무 쉽다고 생각되면 시험을 통해 한 단계 높은 난이도로 진급할 수 있다. 따라서 어떤 유학생이 자신에게 쉬운 과목을 듣고 있다는 말은 그만큼 자신의 능력을 최대한 활용하지 않고 있다는 의미가 된다.

당시 스탠포드 대학에 진학하기를 희망하던 중국 친구 라우는 11학년 때 벌써 근처의 대학에서 원자물리학(Quantum Physics) 수업을 듣고 있었다. 그리고 라우보다 똑똑했지만 게을렀던 얼데즈는 전교 석차를 높이기 위해 난이도가 낮은 과목들만 골라 듣고 있었다. 당연히 고등학교 시절 내내 얼데즈는 라우보다 석차가 월등히 높았지만 마지막에 원하던 대학에 진학했던 것은 라우였다. 힘든 길을 택해 도전적으로 공부한 학생만이 좋은 결과를 성취할 수 있다는 것을 여실히 보여준 예였다.

아!

뒤통수를 쇠망치로 얻어맞은 듯 앞이 깜깜해졌다. 지금까지 이루어 낸 성과로 만족하고 희희낙락하다가는 우물 안 개구리 꼴이 날 것이 분명해졌다. 레귤러 과정에서 괜찮은 성적을 냈다고 흐뭇해 할 때가 아니었다. 아이비리그 입학 사정관의 관점에서 볼 때 나는 10학년이라는 늦은 시점에서 겨우겨우 ESL 과정을 탈출한 애송이 중의 애송이일 뿐이었다.

　구체적이고 체계적인 목표 설정과 입시 준비 계획이 필요한 시점이었다.

고통 없이는 결실도 없다

3 : 하버드를 향한 5가지 전략

인생은 하나의 실험이다.
실험이 많아질수록 당신은 더 좋은 사람이 된다.
– 에머슨

'나는 진정 어디로 가야 할까?'

나는 내 자신을 향해 물었다. 답은 곧바로 나오지 않았다. 이제껏 고등학교 이후의 진로에 대해 신중히 계획을 세워 본 적이 없었기 때문이었다.

"항상 큰 꿈을 꾸고 크게 행동하라."

불현듯 아버지가 자주 하던 말이 머릿속을 스쳤다. 가장 큰 꿈이라. 두말할 것도 없이 한 단어가 떠올랐다.

'하버드. Harvard University.'

명실상부한 세계 최고의 대학 하버드. 그 이름이 멀게만 느껴질 수도 있으련만 ESL 과정을 3개월 만에 나온 뒤 레귤러 코스에서도 좋은 성적을 거둔 내게는 갑자기 알 수 없는 자신감이 생겨나고 있었다. 나는 다시 한 번 불가능해 보이는 목표에 도전해 보고 싶었다.

하버드를 목표로 삼는 순간 괜스레 가슴이 뛰고 설레는 것을 느낄 수 있었다. 하지만 그곳에 진학하기 위해서는 특정한 한 분야에서 세계적인 수준의 역량을 가지고 있다는 것을 증명해 보여야만 했다.

특정 분야에 얼마나 재능이 있고 열의가 있는가. 그리고 그 분야에 관한 탁월한 능력을 바탕으로 어떻게 하버드에 기여할 것인가. 이를 증명하는 것이 합격에 가장 중요한 영향을 준다고 했다. 로봇 축구도 좋고 발레도 좋고 비행기도 좋고 바퀴벌레 실험도 좋다. 어느 한 분야에 '미친' 사람을 하버드는 선호했다.

그러나 나는 너무나도 평범했다. 민족사관 고등학교나 외국어 고등학교에 포진해 있는 수두룩한 영재들처럼 나는 그 흔한 경시 대회에 나가 입상한 경력 한 번 없었다. 어린 나이에 과학 논문을 펴 내 극찬을 받았다는 어느 천재의 이야기는 나와는 거리가 먼 스토리였다. 철인 3종 경기 우승이나 PGA 투어 우승, 국제 영화제 수상 같은 기이한 이력은 더더욱 갖고 있을 리 만무했다.

내게는 어릴 적부터 길러 온 몇 가지 장기가 있었지만 이는 아주 작고 소박한 것이었다. 어릴 때부터 9년여 동안 꾸준히 해 왔던 소박한 바이올린 연주 실력. 한국에서 공부하는 동안 틈틈이 운동장을 뛰어다니며 종아리에 쥐가 날 때까지 했던 축구 실력. 그리고 축구 트레이닝으로 자연스럽게 얻어진 달리기 실력. 비록 평범하기 짝이 없었지만 내게는 보석처럼 소중한 장기들이었다.

나는 굳게 마음을 먹었다. 성적 분야에서만큼은 난이도가 가장 높은 클래스만을 이수하면서도 최상의 성적을 내겠다고. 하지만 책 《A is for Admission》의 충고대로 '공부와 음악, 운동'의 세 분야 모두에서 고른 능력을 지닌 다재다능한 학생이 되어 하버드에 도전장을 내밀겠다고 말이다.

고통 없이는 결실도 없다

하버드를 목표로 삼은 우리는 '공부와 음악, 운동'의 세 분야 모두에서 고른 능력을 지닌 다재다능한 학생이 되어 하버드에 도전장을 내밀겠다고 다짐했다. 사진은 군악대와 합창단에서 활동하는 모습이다.

그 후 우리는 《A is for Admission》을 몇 번이고 읽어 가며 하버드에 들어가기 위한 세부적인 전략들을 수립했다. 이를 위해 5가지 구체적인 목표를 정했다.

첫 번째, 가장 난이도가 높은 과목만을 선택해 스트레이트 A를 맞고 수석과 차석의 성적을 유지한다.

두 번째, 축구부(가을), 실내 축구부(겨울), 육상부(봄), 이렇게 시즌별로 나눠진 세 운동 팀 모두에서 열정적으로 활동하여 타 선수들의 모범이 된다. 그리고 각 운동 팀의 주장을 맡아 리더로서의 자질을 보여준다.

세 번째, 밸리포지에는 없는 현악 4중주단을 창단해 활발한 활동을 한다. 또한 명성이 높은 합창단에 들어가 섹션 리더가 된다.

네 번째, 한국 수능시험 격인 SAT(Scholastic Aptitude Test)에서 미국 내 상위 1% 안에 든다. 또한 다른 SAT II나 AP 시험에서도 최고의 성적을 거둔다.

다섯 번째, 코리언 클럽을 통솔하고 사관학교에서 높은 계급을 얻어 다양한 분야에서 리더십을 발휘할 수 있음을 증명한다.

이는 사실 객관적으로 볼 때 터무니없이 버거운 목표들이었다. 대입 원서를 넣는 12학년 겨울까지는 이제 2년도 채 남지 않았다. 체력의 한계, 현재 학습 능력을 고려할 때 이는 도저히 우리가 감당할 수 있는 계획이 아닌 듯 했다. 그간 우리의 성장을 바로 옆에서 지켜봐 온 기숙사 친구들조차 모두 고개를 내저었다.

"꿈은 좋지만 이건 무리다."

질투도 우환도 아닌 진심이 담긴 조언이었다.

그러나 이 목표들이 모두 이루어졌을 때 정말 하버드에 들어갈 수 있겠다는 판단이 생기니 어떤 고통이 뒤따르더라도 그저 해내야겠다는 마음뿐이었다. 이때부터 우리는 그 누구보다 바빠지기 시작했다.

'휴식은 하버드 입학 후로 미루자.'

의지는 단호했다.

쌍둥이 형제, 하버드를 쏘다

4 : 죽음의 레이스

삶은 호흡하는 것이 아니라 행위를 하는 것이다.
– 루소

"다음 종목! 400m 레이스!"

구름 한 점 없이 맑은 하늘, 그 아래 펼쳐진 다홍색 트랙 위.

응원석에 앉아 있는 팀원들과 감독님을 쳐다본 후 나는 말없이 출발선으로 걸음을 옮긴다. 긴장으로 터질 것만 같은 가슴을 진정시키기 위해 호흡을 몇 번이고 고른다.

"2번 레인, 밸리포지 사관학교의 안재연!"

"네!"

힘차게 대답을 하고 주위를 둘러본다. 모두 나보다 체격 조건이 훨씬 좋은 백인과 흑인 선수들이다. 하지만 승부는 해 봐야 아는 것 아닌가. 주먹을 불끈 쥐고 다시 한 번 레이스 전략을 되새긴다.

'100m까지 전속력으로 달리고, 그 후 200m까지 보폭을 넓히며 체력을 아낀다. 다시 300m 구간까지 스피드를 끌어 올리고, 마지막 100m는 지옥에서 악마가 쫓아온다. 결승선에서 더 이상 달릴 힘이 없

고통 없이는 결실도 없다

어 쓰러지지 않으면 그건 제대로 달린 것이 아니다.'

100m, 400m 계주, 200m에 이은 나의 4번째 레이스.

종아리가 욱신거리는 것이 아무래도 근육에 무리가 온 것 같다. 지금으로서는 잊는 수밖에 없다. 오른쪽 무릎을 꿇고 두 손을 출발선에 조심스럽게 갖다 댄다.

"Ready, Set, Go(제자리에, 준비, 땅)!"

총 소리와 함께 심장이 요동친다. 다섯 주자 중 세 명을 젖히고 앞으로 나간다. 보폭을 넓게, 호흡을 조절하고…. 드디어 200m 지점. 한 명이 아직도 5m 전방에서 달리고 있다. 막판 승부를 건다. 점점 숨이 가빠지고 다리가 무거워진다. 이를 악물고 자신에게 말한다.

'참아야 해. 거의 다 왔어.'

페이스를 서서히 올리고 마지막 100m 구간으로 접어든다.

"An! Come on! Faster! Faster!(안! 더 빨리! 더 빠르게!)"

"You can do it! Get him! Kick his ass!(할 수 있어! 쟤 따라잡아! 이겨 버리라고!)"

이대로 달리다간 심장이 터져 버릴 것만 같지만 멈출 수는 없다. 몸의 잔 근육들이 부들부들 떨리고 하늘이 노랗다. 드디어 결승선이 보이고 1위를 따라잡기 위해 마지막까지 상체를 크게 움직여 보지만 역부족이다. 몇 걸음 차이로 아쉽게도 2위.

미안하다고 말하고 싶지만 침이 말라 입이 떨어지지 않는다. 결승선을 통과하자마자 트랙에 꼬꾸라져 버린 나를 동료들이 업어 간신히 잔디밭에 눕힌다. 재우가 물을 가져다준다. 물통을 손아귀에 쥘 힘조차

특정 종목보다 여러 단거리 종목에 고루 강했던 나에게 감독님은 때로는 총 다섯 종목을 뛰라고 주문하기도 했다. 다섯 개의 단거리 종목을 연이어 전속력으로 달리는 것은 자살을 여러 번 반복하는 행위나 다름없었다.

없지만 경기는 아직 끝나지 않았다.

다음은 5번째 레이스, 악몽의 1600m 계주가 남아 있다. 하얀 구름이 하늘을 흐르는 것을 느끼며 눈을 질끈 감는다.

누군가 내게 밸리포지에서의 생활 중 가장 힘들었던 경험을 묻는다면 나는 망설임 없이 '육상부 생활'이라고 대답할 것이다.

학교 대항 육상 경기는 매주 한 번씩 열렸다. 미래의 육상 선수를 꿈꾸는 것이 아니었던 나에게는 너무 잦은 횟수였다. 게다가 나는 언제나 팀 내에서 가장 많은 종목을 달려야 했다. 특정 종목보다 여러 단거리 종목에 고루 강했던 나에게 감독님은 때로는 총 다섯 종목을 뛰라고 주문하기도 했다.

다섯 개의 단거리 종목을 연이어 전속력으로 달리는 것은 자살을 여러 번 반복하는 행위나 다름없었다. 온힘을 다해 달릴 때마다 가슴이 찢어지듯이 힘이 들고 호흡이 가빠 올 때의 괴로움은 직접 경험한 자가 아니면 결코 상상하기 힘든 고통이며 고역이리라.

게다가 육상부의 클라인 감독은 지옥 훈련으로 악명이 높았다. 가벼운 스트레칭으로 시작된 훈련은 100m 왕복 달리기 수십 회와 세부 종목 연습 십여 차례로 두 시간여 동안 진행되었다. 아무리 고통을 호소해도 그는 들은 척도 하지 않고 훈련을 진행시켰다. 숨을 고를 여유도 없는 지옥 훈련을 끝내고 나면 땀에 절어 버린 팔다리는 지느러미처럼 흐물흐물해지곤 했다. 일요일을 제외한 매일매일 이 지옥 같은 훈련을 통과해야 했으니 몸이 견뎌 내지 못해 밤에 구토를 하는 일도 잦았다.

"빌어먹을 클라인! 나 도저히 못하겠다. 당장 그만둘 거야."

"도대체 무슨 생각을 하는지 모르겠어. 제대로 걷지도 못하겠어, 이것 봐."

훈련에 대한 부원들의 원성은 하늘을 찔렀다. 그는 때로는 지나치다 싶을 정도로 지독하게 우리를 단련시켰다. 나중에 알게 된 사실이지만 그의 훈련법은 원래 대학 선수권 대회를 준비하는 전문 육상인들을 위한 것으로, 고등학교 선수인 우리에게는 누가 봐도 무리라는 게 사실이었다. 그래서 매년 시즌의 반이 지나기도 전에 부원들의 절반은 팀에서 탈퇴하고 말았다. 그러나 육상부 주장이라는 목표가 있는 나에게 도중하차란 있을 수 없는 일이었다.

육상부 주장이라는 위치에 올라서기 위해서는 팀 내에서 가장 존경받고 믿음이 가는 선수가 되어야 했고, 그러기 위해서는 좋은 기록을 보유하는 것이 필수였다. 나는 같은 한국 유학생이자 든든한 선배인 동완 형에게 자문을 구했다.

"형, 어떻게 하면 더 빨라지지? 좀 어이없는 질문이긴 하지만 말이야."

동완 형은 한국에서 고등학교를 다니던 시절 전국체전 100m 고등부에서 당당히 4위에 입상한 바 있는 멋진 스프린터였다. 현 육상부 주장이자 팀 내 최고의 선수였던 형은 나를 여러 모로 많이 도와주었다.

"단거리는 상체 힘이 좋아야 해. 팔을 앞뒤로 흔들면서 얼마나 빨리 치고 나갈 수 있는가가 기록을 정한다고도 볼 수 있어. 그래서 빠른 애들 보면 다 상체 근육이 굉장히 좋아."

'음…. 하체가 아니라 상체 근육이라고?'

키가 작았던 탓에 나는 다른 선수들보다 상대적으로 보폭이 좁았다. 하지만 작은 체구라고 해서 장점이 없는 것은 아니다. 순발력 측면에서는 유리하기 때문에 기록 향상을 위해서는 다리를 움직이는 스피드를 높이는 것이 중요한 관건이었다. 그러려면 동완 형 말대로 다리를 빨리 움직이도록 끌어 줄 상체 근육이 강해야 했다.

꽉 찬 스케줄 때문에 웨이트 트레이닝 센터에 들락날락할 만큼의 시간적인 여유는 없었으므로 대신 팔굽혀펴기 훈련을 통해 상체 근육을 발달시키기 시작했다. 처음에는 한 번에 20개씩 하루에 160개 정도밖에 못했다. 하지만 하루도 빠짐없이 꾸준히 하자 나중에는 한 번에 50개 하루에 500개 정도까지 개수가 늘어 갔다. 책을 읽다가 졸리면 50개를 하고, 또 단어를 외우다 집중이 안 되면 다시 50개를 하고, 밥 먹은 후 소화가 안 되면 다시 50개를 하고….

처음 며칠은 온몸에 알이 배기고 욱신거려서 움직이는 것조차 불편했지만 꾸준히 계속하다 보니 내 몸도 단련되기 시작했다. 점점 팔에 힘이 붙고 뛸 때마다 몸이 가벼워지는 듯한 느낌이었다.

그런데 얼마 후 예상치 못한 상처가 나를 괴롭혔다. 땀띠가 곪아 염증이 생긴 것이다. 팔이 접히는 부분이 가장 심했다. 몇 십 개의 붉은 반점이 피부 위에 마른버짐처럼 기이한 얼룩을 만들었다. 보기 흉한 것은 둘째 치고 달릴 때마다 상처가 쓰라려서 견디기 힘들었다.

그럼에도 불구하고 나는 스피드와 상체 근육에 대한 욕심 때문에 팔굽혀펴기를 그만둘 수 없었다. 거기서 멈추면 그간의 트레이닝도 모두 허사였다. 상처는 걷잡을 수 없이 트고 짓물렀다. 늦게나마 연고를 발라 보았지만 이미 깊어진 상처는 좀처럼 나을 줄을 몰랐다. 결국 그때 얻은 상처들은 아직까지 지워지지 않은 채로 여전히 남아 있다.

틈만 나면 방바닥에 엎드려 땀을 뻘뻘 흘리는 나를 친구들은 신기한 눈으로 쳐다보았다. 공부벌레로만 생각했는데 다시 봤다며 놀라움을 표시하는 아이들도 있었다.

어쨌든 이런 나의 노력은 한 달여가 지나자 서서히 효과를 내기 시작했다. 가슴과 팔에 두툼하게 근육이 붙어 갔으며 개인 기록도 서서히 단축되었던 것이다.

나의 노력과 성실성은 차가운 클라인 감독마저 감동시켰고, 나는 점차 밸리포지 육상부에 없어서는 안 될 핵심 멤버로 성장했다. 그리고 마침내 100년의 역사와 미국 내 최고의 권위를 자랑하는 펜실베이니아 릴레이 챔피언십(Penn Relays)에서 학교 400m 계주 대표팀의 첫 번째 주자로 활약하는 쾌거를 올렸다.

매년 펜실베이니아 대학(University of Pennsylvania)에서 열리는 펜실베이니아 릴레이 챔피언십은 몽고메리, 모리스 그린 등 올림픽 메달리스트들을 비롯해 전미 대학 대표팀, 자메이카 국가 대표팀 등 수준급의 선수들만 참가하는 엄청난 규모의 육상 대회였다.

발 디딜 곳조차 없이 빽빽한 인파로 메워진 펜실베이니아 대학의 스타디움 한가운데에서 나는 동료들과 함께 환상적인 레이스를 펼쳤다. 최상의 호흡을 자랑하며 우리는 시즌 최고 기록을 달성했다. 100m 구간 개인 기록 11.3초, 400m 팀 기록 45.83초의 좋은 성적이었다.

총소리가 울리기 전 멎을 것만 같은 심장, 온힘을 다해 달릴 때 끊어질 것만 같은 다리, 바통 터치 후 터질 것만 같은 가슴, 그리고 이긴 후의 환희. 그것은 달려 본 사람만이 안다. 계주를 끝내고 동료들과 뜨겁게 포옹할 때, 그리고 뜨거운 박수로 우리를 맞이해 주는 동료들과 감독님을 볼 때, 나는 온몸에 전율을 느꼈고 이렇게 건강하게 달릴 수 있다는 것이 자랑스러웠다. 힘에 겨워 포기하려 한 적이 한두 번이 아니었지만 지금 돌아보면 육상부 시절의 소중한 경험은 나를 더욱 남자답고 강인하게 성장시켜 주었다.

고통 없이는 결실도 없다

5 : 꿈을 연주하는 바이올린

좋은 음악은 마음을 감동시켜 부드럽게 함으로써
이성을 설복하려는 도덕보다도 그 영향이 크다.

– 나폴레옹

어느 날 오후 밸리포지의 음악 관련 프로그램 총 책임자인 비티 선생님이 우리를 불렀다.

"The An Brothers! 일전에 행사 때 본 너희의 바이올린 연주는 가히 수준급이더구나. 그런 숨은 재주가 있다니 선생님은 놀랐어. 너희 실력을 썩히는 것은 귀중한 자원을 낭비하는 것과 다를 바 없다. 밸리포지에는 교향악단이 없어 무척 미안해하고 있었다만, 다행히 얼마 전 비올라와 첼로를 연주할 수 있는 생도 두 명을 우연히 만났단다."

"네? 밸리포지에서요?"

"그래! 그러니 이번 기회에 현악 4중주단을 결성해 보는 건 어떠니? 정말 아름다운 화성이 탄생할 거야. 벌써부터 너무 기대되는데. 해 볼 생각 있어?"

"그럼요! 마침 저희도 그런 기회를 찾고 있었습니다."

"고맙다, 정말. 그럼 다음 주부터 본격적으로 시작하도록 하자. 하고 싶은 악보 있으면 뭐든지 가져와 봐. 대환영이다."

"네!"

사관학교의 특성상 좀처럼 바이올린을 연주할 기회가 없었던 우리에게 이는 너무도 고무적인 소식이었다. 우리는 비올라와 첼로를 연주할 학생을 찾지 못해 '현악 4중주단의 결성'이라는 목표에 난항을 겪고 있던 차였다.

비올라를 11년 동안 연주했으며 줄리아드 음대 진학까지 고려하고 있던 실력자 뤄니언, 우리 형제처럼 어릴 적부터 음악을 해 왔고 운동도 엄청나게 좋아하는 첼리스트 영, 그리고 제1바이올린과 2바이올린을 연주할 나와 재우. 우연하게도 우리 넷은 동급생이었고, 하나같이 음악에 대한 열정이 강했으며, 완벽한 연주에 대한 욕심이 있었다. 마치 오랜 기간 동안 호흡을 맞춘 것처럼 느껴질 만큼 마음이 잘 맞는 멤버였다.

이로써 밸리포지 내에서의 현악 4중주단 창단이라는 우리의 꿈은 비로소 실현되었다. 우리 악단은 방과 후 바쁜 일과 속에서도 시간을 맞춰 틈틈이 교내 교회에서 매일같이 장시간 연습을 했다.

"개교 이래 77년 만에 처음 있는 일이야!"

소식을 듣고 연습실에 들른 교장 선생님은 감탄사를 연발하며 축하와 격려의 말을 아끼지 않았다. 밸리포지에는 합창단과 군악대 외의 음악 서클은 전무한 실정이었기에 현악 4중주단의 창단 소식은 곧 학교의 경사가 되었다.

우리는 비발디의 〈사계〉, 파헬벨의 〈Canon〉, 모차르트의 〈Eine Kline Nachtmusik〉 등 대부분의 사람들에게 익숙한 곡들을 중심으로 악보집을 채워 나갔다. 네 명 모두 음악을 너무 좋아하는 데다 집중력

고통 없이는 결실도 없다

이 강해서 연습을 시작하면 시간 가는 줄 몰랐다. 갈수록 마음이 척척 맞아 나중에는 연주 중에도 눈빛만 보고도 서로의 마음을 읽을 수 있을 정도였다. 진정 감미로운 선율의 향연이었다. 한동안 군악대에서 트럼펫을 분 탓에 빽빽거리는 음에 시달렸던 귀가 말끔히 씻기는 기분이었다.

본격적인 연습에 들어간 지 일주일, 우리는 외부 저명인사들과 전교생이 참석한 주말 예배에서 첫 연주를 했다. 반응은 폭발적이었다. 우리의 아름다운 화음과 세련된 매너는 입 소문을 타고 도시 전역에 알려졌다. 짧게 자른 머리와 단정한 제복의 네 생도들이 만들어 내는 환상적인 하모니는 사람들의 찬사를 이끌어 냈고, 짧은 시간 안에 현악 4중주단은 밸리포지의 마스코트로 자리 잡았다. 덕분에 우리의 주말은 더없이 바빴다.

각종 칵테일파티와 미군 장성들의 만찬, 또 졸업생들이 모인 동창회에서 우리를 초대하기 위해 열을 올렸다. 때로는 한 시간의 연주를 위해 워싱턴 D. C.까지 이동해 꼬박 하루를 소모하기도 했다. 힘든 일정이었지만 우리의 연주가 자리를 빛내 줄 수 있다면 그보다 더한 보상은 없었다. 가끔은 인기가 너무 좋아 장내를 완전히 장악해 버린 나머지 주된 행사가 묻혀 버리는 웃지 못할 해프닝까지 벌어졌다.

빈민가에서 감동의 캐럴 연주회를 벌였던 것도 바로 이 시기였다. 필라델피아의 한 자선단체로부터 이제껏 음악을 직접 접해 볼 기회가 없었던 가난한 아이들을 위해 크리스마스 연주회를 해 달라는 정중한 부탁을 받고 우리는 흔쾌히 승낙했다.

연주 당일 버스가 빈민가에 가까워지자 차창 밖으로 낙후된 건물들과 지저분한 거리가 보이기 시작했다. 버스에서 내린 우리들은 그날의

쌍둥이 형제, 하버드를 쏘다

짧게 자른 머리와 단정한 제복의 네 생도들이 만들어 내는 환상적인 하모니는 사람들의 찬사를 이끌어 냈고, 짧은 시간 안에 현악 4중주단은 밸리포지의 마스코트로 자리 잡았다. 덕분에 우리의 주말은 더없이 바빴다.

연주가 이제까지와는 성격이 완전히 다르다는 것을 깨달았다.

이번 연주 장소는 스테인드글라스가 영롱한 빛을 발하는 그런 화려한 건물이 아닌 오래 되고 낡은 목재 건물이었다. 비좁기만 한 거실을 치워 마련해 놓은 조그마한 연주 회장, 샹들리에 비하면 초라하기 그지없지만 왠지 더욱 아름다워 보이는 노란 전구 조명, 바닥에 앉아 말똥말똥한 눈으로 우리를 기다리고 있는 흑인 꼬맹이들. 불현듯 지금 이 자리에서 이들을 위해 바이올린을 연주할 수 있다는 것이 벅찬 감격으로 밀려 왔다.

"안녕하세요, 여러분!"

"안녕하세요!"

"저희가 지금부터 들려 드릴 곡들은 크리스마스 캐럴을 비롯한 아주 재미있는 노래들이에요. 즐거운 시간 되었으면 좋겠어요."

"우와!"

우레와 같은 박수 소리와 함께 연주는 시작되었다. 〈징글벨〉, 〈고요한 밤〉, 〈화이트 크리스마스〉 등 아름다운 캐럴의 선율이 작은 건물 안에 흥겹게 울려 퍼졌다. 아이들은 신이 나서 박수를 치며 멜로디를 흥얼거리기 시작했다. 어깨를 들썩이는 꼬맹이들의 입가에 하얀 미소가 맴돌았다. 나와 다른 멤버들은 전에는 느낄 수 없었던 색다른 감동에 겨워 더욱 힘차게 활을 움직였다.

한 시간여의 열정적인 연주가 끝나고 우리는 아이들에게 둘러싸여 이런저런 이야기를 나누었다. 제복이 멋있다는 둥 자기도 바이올린을 배우고 싶어졌다는 둥 천진난만한 아이들의 말에 절로 웃음이 나왔다. 한결 밝아진 아이들의 표정을 보며 이런 뜻 깊은 연주를 할 수 있게 해 준 비티 선생님께 새삼스레 고마운 마음이 들었다. 어느새 밤이 깊어

학교로 돌아가게 되었을 때 내년에 꼭 다시 와야 한다며 우리를 배웅하는 아이들의 눈에는 고마움과 아쉬움이 가득했다.

한순간 모든 것을 잊고 무엇인가에 열정적으로 몰입할 수 있다는 것은 큰 행운이다. 끊임없는 공부와 힘겨운 훈련 속에서 나는 이처럼 음악을 통해 에너지를 회복하고 내 어깨를 짓누르는 스트레스를 해소할 수 있었다. 더군다나 내 연주가 나뿐이 아닌 다른 누군가에게 힘과 희망이 될 수 있다는 사실은 나에게 이루 말할 수 없는 큰 기쁨을 안겨주었다.

음악의 신 뮤즈를 처음 부른 것은 오직 하버드에 대한 의지 때문이었다. 그러나 뮤즈는 내게 다가와 하버드가 아닌 인생에 관한 노래들을 들려주었다. 그것은 사랑과 행복, 아름다움으로 가득 찬 세레나데였다.

고통 없이는 결실도 없다

6 : SAT 600점 올리기

승부는 언제나 간단하다. 적이 무엇을 원하는지를 간파해야 한다.
그리고 적으로 하여금 원하는 것, 꿈꾸는 것이 가능하다고
믿게 하는 것이다.

— 나폴레옹

　하버드를 비롯한 아이비리그 급의 명문 대학에 진학하기 위해서는 높은 SAT(Scholastic Aptitude Test, 미국 대학 입학 고사) 점수가 필수이다. 그런데 입시에서 차지하는 SAT 점수의 비중이 날이 갈수록 감소하고 있다. 그래서 많은 사람들은 SAT 점수의 중요성을 가볍게 생각한다. 하지만 명심하라. 비중이 아무리 감소해도 SAT 점수는 여전히 대학 입학 당락의 중요한 요소이다. 오히려 SAT 전문 학원의 등장으로 학생들의 전반적인 SAT 성적이 향상됨에 따라 높은 SAT 점수는 미국 명문대 입학을 위한 필수불가결한 조건이 되어 버렸다.

　상당히 뛰어난 운동 경력을 자랑하고 추천서와 에세이 등 다른 모든 분야에서도 아주 빼어난 두 학생이 있다고 치자. 다양한 분야에서 고르게 우수하여 우열을 가리기 힘들 때, 이때 바로 SAT 점수가 참고가 되는 것이다. 더 높은 점수를 가진 학생이 선택되는 것은 당연지사다.

　내가 공부할 당시에는 하버드 입학을 위해 총 1600점 만점 중 최소

1500점 정도는 맞아야 경쟁력이 있었다. 갈수록 이 'Magic Number' 는 높아지는 추세에 있다. 그러나 일반적으로 영어와 수학 두 과목(각 각 800점 만점)을 합산해 1500점을 넘으면 일단 다른 지원자들과의 경 쟁에서 밀리지 않을 정도라고 보면 된다.

11학년이 거의 끝나 가는 시점에서 SAT 준비를 시작한 나에게 시험 전까지는 고작 6개월 남짓한 시간이 남아 있었다. 1500점. 나는 감히 그 고지를 넘고 싶었고 또 넘어야만 했다.

그러나 유학 초기인 10학년 때 무작정 본 나의 SAT 모의고사 점수 는 960점이었다. 수학 점수도, 영어 점수도 평균에 한참 미치지 못하 는 형편없는 수준이었다. 이 점수로 하버드에 간다는 것은 어린아이가 봐도 콧방귀를 뀔 정도였다. 만점과는 640점 차이. 지방의 2년제 대학 에 진학하기 딱 알맞은 점수였다. 같은 날 시험을 치른 미국 아이들은 1100점을 웃도는 성적을 받고도 실망하는 눈치였다.

단 6개월 안에 그 큰 점수 차를 좁혀야 했다. 그러나 1000점도 못 맞 은 학생이 공부를 해서 1500점을 넘겼다는 이야기는 들어본 적이 없었 다. 한국으로 치자면 수능 250점(500점 만점 기준)을 맞은 학생이 반 년 공부해서 480점을 노리는 수준이었다.

SAT 전문 학원을 다니는 것을 지독히도 싫어했던 나는 직접 문제집 을 사서 풀기로 결심했다. 학원 교육의 효율성에 대한 확신도 없었거 니와 학원에 왔다 갔다 할 시간 여유도 없었기 때문이다. 당장 인터넷 에 접속해 배론, 카플란 등의 문제집을 주문했다. 며칠 뒤 내 책꽂이는 SAT 시험 관련 책들로 빽빽이 채워졌다.

"야, 너 그걸 다 풀 거야? 제정신이야? 차라리 나한테 한 권 주라."

기숙사 친구 퀴크가 어이없다는 얼굴로 쳐다봤다.

"미안해, 한 권도 안 남기고 다 풀어야겠어."

나는 비장하게 말했다. 이때부터 SAT와의 싸움이라는 또 하나의 도전이 내 어깨 위에 얹혀졌다.

지난 1년간 밸리포지에서 공부하면서 각종 수학 용어에 익숙해진 내게 SAT 수학은 영어에 비해 상대적으로 쉬웠다. 기하, 대수, 확률 등 기초적이고 쉬운 내용이 주를 이루었다. 실상 몇 가지 헷갈리는 응용문제와 함정 문제 등에만 주의하면 문제 풀이에는 어려움이 없었다. 문제집 두세 권 정도를 꼼꼼히 푸니 금세 성적은 올랐다. 혼자서 시간을 재어 가며 본 모의고사는 약 760~780점이었다. 틀린 것은 대부분 실수였고 어려워서 못 푸는 문제는 없었다. 시험일까지 꾸준히 감각을 잃지 않고 실수 요인을 줄여 나가면 만점을 받을 수 있을 것 같은 자신감이 들었다.

진짜 문제는 영어였다. 시험 수준에 대한 이해를 돕기 위해 비유를 한다면 한국 수능시험의 언어 영역이 영어로 쓰여 있다고 생각하면 된다. 단어의 산은 언제쯤에야 정복되는가? 어느덧 원서도 어렵지 않게 읽는 수준이 되었지만 SAT 영어 영역의 생소한 단어들은 나를 못 살게 굴었다. 심지어는 지문이 아닌 문제에도 모르는 단어가 통통 튀어나왔다.

그렇다고 독해는 쉬웠을까? 고급 어휘력을 요하는 지문이기에 70% 이상은 의미를 모르는 단어들이었다. 기를 쓰고 읽어도 단어를 모르니 문맥이 전혀 파악되지 않았다. 오죽하면 내가 읽는 것이 영어 단어가 아닌 이탈리아어 단어인가 하는 착각이 들 정도였다. 심지어 지문의 문장은 대부분 장문이었다. 어떤 문장은 넉 줄, 다섯 줄까지 길게 늘어져 있었다. 주어가 무엇이고 본동사가 무엇인지 도무지 감을 잡을 수

쌍둥이 형제, 하버드를 쏘다

가 없었다.

SAT 영어 영역 정복의 관건은 일단 뭐니 뭐니 해도 '단어'였다. 복잡한 문장도 단어의 뜻만 명확히 알면 대강의 요지 파악이 가능하기 때문에 무엇보다도 몇 천 개에 달하는 SAT 어휘를 하루 빨리 외워야 했다. 밤을 새우는 것만으로는 부족했다. 고학년이 되면서 부쩍 잦아진 시험과 늘어나는 과제 및 독서 요구량은 SAT 단어를 외우려는 나의 발목을 번번이 붙잡았다.

그래서 생각해 낸 방법이 자투리 시간을 활용하는 것이었다. 틈새 시간에 조금씩 단어를 외운다면 상당히 많은 양을 외울 것이라는 생각이 들었다. 학교에서 기숙사로, 기숙사에서 육상 트랙으로, 트랙에서 현악 4중주단 연습실로, 교정을 오가면서 낭비하는 시간은 무시하지 못할 정도로 길었다. 마찬가지로 아침에 시리얼을 씹을 때나 화장실을 갈 때 소요되는 시간도 허비하기에는 아까웠다.

스파크노츠(Sparknotes)사에서 나온 《1000 English Vocabulary》란 1000개의 단어 카드 집을 인터넷으로 주문했다. 명함 크기의 파란색 종이 앞에는 단어, 뒤에는 뜻이 써 있어서 뒷주머니에 넣고 다니면서 외우기에는 안성맞춤이었다. 여기에 그 동안 꾸준히 써 온 단어 수첩까지 더하니 외워야 할 단어는 4천 개에 육박했다. 엄청난 양에 놀라 처음에는 엄두도 나지 않았지만 남은 몇 개월 동안 하루에 몇 십 개씩만 외운다면 불가능하지마는 않은 숫자였다.

'눈 딱 감고 반년만 미쳐 보자.'

단어와의 전쟁은 본격적으로 시작되었다. 아침 행군할 때 앞뒤로 흔드는 손에 단어 카드 5장, 구두 닦을 때 옆에 놓고 5개, 기숙사에서 학교 건물까지 걸어갈 때 5개, 화장실에 가서 5개, 컵라면에 뜨거운 물

고통 없이는 결실도 없다

받으면서 5개. 이런 식으로 단 일 분 일 초도 헛되이 보내는 시간 없이 단어를 외워 나갔다.

우선 무리하지 않고 하루에 일정량을 외우기로 했다. 개수를 과도하게 늘려 봤자 다음날이면 잊어 버려 노력이 허사가 되기 때문이었다. 목표량은 하루에 60~70개 정도로 잡았다. 그리고 지나간 단어는 혼동이 심한 단어 100여 개를 뽑아 다시 복습했다.

그러나 워낙 때와 장소를 가리지 않고 단어를 외우다 보니 원치 않던 일도 생겨났다. 어느 일요일 교회 예배 중에 다가오는 SAT 시험에 마음이 급했던 나와 재우는 악보 사이사이에 단어를 적은 A4 용지를 몇 장 끼워 놓고 노래 부르는 시늉을 하며 그것을 외우고 있었다. 우리의 입에서는 찬송 대신 단어 중얼거리는 소리가 나직하게 흘러나왔다.

예배가 끝나고 갑자기 연습실에 모든 합창 부원이 소집되었다. 잠시 후 합창 부장 맥키어넌이 단상 앞으로 걸어 나왔다. 그는 인종차별을 비롯해 부원들에게 각종 비인격적인 대우를 하기로 악명이 자자했다.

"제군들, 예배 중에 절대 공부를 해서는 안 된다. 지금 이 방에 있는 무식한 누구누구처럼 말이다."

"예? 도대체 누가 예배 중에 공부를 하죠?"

내 앞에 앉아 있던 놀드가 도무지 이해가 안 간다는 표정으로 물었다.

"글쎄, 네 뒤를 봐."

순간 모든 부원의 눈이 우리에게 집중되었다.

"I, I, li, like studying. It is so, so much fu, fun.(나, 나는 공부를, 조, 좋아해요. 그것은 너, 너무나 재, 재미있어요.)"

일부러 말을 더듬어 가며 외국에서 온 학생들을 비웃는 그의 태도는 여전했다. 단어와의 전쟁을 결심한 순간부터 각오했던 상황이었지만 참기 힘든 창피와 모욕감에 얼굴은 빨갛게 달아올랐다.

그 후 몇 분 동안 맥키어넌은 온갖 모욕적인 말과 조롱으로 우리를 비꼬았다. 우리처럼 공부를 사랑하는 아이들은 처음 보는 족속이라는 둥 도대체 누가 단어 카드를 들고 캠퍼스를 돌아다니느냐는 둥 평소에 아니꼽게 생각했던 부분들을 일일이 다 들추어 가며 우리를 공격했다.

"쟤네는 절대 공부하는 걸 멈추지 않아. 아마 죽을 때도 공부하고 있을걸?"

"와하하!"

여기저기서 아이들의 웃음소리가 터져 나왔다. 나는 입술을 질끈 깨물었다. 예배 시간에 공부를 한 것은 분명 잘못이지만 꼭 저렇게까지 해야 하나. 당장 뛰어나가 맥키어넌의 역겨운 얼굴을 밟아 버리고 싶었다. 그러나 그는 상관이었으므로 먼 미래를 생각하며 분을 삭여야만 했다.

'그래. 실컷 비웃어라. 결국 이기는 사람은 내가 될 테니.'

어쨌든 갖은 조롱에도 굴하지 않고 나와 재우는 꿋꿋이 단어 공부를 계속했다. 그리고 놀랍게도 우리의 노력은 점점 빛을 발했다. 어느 순간부터 SAT 문제집의 낯선 기호들이 친숙한 단어로 다가오기 시작했고 문장의 뜻을 파악하는 속도도 급격히 빨라졌다. 자신감을 얻은 나는 일주일에 최소 2개의 SAT 모의고사를 한 주도 거르지 않고 풀어 나갔고, 6개월간 본 연습 시험은 무려 50개에 육박했다.

그 결과 모의고사 점수는 처음 960점에서 1030점으로, 1140에서 1260, 다시 1350, 그리고 1490점으로 거짓말처럼 가파른 상승 곡선을 그리기 시작했다. SAT 전문 학원에서 보통 석 달에 200점 향상을 목표로 하는 것을 고려할 때 이 상승 폭은 믿기지 않을 만큼 놀라운 것이었다. 이제 남은 것은 실전뿐이었다.

고통 없이는 결실도 없다

7 : 탈영! 그놈의 향수병 때문에

주막에 가 본 적이 없는 자는 주막이 얼마나 낙원인지를 모른다.
오, 신성한 주막이여! 오, 기적적인 주막이여!
– 롱펠로의 〈히페리온〉 중에서

"재연아, 딱 한 잔만 할까?"

순간 마시고 있던 물을 뿜어 버릴 뻔 했다.

"너 제정신이야? 그건 백 퍼센트 퇴학이야! 알잖아?"

"누가 몰라서 그러냐? 우리끼리 처음으로 술 한 잔 하자 이거지. 방까지만 조용히 들어가면 아무도 모를 거야. 아줌마, 여기 소주 두 병만 주세요!"

광민의 술 주문에는 거침이 없었다. 나는 휘둥그레진 두 눈으로 그의 빙긋거리는 얼굴만 멍하니 바라보았다. 돼지 삼겹살이 특유의 고소한 냄새를 풍기며 불판 위에서 노릇노릇 익어 가고 있었다.

탈영에 음주까지 하다니 우리가 제정신이란 말인가. 어쩌다가 이 지경까지 온 것인가. 고개를 세차게 가로저어 콧속으로 파고드는 파전 냄새를 쫓자 정신이 번뜩 들었다.

3시간 전만 해도 우리는 밸리포지 교정에 있었다. 주말이라 코리언

쌍둥이 형제, 하버드를 쏘다

클럽 아이들을 모아 모처럼 한국 식당으로 소풍을 떠나려 했지만 대절 버스 문제로 난항을 겪고 있었다.

밸리포지는 깊고 한적한 숲속에 위치한 탓에 시내에 있는 상점가까지 나가려면 차로도 한참이 걸렸다. 이 때문에 생도들은 클럽 활동으로 외출할 때 학교의 허가를 받아 대절 버스를 타고 나가야 했다. 그러나 대절할 수 있는 버스의 숫자에도 한계가 있었다. 교내의 모든 클럽들이 주말이면 교외 활동을 위해 버스 대절에 혈안이 되었으므로 자연히 경쟁에 밀려 밖으로 못 나가는 클럽이 몇 개씩 생기게 되었다. 한 발 늦은 신청으로 이번에 낙오된 것은 코리언 클럽이었다.

"아, 이래서 시골구석에 처박혀 있는 우리 학교가 싫어. 어떡하지?"

코리언 클럽의 동급생 광민이 초조한 기색으로 내게 물었다.

"모르겠다. 더 이상 못 참겠어. 고기 구워 먹고 싶어 죽겠다."

"그러니까 말이야. 노릇노릇한 삼겹살을 된장에 찍고 상추에 싸서, 캬!"

"그만해. 군침 돌잖아. 쩝. 그럼 다음 소풍은 꼬박 한 달 뒤인가…."

나는 입맛만 다시며 어쩔 줄을 몰랐다. 그때였다.

"형, 몰래 가는 건 어때?"

한 살 어린 종석이 녀석의 겁 없는 제안에 나는 화들짝 놀랐다.

밸리포지에서의 무단 외출은 군대에서의 '탈영'과 다를 바가 없었다. 이는 생도가 범해서는 안 될 가장 큰 범칙 행위로 규율로 엄격하게 금지되어 있었다. 무단 외출이 발각되면 계급을 빼앗기고 무조건 이등병으로 강등되며, 최고 100시간 동안 총을 메고 연병장을 돌아야 했다. 말이 100시간이지 몇 달 동안 모든 자유 시간을 헌납하고 행군만 해야 하는 끔찍한 고문이었다.

"너 겁을 상실했구나? 걸리면 어쩌려고?"

그러자 광민이 거들었다.

"맞다. 내가 아는 식당으로 가면 안 걸릴 거야. 작년에도 선배들 몇 명하고 자주 갔는데 안 걸렸어. 괜찮아."

"가자, 형. 이번 딱 한 번만 갔다 오자. 그 옆에 형이 좋아하는 노래 방도 있대."

"너희 진심이냐? 난 안 가."

말은 그렇게 하고 돌아왔지만 눈에 자꾸만 고기쌈이 아른거려서 유혹을 뿌리치기가 힘들었다. 게다가 내가 그토록 꿈꾸던 노래방에도 갈 수 있다니 포기하기가 너무 아까웠다.

'가자. 딱 한 번인데 설마 걸리겠어?'

'아냐, 만약 걸리면 모든 게 끝장인데!'

마음속의 끊임없는 갈등 때문에 도저히 가만히 앉아 있을 수가 없었다. 심히 불안하긴 했지만 나는 광민을 찾아가 조심스레 문을 두드렸다.

"야, 처음이자 마지막으로 갔다 오자. 대신 한국 아이들끼리만 가자. 비밀은 확실히 지켜야 하니까."

"그래, 좋았어. 가자!"

우리의 위험한 외출은 이렇게 감행되었다. 멤버는 나를 포함한 총 5명이었다. 끈질긴 설득에도 불구하고 재우는 가지 않겠다고 말해 기숙사에 남겨 두고 떠났다.

우리는 콜택시를 불러 학교 뒤 주차장에 몰래 대기시켰다. 사감 선생님 몰래 슬그머니 기숙사를 빠져 나온 우리는 냅다 주차장으로 뛰기 시작했다. 혹시라도 감시 부대에게 들키면 그 즉시 끝장이었다. 첩보

요원이라도 된 듯 급박하게 차에 올라타 거친 숨을 몰아쉬었다. 택시 기사는 그런 우리의 꼴이 재미있는 듯 빙그레 웃었다.

"69번가로 가 주세요."

아침 훈련이 피곤했던 탓에 우리 모두는 차 안에서 곯아떨어졌다. 20여 분 후 깨어나 보니 번화가는 아니지만 그런 대로 붐비는 시가지가 보였다. 잠시 후 우리는 '우래관'이라는 한국 식당에 도착했다. 오랜만에 보는 한글 간판이 그렇게 반가울 수 없었다. 옆에는 '로데오'라는 간판의 조금은 낡아 보이는 노래방도 있었다.

"어서 오세요!"

우래관에 들어서니 인심 좋게 생긴 한국 아주머니가 반갑게 맞아 주었다. 내부의 풍경이 전형적인 한국 식당의 모습이라 왠지 고향에 온 것처럼 마음이 편안해지고 안정이 되는 느낌이었다. 오길 잘 했다는 생각이 들었다.

"야, 캡이다. 뭐랬어. 내가 오자고 했잖아!"

광민이 나를 툭 치며 웃었다.

"그래, 알았어 임마. 네가 짱이다! 빨리 음식이나 시키자."

"일단 삼겹살 5인분 주세요."

현범은 아침부터 배가 고팠다며 상의도 않고 불쑥 고기를 주문했다. 아, 삼겹살이라니. 생각만 해도 침이 고였다. 한국에서는 흔한 메뉴이던 삼겹살이 지금은 이렇게 귀하고 반가울 줄 누가 알았겠는가? 나도 모르게 웃음이 나왔다.

어느새 김치, 시금치, 고구마 맛탕, 파전 등 화려한 밑반찬이 식탁을 수놓았다. 그러나 쉴 새 없이 오가는 젓가락 놀림에 접시들은 금세 바닥을 드러냈고 우리는 콩자반 하나, 두부 구이 하나를 더 먹으려고 팽

고통 없이는 결실도 없다

팽하게 다투는 서로를 놀리며 연신 킥킥댔다.

이어지는 삼겹살은 예술이었다. 잘 구워진 고기 한 점을 기름장과 된장에 찍어 상추에 싸 먹는 그때 그 기분이란 황홀 그 자체였다. 서서히 배가 불러 오자 아이들은 갑자기 술타령을 하기 시작했다.

"딱 한 잔씩만! 솔직히 누가 알겠어? 질러!"

만약 음주 사실이 학교에 발각된다면 우리는 그 즉시 '퇴학'이었다. 설사 연병장을 200시간 이상 돈다 해도 밸리포지는 우리를 다시 받아 주지 않을 터였다. 그러나 나는 때마침 학교생활에서 받았던 스트레스가 최고조에 달해 있었다.

'어차피 여기까지 왔는데 뭐, 설마 어떻게 되겠어.'

기분이 좀 나아졌으면 하는 바람에 나도 모르게 동의하고 말았다.

"짠!"

경쾌하게 건배한 우리는 고기와 함께 소주를 곁들여 가며 이런저런 이야기를 나눴다. 입시에 대한 부담감, 향수병, 고생하는 부모님에 대한 죄송한 마음, 여자 친구 이야기까지. 소주병은 걷잡을 수 없이 늘어나 식탁 한구석을 채웠다. 분위기에 취한 우리들은 급기야 게임으로 폭탄주 내기를 하는 지경에까지 이르렀다. 맥주까지 섞여 들어가자 우리는 완전히 취해 제정신을 차릴 수가 없었다.

비틀거리며 우래관을 나와 다음 코스인 로데오 노래방으로 들어갔다. 정신이 멀쩡한 사람은 한 명도 없었다. 몸을 가누지 못하던 종석이 지하 노래방으로 내려가던 중 계단에서 데굴데굴 굴렀다.

"야, 괜찮아?"

"아니, 안 괜찮아. 헤헤. 기분 좋다. 흐흐흐. 빨리 노래 부르러 가야지."

혀가 완전히 꼬인 그를 부축해 노래방으로 들어갔다. 늦은 시간이 아니라서인지 노래방에는 빈 방이 많았다. 무작정 제일 가까운 방에 들어가 비틀비틀 자리를 잡았다. 노래방 선곡 책자의 글씨가 몇 개로 겹쳐 보였다. 어지러움을 깨기 위해 머리를 세게 흔들었지만 소용이 없었다. 이미 너무 많이 마셔 버린 상태였다. 이유 없이 기분이 좋아 실실 웃음만 나왔다.

광민이 첫 곡을 부르려고 마이크를 들었다. 그런데 뭔가 불안했다. 노래를 부르려는 순간 그는 급히 입을 틀어막았다.

"우웩!"

갑자기 토악질을 하기 시작했다. 방 한구석이 그가 뱉어낸 이물질로 가득 차 지독한 냄새가 났다. 노래방 아주머니에게 양해를 구하고 대걸레로 청소를 했지만 그는 계속 화장실을 들락날락했다. 구토가 멈추지 않는 모양이었다.

한참 동안 열창을 하다 주위를 둘러보니 모두가 쿨쿨 잠들어 있었다. 이상한 감이 들어 문득 시계를 보았다. 10시 30분. 정신이 번쩍 들었다.

"야! 다 일어나! 늦었어! 죽었다고 우리!"

11시 정각에는 어김없이 사감 선생님의 소등 검사가 있었다. 무슨 일이 있어도 11시에는 침대 위에 누워 있어야 했다. 남은 시간은 30분. 만약 그 안에 가지 못한다면…. 벌어질 일은 상상조차 하기 싫을 만큼 끔찍했다. 택시를 타고 학교까지 가는 데만 해도 20분이 소요되는데 아직 노래방을 나서지도 못했으니 큰일이었다. 아무리 소리를 질러도 일어나지 않는 친구들을 뺨까지 때려 가면서 깨워 택시 정류장으로 이끌었다.

고통 없이는 결실도 없다

"밸리포지 사관학교요. 최대한 빨리."

겨우 택시를 잡아탔다. 창문에 머리를 기대고 있으려니 두려운 마음에 온몸이 떨려 왔다. 탈영에다 음주까지. 발각되면 살아남을 도리가 없었다. 그때였다.

"야, 비닐봉지 있냐? 없어? 웩! 우웩…."

광희가 참지 못하고 그만 택시 안에서 토를 해 버리고 말았다. 바로 옆에 앉아 있던 나는 역겨운 냄새에 속이 메스꺼워서 도저히 견딜 수가 없었다. 안에서 무엇인가 올라오는 것 같았다.

"아저씨, 잠시만요! 안 되겠어요!"

하는 수 없이 택시를 도로 한쪽에 세워 두고 우리는 구토를 하기 시작했다. 내 옷은 술 냄새에 찌들고 더러운 이물질까지 묻어 상상도 못할 만큼 역겨웠다.

우여곡절 끝에 기숙사에 도착하니 11시 5분. 불행히도 소등 검사가 시작된 후였다. 문틈 사이로 사감 선생님의 모습이 보이는 순간 식은 땀이 흐르고 다리가 후들후들 떨려 왔다. 두려움과 공포는 극에 달했지만 머뭇거릴 여유는 조금도 없었다.

우리는 사감 선생님이 방 안을 검사하는 사이를 이용해 몸을 벽에 바짝 붙여 각자의 방으로 살금살금 이동하기로 했다. 007 작전을 방불케 하는 숨 막히는 순간이었다.

아슬아슬한 순간을 몇 차례 넘긴 끝에 다행히 방으로 들어오긴 했지만 사감 선생님은 어느새 옆방까지 와 있었다. 일이 분 후면 내 방으로 들이닥칠 터였다. 향수를 거의 병째로 방에 뿌리고 더러워진 옷을 급히 벗어 빨래 주머니에 쑤셔 넣었다. 팬티 하나만 달랑 남기고 이불을 덮어쓰는 순간이었다.

"철커덕!"

어느새 열쇠로 방문을 열고 들어온 사감 선생님은 코를 몇 번이고 킁킁댔다. 심장이 멎는 것 같았다.

'제발 나가라, 제발! 제발!'

나는 눈을 질끈 감고 코고는 소리를 내기 시작했다. 그는 침대로 다가오더니 내 얼굴을 유심히 살펴보았다. 술 냄새가 날까 봐 호흡을 꾹 참았다. 이 짧은 몇 초가 그토록 길게 느껴질 수 없었다. 잠시 후 그는 고개를 갸우뚱하더니 문을 쾅 닫고 나가 버렸다.

"휴우…."

식은땀이 줄줄 흘러내렸다.

'이런 짓 다시는 하지 않을 거야. 멍청한 놈.'

유혹에 쉽게 흔들린 내 자신이 너무 미웠다. 놀란 가슴을 진정시키느라 몇 시간을 뜬 눈으로 뒤척였다. 다른 아이들은 어떻게 되었을까 하는 걱정에 좀처럼 잠이 오지 않았다. 다음날 사감 선생님한테 걸린 사람이 한 명도 없다는 사실을 확인하고서야 비로소 깊은 안도의 숨을 내쉴 수 있었다. 위험천만했던 우리의 외출은 이렇게 끝이 났다.

아직도 그때를 생각하면 너무 아찔해서 입이 떨어지지 않는다. 만약 택시가 일 분이라도 늦게 학교에 도착했더라면, 만약 사감 선생님이 내 빨래 주머니를 열어 봤더라면, 하버드는 고사하고 한국으로 쫓겨나 이제껏 꿈꿨던 것들을 모두 포기해야 했을 것이다.

돌아보면 너무나 무모한 짓이었다. 하지만 얼마나 한국 음식이 그립고 유학 생활이 고달팠으면 그런 위험을 감수하고 무단 외출에 폭탄주까지 마셨을까. 어쨌든 그날 밤의 짜릿함과 아찔함을 나는 평생 잊지 못할 것 같다.

8 : No Pain, No Gain

괴로움이 남기고 간 것을 맛보아라.
고통도 지나고 나면 달콤한 것이다.
— 괴테

다양한 클럽에 가입하고 각종 스포츠 팀의 주전 선수로 활약함에 따라 나는 더욱 바빠졌다. 수강하는 교과들은 모두 아너스(Honors)와 AP 레벨로, 내가 선택할 수 있는 한도 내에서 가장 높은 난이도의 수업들이었다. 공부, 운동, 음악, 거기에다 군사 훈련까지 덤으로 얹어진 스케줄은 그야말로 살인적이었다.

새벽 5시 45분에 기상해서 기숙사 청소와 구두 닦기, 방 검사 준비로 시작된 하루는 꽉 짜인 톱니바퀴처럼 쉴 틈 없이 돌아갔다. 7시 20분에 시작된 학교 수업이 2시 반에 끝나면 3시경까지 각 과목의 선생님들을 찾아가 이해되지 않는 부분을 질문했고, 이것이 끝나자마자 황급히 기숙사로 돌아와 옷을 갈아입고 3시 반부터 시작되는 축구부 연습을 위해 운동장으로 발걸음을 옮겼다. 두 시간의 강도 높은 훈련이 끝나면 5시 반, 정각 6시에 있을 합창부 연습을 위해 땀에 전 옷을 그대로 걸친 채 연습실로 뛰어갔다. 한 시간여의 합창 연습이 끝난 후에 현악 4중주단과도 호흡을 맞추고 나면 어느새 연습실 밖의 하늘은 깜깜해져 있었다. 녹초가 된 몸으로 기숙사에 도착하면 저녁 9시였고, 그때부터 외로운 공부는 시작되어 새벽 3시가 넘어서까지 계속되었다.

이렇게 빠듯한 일정을 소화하다 보니 당연히 몸이 버텨낼 리가 없었다. 더구나 각종 연습 시간에 늦지 않기 위해서는 저녁 식사를 항상 걸러야 했다. 지각은 엄격한 규율로 금지되어 있었던 데다 12학년 때 리더 자리를 맡기 위해서는 타의 모범이 되어야 했기에 나는 지각보다 차라리 굶는 것을 선택했다.

게다가 밸리포지의 저녁 배식은 5시 반에서 6시 반까지로 엄격하게 정해져 있었기에 정규 일정이 모두 끝난 저녁 9시 이후에는 저녁 식사가 불가능했다. 이 때문에 내 얼굴은 눈에 띄게 초췌해져 갔고, 수면 부족으로 눈은 뻘겋게 충혈 되었다. 어떤 날은 너무 지친 탓에 얼이 빠져 멍하니 걷다가 지나가던 아이와 정면으로 충돌하기도 했다. 이렇게 무리한 일정을 철저하게 지켜 내는 우리를 친구들은 '기계'라고 불렀다.

그러나 아무리 좋은 기계도 윤활유가 없이는 삐걱거리는 법. 강도 높은 훈련과 계속되는 공부는 많은 에너지를 필요로 했지만 우리가 먹는 것이라고는 고작 부실한 점심과 푸로틴 바가 전부였다. 어느 날 새벽 허기에 지친 나는 공부를 잠시 멈추고 재우를 불렀다.

"야, 뭐 먹을 것 좀 없냐? 배고파 죽겠다, 진짜."

"컵라면 몇 개 남았을걸. 그거나 먹을래?"

"컵라면? 됐다. 차라리 안 먹고 말지. 징그럽다 징그러."

지난 몇 달간 줄기차게 먹어 온 인스턴트식품은 이제 신물이 나서 더 이상 먹을 수가 없었다. 진짜 음식이 먹고 싶었다. 갑자기 어머니가 정성스레 해 주던 음식들이 이루 말할 수 없이 그리웠다. 불고기, 갈

비, 볶음밥…. 그러나 지금 상황에서 그것을 찾는다는 것은 어린아이나 하는 짓 아닌가.

어쩔 수 없이 서랍 속에 처박혀 있는 참치 통조림 하나를 땄다.

"야, 이거라도 먹자."

"휴. 이 비린내 나는 걸 또 어떻게 먹냐?"

망설이는 재우를 못 본 척 하고 포크로 참치 한 덩어리를 찍었다. 눈을 딱 감고 "이것은 불고기다, 이것은 불고기다" 하고 중얼거리며 입에 쑤셔 넣었다. 옆에서 지켜보던 재우가 안쓰러웠는지 쓴웃음을 지으며 입술을 깨물었다.

"미친 놈…."

"너도 해 봐, 맛있어."

잠시 머뭇거리다 그것을 따라 하는 재우를 보면서 나도 모르게 눈물이 나와 얼른 방을 뛰쳐나왔다. 온힘을 다해 깜깜한 복도를 가로질러 화장실로 달려갔다. 그리고는 수돗물을 콸콸 틀어 얼굴을 씻기 시작했다. 흐르는 눈물을 지우기 위해서였다. 서러웠다. 그 동안 꾹꾹 눌러 놓았던 서러움이 갑자기 복받쳐 올랐다. 부모님의 얼굴이 자꾸 생각나 견딜 수가 없었다. 공부고 뭐고 다 때려치우고 한국으로 돌아가고만 싶었다. 미칠 것 같았다. 어두컴컴한 화장실 안에서 머리를 쥐어뜯으며 그렇게 나는 흐느꼈다.

언제쯤 4시간 이상 잠을 자 볼 수 있을까. 언제쯤 제대로 식탁에 앉아 저녁을 먹을 수 있을까. 끝이 보이지 않는 이 싸움에서 승리하는 날은 도대체 언제일까…. 힘이 들었다. 잠을 못 자서인지 왼쪽 볼에서 경련이 일어났다. 언제까지 이렇게 쉴 틈 없이 자신과 싸워야 하는지 묻고 싶었다.

방으로 터벅터벅 돌아와 책상 불을 켰다. 제일 먼저 책상 가장자리에 놓아 둔 가족사진이 눈에 들어왔다. 유학길에 오르기 전 마지막으로 찍었던 사진. 하루에도 몇 십 번이고 꺼내 보던 그 사진이었다.

'그래, 내가 이러면 부모님은 얼마나 더 힘들겠어.'

환히 웃는 부모님의 얼굴을 보며 다시 마음을 잡았다. 그리고 《7막 7장》의 한 구절을 몇 번이고 중얼거렸다.

꿈과 부모님. 이 둘을 모두 만족시키며 사는 것보다 더 값진 삶은 없을 것이다. 어린 나이지만 나는 감히 그런 삶을 살고 싶었다.

"가슴 한구석에 살아 있는 내 꿈을 결코 배반할 수 없고, 자식만을 위한 인생을 살아가시는 부모님을 한순간도 잊을 수가 없다."

꿈과 부모님. 이 둘을 모두 만족시키며 사는 것보다 더 값진 삶은 없을 것이다. 어린 나이지만 나는 감히 그런 삶을 살고 싶었다. 그리고 매 순간마다 최선을 다하고 싶었다. 먼 훗날 사람들에게 나는 그때 밸리포지에서 모든 것을 내걸고 후회 없는 하루하루를 살았노라고 당당히 말할 수 있기를 원했다. No Pain, No Gain. 지금 이 고통은 분명히 나중에 결실을 맺을 거라 믿었다.

이렇게 다부진 각오로 버텨 나가던 11학년도 거의 끝나 갈 무렵 밸리포지 사관학교에는 급작스러운 불행이 찾아 들었다. 사려 깊고 인자한 교장이었던 롱 준장이 급작스럽게 퇴임을 하고, 맥조지라는 이름의 낯선 인물이 새 교장으로 부임한 것이다. 이는 학교 전체에 큰 변화를 가져 온 사건이었다.

새로 부임한 교장 선생님은 군인 생활을 하지 않았음에도 불구하고 밸리포지가 절도 있는 사관학교로서의 옛 명성을 되찾아야 한다고 생각하고 있었다. 그는 규율 강화를 위한 지도 인력으로 현역 군인 여러 명을 고용했다. 생도의 외모, 군사 훈련, 학교 외관 유지 등 전 분야에 걸친 규율들이 엄격하게 적용됨에 따라 기숙사 사감도 자연스럽게 기숙사의 내규를 강화하기 시작했다.

사실 밸리포지 기숙사에는 군대와 마찬가지로 소등 시간이 있었다. 밤 11시가 넘으면 어떤 일이 있어도 전교생이 잠자리에 들어야만 했기 때문에 사감은 정각 11시에 기숙사를 돌아다니며 모든 학생이 잠자리에 들었는지 일제히 확인했다. 그러나 이것은 명목상의 규제일 뿐 이제까지 나는 소등 시간 동안만 잠시 불을 끄고 있다가 검사가 끝난 후에 다시 일어나 공부를 해 왔던 터였다. 이러한 행동이 강화된 기숙사 규정에 크게 문제가 되리라고는 생각지도 못했다.

무섭도록 쌀쌀한 겨울의 새벽녘, 언제나처럼 나는 부들부들 떨리는 몸을 이불로 녹여 가며 SAT 문제집을 풀고 있었다. 창밖으로 싸락눈이 소복소복 내려 세상이 한없이 고요하게 느껴지던 차였다. 그때 평화로운 정적을 깨고 방문 쪽에서 난데없는 소음이 났다.

"쾅쾅쾅!"

"빌어먹을! 당장 문 열어, 넌 죽었다."

군화로 문을 부술 듯이 걷어차는 소리에 놀라 황급히 문을 열자 덩치가 산 만한 군인이 눈을 부라리고 있었다.

"미스터 안, 지금 뭐하고 있는 거냐? 책 다 찢어 버리기 전에 당장

덮고 침대로 올라가!"

케인이었다. 현역 미국 군인으로 밸리포지에 새로 고용된 그는 말끝마다 욕을 달고 살았다. 상스럽고 저속한 농담을 자주 하기로 소문난 그는 자신을 '밤의 왕'이라고 불렀다. 그는 맥조지 교장의 명에 따라 밤 시간에 캠퍼스를 통제하는 임무를 맡고 있었다.

"11시가 소등 시간인데 벌써 세 시간이나 지났다. 이유를 불문하고 규율 위반이다."

"죄송합니다. 오늘 할 일이 너무 많아서…."

"닥쳐, 그건 내가 상관할 바가 아니다. 잠이나 퍼 자. 이게 처음이자 마지막 구두 경고다. 다음엔 네 몸이 괴로울걸."

그는 나를 거칠게 밀치더니 문을 쾅 닫고 나가 버렸다. 이게 무슨 날벼락인가. 어이가 없어 말문이 막혔다. 규율을 어겼으니 주말에는 군복에 총을 메고 10시간 동안 연병장을 돌아야 했다. 그러나 다른 무엇보다 내가 왜 혼나야 하는지 이해가 가지 않아 화가 치밀었다. 나는 '공부를 했기 때문에' 벌로 10시간을 행군해야 했고, '공부를 했기 때문에' 현역 군인으로부터 욕지거리를 들어야 했다. 그저 학생의 본분을 다하고 있을 뿐인데 그것이 문제가 된다니 참으로 기가 막힐 노릇이었다.

그러나 당장의 억울함보다 앞으로의 일이 더 큰 문제였다. 단어도 계속 외워야 하고 공부할 분량 또한 산더미 같은데 이대로 호락호락 잘 수는 없는 노릇이었다. 모든 연습이 끝나고 기숙사에 돌아오면 9시인데, 소등까지 두 시간 안에 주어진 과제와 목표한 공부 양을 마치는 것은 도저히 불가능했다.

아, 사관학교의 융통성 없는 규율이 너무나도 싫었다. 어쩌면 이렇게 학생들을 배려하지 않는단 말인가. 이 예기치 못한 돌발 상황이 갈

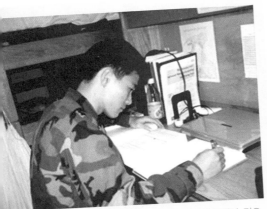
공부, 운동, 음악, 거기에다 군사 훈련까지 덤으로 얹어진 스케줄은 그야말로 살인적이었다. 모든 일정을 마치고 녹초가 된 몸으로 기숙사에 도착하면 저녁 9시였고, 그때부터 외로운 공부는 시작되어 새벽 3시가 넘어서까지 계속되었다.

길이 먼 나의 발목을 잡고 있었다.

고민 끝에 다음날 친구로부터 작은 손전등을 빌렸다. 하루 일과가 끝나고 방에 돌아와 바쁘게 펜을 움직이다 보니 어느새 시계는 11시를 가리키고 있었다. 복도 끝 쪽에서 뚜벅뚜벅 군화 소리가 들렸다. 케인이 분명했다. 재빨리 소등을 하고, 단어가 적힌 A4 용지 한 묶음과 연습장, 펜을 이불 안에 집어넣고는 침대 위로 몸을 날렸다. 비상용 키로 문을 따고 들어온 케인은 방 안을 둘러보고는 두어 번 헛기침을 하더니 기척이 없음을 확인한 다음 방을 나갔다.

살며시 일어나 손전등을 켰다. 이렇게까지 공부해야 하나 싶어 설움이 복받쳤지만 이를 꾹꾹 눌러 가슴에 담았다. 지금의 설움은 나중에 꿈을 이룬 후 다 털어 낼 것이기에 지금 슬퍼할 필요는 없다고 몇 번이고 스스로를 달랬다.

굳은 결심으로 책장을 펼치는 순간 검붉은 코피가 뚝뚝 떨어졌다. 살인적인 스케줄을 몇 달간 무리하게 끌어온 탓에 이제는 몸도 완전히 지친 것일까. 다급히 코를 두 손으로 감싸 쥐고 고개를 젖혔다. 화장실로 가면 케인에게 들킬 것 같아 목구멍으로 꾸역꾸역 코피를 넘겼다.

콧등을 눌러 간신히 지혈은 됐지만 코피를 너무 많이 삼켜 속이 메스꺼웠다. 왜 이런 짓을 해야 하는지 도저히 이해할 수 없었다. 나도 모르게 울음이 터져 나와 입을 틀어막았다.

"읍… 읍…."

복도를 감시하던 케인이 들을까 봐 차마 소리 내어 울 수도 없었다. 남자답지 못한 나약한 모습인 것 같아 마음을 여러 번 다잡았지만 어떠한 노력도 흐르는 눈물을 막을 수는 없었다.

문득 반대쪽 벽의 거울에 비친 내 모습이 시야에 들어 왔다. 충혈 된 눈으로 울먹이며 책을 붙잡고 있는 깡마른 아이. 그게 바로 나였다. 매서운 추위로 볼과 입술이 부르트고 영양 부족으로 살이 빠져 광대뼈가 툭 튀어 나온 새까만 얼굴은 코피가 덕지덕지 묻어 흉측스럽기까지 했다. 그러나 나는 다시 한 번 다짐했다.

'지금 흘리는 눈물은 아무도 모르게 흘려야 하는 비참한 눈물이지만 언젠가 이 눈물을 많은 사람들 앞에서 자랑스럽게 말할 수 있는 날이 올 것이다.'

견뎌 내자. 할 수 있다. 정신을 차린 나는 희미한 손전등 불빛에 의지해 다시 공부를 시작했다. 왼손으로는 건전지도 거의 떨어져 가는 손전등을 들고, 오른손으로는 부지런히 펜대를 움직였다. 그렇게 몇 시간을 공부하면 팔이 저리고 등이 배겨 도저히 버틸 수가 없었다. 그러면 다시 돌아누워서 손전등을 입에 문 다음 단어 카드를 비춰 가며 한 글자씩 외워 나갔다. 때로는 기력이 너무 떨어져 손이 부들부들 떨릴 정도였다. 침대 위에서의 고독한 사투는 이렇게 몇 주간 이어졌다.

하지만 케인은 포기하지 않았다. 그는 문밖으로 새어 나오는 가느다란 불빛을 눈치 챘고 결국 나는 다시 한 번 경고를 받은 후 벌로 10시간 행군을 해야 했다. 그러나 여기서 멈출 내가 아니었다. 방문 밑에 수건을 깔아 불빛이 새어 나가지 않게 막았다. 며칠 동안은 무사히 공부할 수 있었지만 케인은 예상을 엎고 기숙사 뒷벽으로 기어오른 후 내 방 창문을 뜯어내고 들어와 풀고 있던 문제집을 갈기갈기 찢었다. 아마도 건물 뒤쪽 창문으로 불빛이 약하게 새어 나간 모양이었다.

여러 차례 규율을 어긴 벌로 연병장에서 몇 십 시간 총검술 훈련을 받는 와중에도 단어 카드를 손에 쥐고 있는 나를 보고 사람들은 질렸다는 듯 고개를 저었다. 아무리 윽박지르고 타일러 봐도 공부를 멈추지 않자 소문은 널리 퍼져서 결국 교장 선생님의 귀에까지 전해지게 되었다. 어느 날 나와 재우는 교장실로 긴급히 호출되었다.

"소문은 많이 들었다. 너희가 The An Brothers니?"

"예."

"너희 같이 지독한 학생은 처음이다. 도대체 무슨 공부를 그렇게 오랫동안 하지? 수업이 끝나자마자 일찌감치 끝내 놓으면 되지 않나."

우리는 얼마나 많은 활동과 공부를 동시에 병행하고 있는지 말했다. 그리고 그 모든 것이 하버드라는 꿈을 이루기 위해 반드시 이겨 내야 하는 과정이며, 이것이 우리의 인생에 얼마나 중대한 일인가를 자세히 설명했다.

"음….."

그는 손가락으로 이마를 두드리며 한참 동안 생각하더니 말을 이었다.

"좋다. 너희에게만큼은 소등 시간을 넘어서 공부할 수 있는 특권을 주마. 단 다른 짓은 절대 하지 않고 공부만 해야 한다."

"예?"

전혀 예상치 못한 그의 말에 우리는 어리둥절해져서 서로를 쳐다보았다.

"정말인가요? 감사합니다. 열심히 하겠습니다!"

그날 우리는 펄쩍펄쩍 뛰고픈 충동을 누르느라 애를 먹어야 했다. 기뻤다. 다시 원하는 만큼 공부할 수 있다는 사실에 마음이 편해졌고, 그 무시무시한 케인의 얼굴을 마주하지 않아도 된다는 생각에 깊은 안도감이 솟아났다.

밸리포지 설립 이후 지난 77년간 특정 학생만을 위해 교칙을 바꾸는 일은 단 한 번도 없었다고 한다. 꿈을 향한 우리의 뜨거운 의지가 냉정하다고 소문난 교장 선생님의 차가운 가슴까지 녹인 것일까. 기숙사로 향하는 발걸음이 한결 가벼웠다.

고통 없이는 결실도 없다

9 : 꿈의 마력

미래를 예측하는 최선의 방법은 미래를 만들어 가는 것이다.
– 마이클 카미

모든 삶에는 그런 시기가 있다. 조그만 일 하나에도 진절머리가 나고 이유 없이 화가 나 꿈이고 뭐고 모두 그만두고 싶은 때. 이는 작은 희망을 안고 성실하게 살아가는 모든 이의 마음속에 간간히 찾아오는 유혹이다. 아마도 이 시기 우리는 진심으로 꿈을 버리고 싶은 것이 아니리라. 다만 끝날 줄을 모르고 이어지는 인생이라는 싸움에서 잠시 지친 것일 뿐.

지난 유학 기간 동안 지나치게 혹독한 스케줄에 지쳐 꿈을 접고 싶을 때마다 나는 어김없이 두 권의 책을 꺼내 들었다. 홍정욱의 《7막 7장》과 이원익의 《비상》. 꿈을 이루기 위해 갖은 고난을 열정적으로 이겨 낸 두 사람의 이야기는 부모님의 인생과 더불어 나에게 더없이 좋은 꿈의 교과서가 되어 주었다.

한 시대를 풍미했던 영화배우 남궁원의 아들로, 하버드 대학을 우수한 성적으로 졸업하고 북경 대학원과 스탠포드 대학원에서 공부를 마친 후 현재《코리아 헤럴드》와《헤럴드 경제》의 발행인으로서 동북아를 대표하는 언론지를 만들고자 하는 홍정욱 씨.

그의 꿈을 향한 도전 정신과 지치지 않는 지적 추구는 내 가슴에 뜨겁게 와 닿았다. 어린 나이에 유학길에 올라 미국의 명문 사립고인 초우트에서 갖은 어려움을 이겨 내고 결국 최고의 자리까지 올랐던 그의 지난 노력과 초인적인 의지. 그것은 밸리포지에서 그와 비슷한 경험을 하고 있는 내가 매 순간 기억하고 본받아야 할 것이었다.

공군 전투기 조종사 출신의 아버지 밑에서 자라 조종사를 향한 꿈을 불태우던 이원익 씨. 갑작스런 시력 저하로 인해 그 꿈을 포기할 수밖에 없었던 그는 잠시 동안의 방황을 딛고 일어나 항공 전문지의 저널리스트로 활발한 활동을 펼쳤고, 민간인으로서는 최초로 프랑스 최신예 전투기 '라팔'을 평가 비행하기도 했다. 그리고 마침내 하버드 동아시아 지역학과와 케네디 스쿨에 동시 합격하는 쾌거를 이루어 냈다. 오직 비행기만을 향한 그의 식을 줄 모르는 열정과 끈기는 내가 앞으로 어떤 삶을 살아야 하는지를 잘 말해 주었다.

이 두 사람과 더불어 나에게 그 누구보다 큰 영향을 끼친 이는 바로 부모님이다. 10여 년간 부부 교사로 근무하던 부모님은 어느 날 우연히 암웨이 사업을 소개 받게 되었다. 이는 네트워킹 마케팅이라는, 당시로서는 다소 생소한 개념의 사업이었다. 두 분은 함께 이 사업을 시작하면서 그 동안 삶에 지쳐 희미해져 가던 꿈을 되찾을 수 있었다.

이 시기 아버지는 드림 빌딩(Dream Building)에 열심이었다. 드림 빌딩은 바로 꿈으로 향하기 위한 목표 설정과 동기 부여의 과정이었다. 이를 위해서는 일단 꿈을 선명하게 시각화하는 작업이 중요했다.

이로 인해 아버지의 서재는 부모님이 꿈꾸는 것들을 구체적으로 보여 주는 알록달록한 사진들로 가득 채워졌다. 벤츠, BMW 같은 최고급 차와 정원과 호수가 있는 전원주택, 시드니나 로마 등지의 아름다운 휴양지 등. 당시 아직 어렸던 나는 낡은 프라이드를 8년째 몰고 다니는 아버지에게 저것들이 과연 가능한 꿈일까 하는 의문도 많이 품었었다.

사업이 끝난 늦은 밤, 늘 서재에 들어가 한참이나 꿈의 사진들을 둘러보던 아버지의 모습이 지금도 생생하다. 그때는 아버지가 왜 그렇게 그 사진들을 뚫어져라 쳐다보았는지 잘 몰랐지만 지금은 이해할 수 있다. 바로 소중한 꿈을 한 순간도 잊지 않고 머릿속에 생생하게 그리기 위해서였다. 그리고 그 꿈을 이루기 위해 주변의 부정적인 시각에도 흔들림 없이 경주마처럼 10년의 세월을 달려왔다. 학교 수업이 끝나면 매일 녹초가 된 몸을 이끌고 새벽까지 사업 설명을 했고, 처음 2년간은 단 하루도 4시간 이상 자 본 적이 없을 정도로 일에 전념했다. 그 결과 부모님은 돈과 시간에 얽매이지 않는 자유인이 되었다.

그런 부모님 밑에서 자란 우리에게 대충 사는 삶이란 있을 수 없었다. 하루하루 목표를 향해 철두철미하게 사는 것은 너무나 당연했다. 그것이 바로 우리가 지켜봐 온 부모님의 모습이었고 가장 가까이에서 피부로 느낀 삶의 표본이었다. 그렇기 때문에 지금의 고생을 성공을 얻기 위한 대가로 여기고 견뎌 낼 수 있었다.

언제나 내 책상 위에는 《7막 7장》과 《비상》, 가족사진이 놓여 있었다. 그리고 책상 앞과 천장, 팔굽혀펴기를 하는 바닥에는 하버드 로고를 큼지막하게 붙여 놓았다. 이 네 가지는 나에게 있어 세상에서 가장 소중한 보물이었다. 나는 나약해질 때마다 이 꿈의 보물들을 만지고 보고 읽으면서 각오를 다져 나갔다. 그것은 열심히 살아야 한다는 동

쌍둥이 형제, 하버드를 쏘다

사업이 끝난 늦은 밤, 늘 서재에 들어가 한참이나 꿈의 사진들을 둘러보던 아버지의 모습이 지금도
생생하다. 그때는 아버지가 왜 그렇게 그 사진들을 뚫어져라 쳐다보았는지 잘 몰랐지만 지금은 이
해할 수 있다. 바로 소중한 꿈을 한 순간도 잊지 않고 머릿속에 생생하게 그리기 위해서였다.

기를 부여해 주었고, 목표 없이 호지부지 살아가는 삶이 얼마나 가치 없고 후회스러운 것인지 보여 주었다. 그것은 매번 내 안의 꿈을 자극했고, 가슴을 활활 타오르게 했다.

어느덧 시간은 흘러 힘겨웠던 11학년 생활도 완전히 끝이 났다. 무리한 운동과 클럽 활동, 각종 공부 때문에 건강은 악화되고 시력 또한 급격히 나빠졌지만, 눈물과 배고픔으로 대변되는 피나는 노력은 많은 것을 성취하게 했다. 서툴기만 했던 영어 실력은 상당한 수준에 이르렀고, 작년에 이어 나는 수석인 재우의 다음 자리를 놓치지 않았다.

축구부와 육상부에서도 맹활약을 펼쳐 팀에서 꼭 필요로 하는 선수가 되었고, 다양한 클럽 활동과 음악 활동을 경험하면서 전 분야에 고루 능통한 팔방미인으로 성장할 수 있었다. 학교 이곳저곳을 뛰어다니며 바쁘게 생활하는 나를 공부벌레라고 비웃는 친구는 이제 한 명도 없었다.

'한 번에 끝내자' 는 각오로 치렀던 SAT 시험에서는 1510점을 기록했다. 수학은 800점 만점으로 미국 전역 1% 안에 들었고, 영어는 710점으로 4% 안에 들었다. 시험 전날 모의고사에서 1600점 만점을 기록했던 재우는 약간의 실수로 수학에서 780점, 그리고 영어에서 780점으로 합계 1560점을 얻었다. 둘 다 1년 전 900과 1000점 사이였던 첫 SAT 점수보다 600점 가량 올라간 점수였다. 미국에 발을 디딘 지 1년 반, SAT 시험을 본격적으로 준비한 지 6개월여 만에 거둔 성과였다.

틈틈이 준비한 SAT II 시험에서도 좋은 결과는 이어졌다. 재우는 수학에서 800점 만점, 물리에서 790점, 작문에서 750점을 맞았고, 나 역시 각각 800점, 780점, 710점으로 우수한 성적을 거두었다. 누군가의 도움 없이 스스로 만들어 낸 결과였기에 우리가 얻은 성취감과 자신감은 더욱 컸다.

시험이 끝나고 방으로 돌아와 책꽂이를 쳐다보았다. Kaplan, Barron's, Sparknotes, Princeton Review, Arco, Cliffs, College Board, Gruber's 등 열 군데가 넘는 출판사에서 나온 20여 개의 문제집이 두 칸을 가득 채우고 있었다. 아무거나 하나를 골라 펼쳐 보았다. 너덜너덜해진 데다가 새까맣게 줄이 쳐져 있어 글자를 읽을 수 있는 페이지는 단 한 장도 없었다. 혹시 안 푼 문제집이 하나라도 있을까 싶어 나머지를 펼쳐 보니 역시 마찬가지였다.

나는 무의식적으로 달려들어 두꺼운 문제집들을 사정없이 쓰레기통에 던져 버렸다. 이 순간을 얼마나 그리고 또 그렸던가. "끝나기만 하면 다 불태워 버리자"라고 중얼거리며 수천 개의 단어들과 이탈리아어 같은 지문을 상대로 밤 새워 벌였던 고독했던 싸움. 그 힘겨운 싸움에서의 승자는 나였다.

SAT I과 SAT II 시험에서 거둔 우리 점수는 밸리포지에서 가장 높았다. "눈 감고 봐도 너희보다는 잘 보겠다"라는 미국 아이들의 조롱은 더 이상 어디에서도 들을 수 없었다. 선생님과 친구들 모두 우리를 진심으로 격려하고 축하해 주었다.

이즈음에는 1년에 한 번 열리는 밸리포지의 시상식도 있었다. 모든 선생님과 학생들, 학부형이 이 영예로운 행사를 위해 한자리에 모였다. 학내의 분야별 최고 학생들을 선발하여 포상하는 자리여서 도대체 누가 어떤 상을 탈지에 관심이 쏠렸다.

연말 시상식 당일, 전교생이 강당에 모여 교장 선생님의 말을 경청했다. 긴 연설이 끝나고 이윽고 상을 수여하는 시간이 왔다.

고통 없이는 결실도 없다

우리의 이름은 사람들로 꽉 들어찬 강당에 울려 퍼졌다. 메달 하나씩을 받고 내려올 때마다 우레와 같은 박수 소리가 쏟아졌다.

"다음은 2003년부터 2004년까지 1년간의 성적을 토대로 전교에서 각 분야 1등에게 주어지는 Lieutenant William I. Harvey Medal 시상이 있겠습니다."

누구보다 열심히 했다고 자부할 수 있었기에 내 이름이 불릴 거라는 확신이 있었다. 가슴이 떨리고 설레었다.

"Second class, Social Study. Jae Yeon An.(11학년, 사회, 안재연.)"

"Second class, English. Jae Woo An.(11학년, 영어, 안재우.)"

"Second class, Mathematics. Jae Woo An.(11학년, 수학, 안재우.)"

"Second class, Science. Jae Yeon An.(11학년, 과학, 안재연.)"

우리의 이름은 사람들로 꽉 들어찬 강당에 울려 퍼졌다. 메달 하나씩을 받고 내려올 때마다 우레와 같은 박수 소리가 쏟아졌다. 보통 한 사람이 한 과목 이상을 휩쓰는 일이 거의 없는데 똑같이 생긴 두 학생이 계속 올라갔다 내려왔다 하는 것을 보고 좌중에서는 웃음이 터져 나오기도 했다.

"다음은 밸리포지 사관학교를 통틀어 가장 강력한 리더십을 소유하고 여러 분야에서 가장 활발한 활동을 펼친 한 생도에게 주어지는 American Legion Scholastic Excellence JROTC Award 시상이 있겠습니다."

"Jae Yeon An(안재연)."

"와우!"

또다시 내 이름이 불렸다. Harvey Medal을 받을 때와는 사뭇 다른 느낌이었다. 우수한 성적을 유지하면서도 여러 분야의 리더로서 탁월한 활약을 벌인 단 한 명의 생도에게 주어지는 바로 그 상이었다. 꿈으로만 여겨지던 이 상을 내가 받게 되다니!

모두들 내가 다시 시상대에 올라서기를 기다리고 있었다. 교장 선생님으로부터 메달을 수여 받고 자리에 돌아와 꼭 쥔 손을 폈다. 그토록 열망했던 구릿빛 메달과 동그란 은빛 메달들이 아름답게 빛나고 있었다. 매 주말마다 아무도 없는 도서관에 쓸쓸히 틀어박혀 배고픔을 참아 가며 공부하던 날들이 파노라마처럼 눈앞을 스쳐 갔다.

"힘들어. 언제까지 이렇게 해야 할까?"

"…."

"안재우, 그만하자. 벌써 몇 달 동안 이러고 있잖아. 주말엔 좀 놀아야지!"

입을 꾹 다물고 석고상처럼 앉아 문제집과 씨름하고 있는 재우는 내가 봐도 미친 사람 같았다. 못 들은 척 무시하고 묵묵히 펜을 움직이는 그를 보니 괜히 화가 치밀었다. 지쳐서 더 이상 문제집을 보기도 싫었지만 그렇다고 먼저 잘 수는 없는 노릇이었다. 어쩔 수 없이 다시 문제를 풀기 시작했다. 그러나 오 분도 못 버티고 다시 펜을 놓았다.

"지겹다 진짜. 좀 놀고 싶어."

"…."

"야, 귀먹었냐? 좀 쉬었다 하자고!"

"조용히 좀 해 봐. 징징대려면 차라리 나가. 네가 애냐? 그만 좀 투

고통 없이는 결실도 없다

덜거려."

"뭐? 말 다했냐? 잘난 척 하기는. 죽을래?"

이런 식으로 한번 감정이 격해지면 다툼이 걷잡을 수 없이 커져 형제간에 입에 담기 힘든 심한 욕설을 해 댔다. 각종 시험 때문에 스트레스가 쌓여 가자 약간의 의견 충돌만 나도 곧장 싸움으로 번지기 일쑤였다. 누가 보면 이건 형제가 아니라 거의 원수지간이었다.

하지만 그렇게 싸워 가면서도 동일한 목표가 있었기에 공부는 계속되었다. 내가 공부가 지겨워서 엎드리면 재우가 어느새 다가와 뒤통수를 냅다 후려쳤고, 재우가 졸고 있으면 나는 이때다 싶어 찬물을 그의 얼굴에 사정없이 뿌렸다. 그러나 우리는 다시는 안 볼 것처럼 심하게 다투고도 다음날 아무 일 없었다는 듯 운동장을 같이 뛰며 서로를 격려했다. 모두 쌍둥이였기에 가능한 일이었다.

2년이란 짧은 시간 안에 불가능으로만 여겨졌던 일들이 점점 현실화되고 있었다. 문득 2002년 여름 독일과의 월드컵 4강전 때 스타디움 한쪽을 가득 메운 붉은 악마의 카드 섹션이 떠올랐다.

꿈은 이루어진다.

눈을 감고 하버드 실험실에서 현미경을 들여다보고 있는 내 미래의 모습을 그려 보았다. 그렇게 멋질 수가 없었다.

'이 모습은 현실이 될 거야. 안재연, 너는 할 수 있어.'

Chapter
6

>>>재우가 말하다

하버드에서 여름나기

괜한 질투심이 들었다. 나라고 못할 건 없겠다는 자신감이 생겨 이번 기회에 서머스쿨과 인턴 활동을 같이 병행해 보자고 단호하게 마음먹었다. 하지만 아쉽게도 내게는 라우처럼 특별한 기회를 주선해 줄 만한 인맥이 없었다. 또 인턴 자리가 쉽게 구해질 만큼의 독자적인 연구 경험이 있는 것도 아니었다.

1 : 40장의 편지 공세

끈질김은 성공의 큰 요소이다.
오랫동안 요란하게 문을 두드린다면 결국 누군가를 깨우게 될 것이다.

– 롱펠로

"나 스탠포드의 물리학 교수님 연구실에서 인턴으로 일할 예정이야."

어제 점심 식사 때 친구 라우가 꺼낸 이 말이 아직까지 내 머리를 떠나지 않았다. 이번 여름에 하버드 서머스쿨에서 공부하는 것 외에 다른 계획이 없던 나에게 이 말은 적지 않은 자극을 주었다.

라우가 그 말을 꺼냈을 때 사실 나는 적잖은 충격을 받았다.

'인턴? 라우, 네가? 네가 스탠포드 물리학 연구실의 인턴이 된다고?'

나는 그때까지만 해도 명문 대학의 인턴 자리가 극소수의 천재 학생들에게만 주어지는 기회라고 생각하고 있었다. 혹은 독창적인 연구 경력으로 대학 입학 전부터 논문상을 받는 수재들에게만 돌아가는 혜택이라 믿었다. 나를 비롯한 재연이나 라우 같은 지극히 평범한 고등학생이 할 수 있는 일이라고는 생각지도 못했다. 하지만 라우는 그 일을 해 내려 하고 있었다. 비록 아버지를 통한 특별한 연줄로 자리를 구할

쌍둥이 형제, 하버드를 쏘다

수 있었던 것이지만 말이다.

괜한 질투심이 들었다. 나라고 못할 건 없겠다는 자신감이 생겨 이번 기회에 서머스쿨과 인턴 활동을 같이 병행해 보자고 단호하게 마음먹었다. 하지만 아쉽게도 내게는 라우처럼 특별한 기회를 주선해 줄 만한 인맥이 없었다. 또 인턴 자리가 쉽게 구해질 만큼의 독자적인 연구 경험이 있는 것도 아니었다.

하버드의 교수들이 내게 주목할 만한 점은 무엇일까? 나를 인턴으로 채용하고 싶도록 만들 만한 요소가 없을까? 곰곰이 생각했다.

'그래. 편지를 써 보자. 괜찮은 경력은 없는 애송이지만 기회가 주어진다면 정말 최선을 다해 일하고 싶다는 진실 된 마음을 하버드의 교수님들께 편지로 전해 보자. 날 받아 주신다고 연락이 오면 감사한 거고, 없다고 해서 실망할 것은 하나도 없어.'

곧바로 편지 작성에 들어갔다. 같이 보낼 간단한 이력서도 만들었다. 경력이라고 해 봐야 겨우 학교 클럽 활동이나 교내에서 수상한 몇 개의 상 정도뿐이었다. 물리와 생물 등 전문 분야에 관한 지식이 턱없이 모자란 나였지만 하버드 어딘가에는 나의 진실 된 열정을 알아줄 교수가 한 명 정도는 있으리라고 믿었다.

존경하는 교수님께

안녕하세요. 저는 밸리포지 사관학교 11학년에 재학 중인 안재우라고 합니다.

다름이 아니라 교수님께서 현재 진행하고 계신 연구 활동에 깊은 관심을 표하고 싶어서 편지를 쓰게 되었습니다.

혹시 이번 여름에 제가 교수님의 연구나 교수님 밑에서 일하는 대학원생들의 실험·실습을 도울 수 있는 기회가 있을까 하는 마음에 여쭤 봅니다. 보수는 전혀 고려하지 않으셔도 됩니다. 연구팀을 돕기 위해서라면 무엇이든지 할 준비가 되어 있습니다. 기회만 주신다면 언제든지 교수님의 스케줄에 맞추어서 일할 용의가 있고, 교수님의 전문 지식을 잠시나마 옆에서 얻을 수 있다는 것 자체만으로도 영광입니다.

일은 언제든지 시작할 수 있습니다. 제가 필요하신 한 곳에서 일하고 싶습니다. 제 임무가 서기직이든, 행정직이든, 리서치 임무든 간에 상관없이 교수님과 교수님의 연구팀과 일할 수 있다는 기회 자체가 특권이라 생각합니다.

아무쪼록 가능하다면 꼭 연락을 주십시오. 다시 한 번 말씀드리지만 전무보수로 무슨 일이든 간에 할 준비가 되어 있습니다. 단지 교수님과 일할 수 있다는 자체만으로도 저에겐 무한한 영광입니다.

안재우 드림

편지를 쓰는 내내 나는 정말 진지했다. 내 안에 있는 하버드에 대한 열정과 가능성을 교수들에게 어떻게든 전하고 싶었다. 그들이 시켜만 준다면 심지어 해부 실험까지도 할 수 있을 것 같은 마음이었다. 그만큼 하버드 서머스쿨에서 보내는 두 달여의 시간을 최대한 의미 있게 활용하고 싶었다.

나는 이 편지를 총 40여 명의 하버드와 MIT 공대의 교수들에게 보냈다. 그리고 편지의 말미에는 연락을 받을 수 있도록 이메일 주소와 휴대폰 번호를 기재했다. MIT 공대에도 편지를 보냈던 이유는 MIT가 하버드와 가까운 위치에 있기 때문에 혹시 거기에서 제의가 들어온다면 자전거를 빌려서라도 출퇴근할 의향이 있었기 때문이다.

며칠이 채 지나지 않아 놀랍게도 내 이메일함과 휴대폰의 사서함은 쟁쟁한 교수들로부터의 메시지로 가득 채워져 있었다. 아쉽게도 대부분의 교수들은 거절의 의사를 알려 왔다. 역시 경력 부족과 어린 나이가 주된 원인인 듯 했다. 그러나 많은 이들이 내 정성 어린 편지에 대한 감격의 말을 잊지 않았다. 나중에 기회가 되면 꼭 보도록 하자는 형식적인 말도 당시의 나에게는 큰 힘이 되었다. 나는 수십 개의 메시지를 반복해서 청취하며 미래에 나를 가르치게 될 교수들의 목소리를 몇 번씩이나 들어보았다.

하지만 모든 사람이 거절한 것은 아니었다. 감격스럽게도 몇몇 교수들은 복잡한 전문 지식이 필요하지 않은 일이라며 학수고대하던 인턴 자리를 제안했다. 우리는 전화 통화로 네댓 명의 교수들과 심층 면담을 했고, 최종적으로 하버드 재료과학과의 아지즈 교수의 연구실에서 두 달 동안 인턴 생활을 하기로 결정했다.

"정말 무보수로 일해도 괜찮겠습니까? 두 달여의 기간인데…."

"네! 괜찮습니다."

"때마침 내 조교의 실험을 함께 분석해 줄 조수 2명이 필요합니다."

"어떤 일인지 물어봐도 괜찮을까요, 아지즈 교수님?"

"음…. 학생이 고교 과정 동안 물리 교과를 열심히 수강했다면 어렵지 않을 일입니다. 자세한 내용은 연구실에서 설명하기로 하죠."

"네, 알겠습니다. 감사합니다. 교수님. 정말 감사합니다."

아지즈 교수와의 긴 통화를 마치고 전화기를 내려놓는 순간 떨리는 마음은 이미 하버드의 드넓은 교정에 가 있었다.

하버드에서 여름나기

2 : 하버드 서머스쿨

우물 안 개구리는 바다를 이야기할 수 없다.
메뚜기에게는 얼음을 이야기할 수 없다.

– 장자

백여 명은 족히 들어갈 정도로 넓은 강의실을 가득 메운 학생들. 열
성적으로 땀을 흘리며 열변을 토하는 교수. 학생들의 눈은 말 한 마디
조차 놓치지 않으려는 듯한 예리함으로 초롱초롱 빛난다. 교수도 강의
실을 달구는 열정에 신이 났는지 연신 웃음과 함께 강의를 진행한다.

가끔 조용하던 강의실은 한 학생이 던지는 날카로운 질문에 의해 뜨
거운 토론장으로 바뀐다. 많은 사람들 앞에서도 소신 있게 자기의 의
견을 주장하는 학생들을 보며 나는 그들의 당당한 자신감에 놀랄 때가
많다. 더욱 놀라운 것은 자기주장이 틀렸다 생각되면 그 즉시 인정하
고 남의 의견을 받아들이는 태도다. 맹신적인 자존심이 아닌 이성을
바탕으로 한 지적 호기심, 이것이 두 시간 동안의 수업을 흥미진진하
게 만드는 요인이었다.

내가 선택한 과목은 물리(Principles of Physics)였다. 어릴 때부터 수
학에 흥미를 느끼지 못해 전반적으로 과학을 멀리 하는 경향이 있었지

만 물리만큼은 재미있었다. 단순한 실험들에 불과했지만 직접 실험해 보고 측정하고 그것을 바탕으로 결론을 내는 과정을 중요시하는 물리가 암기 위주의 과목들보다는 훨씬 즐거웠고, 하버드에서 다시 한 번 그 즐거움을 맛보기 위해서 물리를 선택한 것이다.

수업을 마치는 종이 울리고 점심시간이 되었지만 학생들은 자리를 떠날 줄 몰랐다. 자리에 남아서 옆에 있는 사람과 강의에 대한 토론을 하거나 교수에게 직접 찾아가 질문을 하는 학생들…. 그들을 보며 밸리포지 사관학교와는 사뭇 다른 열정적인 학구적 분위기를 느낄 수 있었다.

주위를 둘러보니 각자의 학교 이름이 아로새겨진 티셔츠를 입고 모자를 쓰고 있는 대학생들이 많이 눈에 띄었다. 내 앞줄에 앉아 수업을 경청하던 한 여학생은 'Yale'이라고 새겨진 티셔츠를 입었고, 그 옆자리 학생은 'Brown'이라 쓰인 모자를 푹 눌러 쓰고 있었다. 내 뒷자리에서 교수한테 연신 질문을 해 대던 여학생은 스탠포드 2학년에 재학 중이었는데 역시 'Stanford Basketball'이라 적힌 트레이닝복을 입고 있었다. 자신의 모교도 하버드에 전혀 뒤지지 않는다는 듯 위풍당당한 그들의 프라이드가 대단하게 느껴졌다.

말로만 듣던 미국 최고의 대학에서 모인 학생들을 보며 왠지 나 자신이 자랑스러웠다. 이런 대단한 학생들과 겨루기를 자청하고 이 자리에 있는 내가 그렇게 멋져 보일 수 없었다.

'여기가 바로 지성들의 전쟁터라 불리는 하버드구나.'

그제야 실감이 났다. 점심을 먹기 위해 막 강의실을 나가려고 하는 순간 뒤에서 한 여학생이 말을 걸었다.

"안녕? 키티라고 해. 네 이름은 뭐니?"

"응? 난 재우라고 해."

"오늘 수업 처음이라 그런지 굉장히 어렵던걸? 넌 어땠어?"

"맞아. 나도 생각했던 것보다 진도가 너무 빨라서 좀 힘들더라."

키티는 강의 내내 맨 앞자리에 앉아서 예리한 질문을 해 대던 학생이었다. 그래서인지 그녀의 얼굴과 목소리가 벌써 낯익었다.

"배 안 고파? 근처 카페테리아에서 점심 같이 먹을래?"

"그럴까? 나도 되게 배고프거든."

잠깐 사이에 금방 친해진 우리는 강의실 바로 옆에 있던 카페테리아에서 햄버거와 샌드위치 하나를 집고는 자리에 앉아 대화를 나눴다. 나보다 두 살 많았던 그녀는 중국계 미국인이었는데 코넬 대학교에서 생물학을 전공하고 있다고 했다.

내가 밸리포지 사관학교를 다닌다고 말하자 키티는 "정말?" 하고 물

쌍둥이 형제, 하버드를 쏘다

열성적으로 땀을 흘리며 열변을 토하는 교수, 수업이 끝났지만 자리에 남아서 옆에 있는 사람과 강의에 대한 토론을 하거나 교수에게 직접 찾아가 질문을 하는 학생들을 보며 밸리포지 사관학교와는 사뭇 다른 열정적인 학구적 분위기를 느낄 수 있었다. 또한 미국 최고의 대학에서 모인 학생들과 겨루기를 자청하고 이 자리에 있는 내가 그렇게 멋져 보일 수 없었다.

으며 굉장한 관심을 표시했다. 밸리포지의 엄격한 군대식 학풍을 익히 들어 알고 있다며 반가워하는 그녀를 보니 이제까지 그리 크게 느끼지 못했던 모교에 대한 자부심까지 들었다.

점심시간이 끝나고 오후 한 시 반부터 시작되는 보충 수업에서는 분반이 이뤄졌다. 이 수업은 하버드 대학원에 다니는 조교들한테 강의 내용과 실험 분석에 대한 도움을 받는 형식으로 진행되었다. 다행스럽게도 키티와 나는 같은 반에 편성되어 여름 내내 같은 공간에서 공부할 수 있었다. 같은 아시아계 학생이라서인지 우리는 생각하는 게 잘 맞았다. 그래서 곧잘 과제도 같이 의논하고, 일주일에 한 번 제출하는 실험 보고서도 짝을 이뤄 끝마치곤 했다.

서머스쿨의 특성상 일 년 분량의 수업을 두 달 동안 압축시켜서 진행했기 때문에 하루 일과는 오후 한두 시간과 늦은 저녁을 제외하고는

빡빡하게 채워졌다. 아침 두 시간의 강의 이후에 이어지는 두 시간의
보충 수업, 뒤따르는 실험과 엄청난 양의 과제들은 상상을 초월했다.

이 수업은 의과대학원에 진학하려면 만족시켜야 하는 Pre-med(의
예과 중 예과에 해당) 필수 과목 중 하나인 물리를 충족시켜 주는 것이
었기에 두 달이란 짧은 시간 안에 학점을 따려는 대학생들이 대부분을
차지하고 있었다. 그렇기 때문에 학생들 간의 경쟁도 매우 치열해서
한순간이라도 방심했다가는 큰코다치기 십상이었다.

소문에 의하면 이 물리 코스는 중국어(Advanced Chinese), 유기화
학(Organic Chemistry)과 함께 하버드에서 가장 악명 높은 코스라 했
다. 그 악명 높은 코스에 멋도 모르고 발을 디딘 나한테는 앞으로 남은
시간을 어떻게 헤쳐 나가야 할지에 대한 계획을 짜는 게 급선무였다.

쌍둥이 형제, 하버드를 쏘다

3 : 아지즈 교수의 인턴이 되다

'할 수 있다, 잘 될 것이다' 라고 결심하라.
그러고 나서 방법을 찾아라.

– A. 링컨

"재우 학생, 당신이 열정을 가지고 있다는 것은 알겠습니다만 제가 보기엔 인턴과 수업을 병행한다는 건 좀 무리가 있을 거 같네요. 지난 몇 년 동안 재우 학생처럼 두 활동을 병행하는 학생들을 몇 명 봤습니다만 전혀 성공적이지 못했거든요."

서머스쿨의 카운슬러 베키가 심각한 표정을 지으며 말했다.

인턴과 서머스쿨, 두 마리의 토끼를 잡으려고 덤벼든 나였지만 막상 현실은 그렇게 호락호락하지 않은 듯 했다.

"그 사람들도 열정만 믿고 시도했지만 결과는 좋지 않았어요. 의욕만 있다고 다 되는 것은 아니더라고요. 생각만큼 수월하지 않으니깐 잘 생각해 보세요."

인턴 활동을 시작하기도 전에 듣게 된 불길한 우려였다.

아지즈 교수님의 실험실은 캠퍼스에서 얼마 떨어지지 않은 곳에 위치해 있었다. 넓은 실험실은 위압감을 주는 거대한 기계들과 컴퓨터들

로 가득 차 있었다. 실험실 한쪽에 있는 문을 노크하고 들어가니 사진
으로만 봤던 아지즈 교수님과 그의 조교들이 데이터 분석에 여념이 없
었다. 우리가 들어온 줄도 모르고 열중하고 있는 교수님을 보고 있노
라니 뭔지 모를 경외감이 느껴졌다. 몇 분이 지나서야 고개를 든 교수
님은 그제야 반가이 우릴 맞았다.

"오, 자네들이 재우와 재연 학생인가? 만나서 반갑네. 어서 들어오
게."

"네, 안녕하세요. 만나 뵙게 되어서 영광입니다."

"자, 그럼 자네들에게 이번 여름 동안 맡을 임무를 설명해 주도록 하
겠네. 이쪽 방으로 잠깐 날 따라오게."

서글서글한 인상의 교수님은 벌써 준비해 뒀다는 듯 우릴 실험실 옆
에 딸린 작은 방으로 인도하더니 기묘하게 생긴 한 모형을 보여 줬다.
분화구처럼 울룩불룩하게 생긴 표면이 앞에 놓여 있었고 그것의 단면
을 정밀하게 수치화해서 만들어진 그래프들이 컴퓨터 스크린에 나타
나 있었다.

어떻게 해야 할지 몰라 머뭇거리고 있는데 아지즈 교수님의 조교 볼
라가 나서더니 우리의 임무에 대해 설명하기 시작했다. 그의 설명에는
이해할 수 없는 전문 용어들이 상당히 많아 우리는 몇 번을 다시 물어
가면서 개념을 정리해야 했다.

어렵게만 보이는 전문 프로그램들을 능수능란하게 이용해 가며 자
세히 설명하는 볼라를 보며 내 지식이 그를 돕기에 너무 부족하지 않
을까 하는 걱정도 들었다. 그의 열띤 설명이 한 시간 정도 이어진 후에
야 우리의 임무를 파악할 수 있었다.

아지즈 교수님은 인공위성이나 라디오의 전파 수신기의 질을 높이

는 연구를 하고 있었는데, 이에 가장 중요한 작업이 아주 정밀하게 고른 금속 표면을 만들어 수신기에 부착하는 것이었다. 그 연구의 일환으로 조교 볼라는 정밀하게 만들어진 표면들을 가장 고른 순서대로 서열을 매겨 정리하는 방법을 연구하고 있었다. 말로는 쉽게 들릴지 몰라도 실제로 거의 차이가 없는 평평한 금속 평면들을 서열화한다는 건 굉장히 복잡하고 어려운 일이었다. 볼라는 이러한 수십 개의 표면들의 단면을 그래프로 나타낸 뒤 그 그래프들로부터 수치적인 차이를 알아내어 어떤 표면이 더 고른지를 알아내려 하고 있었다.

"자, 이해하기 쉽지 않을 테니 예를 들어 설명할게. 너희들에게 금한 덩어리와 나무토막이 주어졌다고 하자. 어떤 게 더 밀도가 높은지 알아낼 수 있겠니?"

난해한 개념들을 이해하기 위해 미간을 찌푸리는 우리를 보며 볼라는 주의를 환기시키기 위해 간단한 질문을 던졌다.

"음, 그거야 같은 부피의 금과 나무를 두 손에 올려놓은 뒤 더 무겁게 느껴지는 걸 찾으면 되지 않을까요? 당연히 금이 더 무겁게 느껴지겠죠?"

"맞아, 하지만 이제 철과 구리가 주어졌다면? 이번에도 손으로 비교해서 뭐가 더 밀도가 높은지 알아낼 수 있을까?"

"음, 아무래도 거의 비슷한 밀도의 금속들이니깐 손으로는 힘들 거 같네요. 그렇다면 밀도 표를 이용하는 건 어때요?"

"그래, 맞아. 아무래도 손으로는 힘들겠지. 하지만 네가 말한 대로 만약 밀도 표가 있다면 수치만 비교함으로써 금방 알아낼 수 있겠지?"

볼라는 자기가 의도한 대로 질문에 잘 대답해 줬다며 환한 웃음을 짓더니 말을 이었다.

"다시 한 번 말하자면 순전히 아무 표를 이용하지 않고 손으로 나무 토막과 금 덩어리의 밀도를 비교하는 건 쉽지만, 철과 구리의 밀도를 비교하기는 쉽지 않아. 하지만 밀도 표를 이용하면 간단하게 수치들만을 비교해 봄으로써 아주 간단히 구리가 더 밀도가 높다는 사실을 알 수 있지."

그는 책상의 표면을 손으로 쓸며 말을 이었다.

"이제 이 개념을 우리의 연구에 적용시키는 거야. 아주 고른 표면과 거친 표면을 눈으로 식별하긴 쉬워. 하지만 아주 비슷하게 평평한 표면들을 그냥 눈으로 보아 어떤 표면이 더 고른지 구별하는 건 힘들어. 그렇기 때문에 우리가 하려 하는 연구는 모든 표면들의 고른 정도를 수치로 분별해 낼 수 있는 방법을 찾아내어 그것들을 서열화하는 게 목적이야."

볼라의 말을 듣고 나니 우리의 임무가 뭔지 정확히 알 수 있었다. 어떤 식으로 이 문제를 접근해 가야 할지 감도 잡히는 것 같았다. 될 수 있는 한 많은 수의 다양한 표면들을 만들어 낸 뒤 그 단면들을 그래프로 수치화시켜서 분석하고 또 분석하여 표면의 고르기가 변함에 따라 나타나는 일정한 패턴을 감지하는 게 가장 중요할 듯 보였다. 내가 이 말을 하자 그는 고개를 끄덕이며 동의했다.

"사실 그러려고 너와 재연이를 부른 거야!"

"하하하."

만난 지 채 하루도 안 되었지만 우리는 벌써 친한 친구가 된 듯 했다. 얼마 뒤 우리는 볼라가 건네준 수십 개의 단면 사진들과 그것들을 수치화하여 그래프로 변환하는 프로그램이 들어 있는 디스켓을 받아 들고 연구실을 나섰다.

아지즈 교수님은 이미 다른 분석실에서 작업에 열중하고 있는 터라 인사조차 하지 못하고 나와야 했다. 실험실에서 밤을 꼬박 새는 때가 셀 수 없이 많을 정도라는 볼라의 말을 들으며 감탄하지 않을 수 없었다. 그분의 열정이란 실로 대단했다. 이런 무한한 열정을 지닌 교수님을 도울 수 있다는 것 자체가 나에게는 큰 영광이었다.

실험실을 나서면서 내 머릿속은 온통 내가 받은 자료들에 어떻게 접근해 나가야 할지에 대한 많은 생각들로 가득했다. 비록 인턴에 불과하지만 내가 맡은 임무가 교수님의 연구를 진척시킬 수 있는 중요한 기반이 될 수 있었기에 부담감은 상당했다.

어느덧 내 발걸음은 하버드 교정을 가로질러 위치한 기숙사로 향하고 있었다. 여느 때라면 아늑한 내 방의 푹신한 침대를 생각하며 흐뭇한 웃음이 입에 번지련만 오늘따라 인턴십 과제에 골몰해 있던 내 마음은 엷은 미소조차 허락하지 않았다.

하버드에서 여름나기

4 : 특명, 달의 크기를 측정하라

성공은 마음의 평화이며, 마음의 평화는 최고가 되기 위해 최선을 다했
다고 생각할 때 느껴지는 뿌듯함이다.
– 존 우든

　서머스쿨의 물리 수업 중에서 가장 힘들게 다가왔던 것은 상당한 양
의 실험 보고서들이었다. 역시 대학교 수업이다 보니 그 양과 난이도
가 고등학교 수업과는 비교가 되지 않을 만큼 벅찼는데, 실험 하나를
완료하는 데 4시간이 넘게 걸릴 정도로 복잡한 실험들이 주류를 이루
고 있었다.
　수업 시작 3일 만에 주어진 첫 실험 보고서는 열 개 정도의 복잡한
실험들로 이루어져 있었다. 그 중 몇 문제들은 구상 실험(Conceptual
Experiments)라고 해서 직접 실험을 실행하지 않고 수업 때 배운 내용
들을 이용하여 이론에 맞는 가설을 세우고 과정을 예측해 논지를 전개
하는 식이었다.
　몇몇 친구들과 조를 짜서 실험을 합동으로 진행하는 게 허용되었던
덕택에 우리는 마음이 잘 맞았던 귀도, 제이와 함께 주어진 실험들을
수행하고 분석해 나갔다. "백지장도 맞들면 낫다"라는 말이 있듯이 나

혼자 끙끙댈 땐 풀리지 않던 문제들이 네 명이 서로 힘을 합쳐 아이디어를 모으자 수월하게 해결되는 때가 많았다.

이틀 밤낮을 꼬박 이 첫 실험 보고서에 투자한 끝에 마감 전날 밤 거의 보고서를 마무리 지을 수 있었다. 하지만 애석하게도 우리를 끝까지 괴롭게 한 문제가 있었으니 바로 마지막 10번 문제였다.

'달의 크기를 합리적인 방법으로 측정하시오.'

문제는 이렇게 채 한 줄도 안 될 정도로 간단했지만 푸는 것은 그리 간단치 않았다. 달의 크기를 측정하기 위해 세운 실험의 설계 과정, 그리고 과정들의 이행, 왜 이 실험에서 얻은 결과를 유효하다고 말할 수 있는지, 또 실험 결과와 실제 오차는 어느 정도인지 등을 빽빽이 정리하는 것은 쉬운 일이 아니었다.

어떤 방법으로 접근해 나가야 할지 많은 의견이 오갔고 긴 토론 끝에 비례식을 이용하여 문제를 풀어 보기로 했다. 우리가 생각해 낸 방법은 손을 쭉 뻗어 엄지로 달을 완전히 가린 뒤 눈에서 엄지까지의 거리, 눈에서 달까지의 거리, 그리고 엄지의 가로길이를 이용해 달의 크기를 알아내는 것이었다. 다행히도 달과 지구까지의 거리가 주어져 있어 이 방법을 이용한다면 문제가 쉽게 풀릴 수 있을 것 같았다. 이렇게 모든 실험 설계가 일사불란하게 정리되자 우리는 "이제 드디어 끝난 거야" 하면서 기쁜 웃음을 지었다.

하지만 문제는 정작 예상치 못한 곳에 있었다. 바로 달이 보이질 않는 것이었다. 하늘을 올려다보니 시커먼 먹구름이 하늘을 뒤덮어 달은 커녕 흔하던 별들도 몇 개밖에 보이지 않았다. 아침에 얼핏 들은 비가

온다는 일기 예보가 그제야 생각났다며 옆에 있던 귀도가 머리를 쥐어싸며 괴로워했다. 어떻게 해야 될지 막막하기만 했다.

그러나 달이 없이는 불가능한 실험이었기에 우리 넷은 어쩔 수 없이 잔디밭에 털썩 주저앉아 달님이 모습을 드러내기만을 기다리고 있었다. 시계를 쳐다보니 새벽 2시. 멍하니 허탈해 하고 있는 제이의 어깨를 툭 치면서 나는 말했다.

"야, 이 문제 풀긴 글렀다. 그지? 그냥 잊어버리고 달이 나오든 말든 여기서 시원하게 얘기나 하자."

"하하, 그래. 그놈의 달. 이렇게 사람도 없이 조용하고 바람도 선선하니까 너무 좋다. 에어컨도 없는 우리 방보다 훨씬 낫다."

보고서 때문에 쌓인 지난 이틀간의 피로를 풀려는 듯 우리 넷은 파란 잔디밭에 대자로 누워 떠들어 댔다. 쌓였던 스트레스가 조금이나마 풀리는 것 같아 속이 후련했다. 아침 8시까지 보고서를 제출해야 했지만 잔디밭에 누워 힘을 쭉 빼고 시원한 공기를 들이마시니 조급한 마음이 들기보다는 두 눈이 스르르 감겼다.

'아아, 시간이 그냥 이대로 멈췄으면…'

누가 뭐라 할 것 없이 우리는 시끄럽던 대화를 조용히 끝내고는 자연스럽게 잠에 빠져들었다. 툭 트인 하늘 아래 누워 있으니 마치 천국에 온 느낌이었다.

시간이 얼마나 흘렀을까? 누가 날 부르는 소리에 벌떡 일어났다. 정신을 차려 주위를 둘러보니 귀도가 신이 나 소리를 지르고 있었다.

"야! 야! 달 떴어, 달! 얼른 일어나!"

나와 재연이는 깜짝 놀라서 하늘을 쳐다보았다. 거짓말같이 하얀 달이 구름 사이로 모습을 드러낸 채 우릴 향해 웃고 있었다. 뒤늦게 일어난 제이도 좋아 펄쩍펄쩍 뛰며 어쩔 줄을 몰랐다.

"야야, 얼른 시작하자, 달이 만약 사라져 버리면 끝장이야."

"그래, 그래. 자 좀 줘 봐."

이제 남은 일은 아까 자세하게 적어 놓은 실험 과정들을 하나씩 밟아 나가는 것이었다. 한쪽 눈을 감은 채 엄지를 앞으로 쭉 내밀었다. 그리고는 동그란 엄지로 우리를 위해 나와 준 고마운 달을 가리곤 비례식 계산을 시작했다. 둥그런 달이 떡 하니 떠 있으니 뭐 하나 막힐 게 없이 만사 OK였다. 실험 과정이 의도한 대로 잘 맞아떨어져서 우리는 놀라우리만치 정확한 답을 얻어낼 수 있었다. 실제 달의 반경 값과 비교해서도 전혀 뒤지지 않을 정도로 결과는 정확했다. 대성공이었다.

시계를 보니 새벽 4시였다. 우린 서로를 보며 활짝 웃었다. 그리고는 이내 잔디밭에 쓰러져 다시 한 번 크게 웃었다. 모기에 시달려 우연히 잠에서 깨어 달을 발견했다는 귀도가 그렇게 고마울 수 없었다.

"야, 이따 네가 좋아하는 이탈리아 피자집 가자. 내가 오늘 쏠게."

"오우, 웬일이야 네가? 모기한테 감사해야겠는걸! 하하."

우리의 첫 실험 보고서는 이렇게 즐겁게 끝이 났다.

되돌아보면 이 실험 보고서에서 만점을 맞았다는 사실보다 나를 더 기쁘게 했던 것은 툭 트인 잔디밭에 누워 친구들과 밤새 나눴던 우정이었다. 이탈리아에서 온 귀도, 인도에서 온 제이, 그리고 한국에서 온 나와 재연. 처음에는 어색하기만 했던 우리는 이제 눈빛만 봐도 서로가 무슨 생각을 하는지 알아차릴 정도로 가까워져 버렸다.

사실 이 서머스쿨에 오기 전 나는 하버드라는 이름 때문에 괜한 두려움을 느꼈었다. 혹시 내가 만나게 될 사람들이 다 거만하고 잘난 척

하진 않을는지, 하버드란 곳이 견딜 수 없을 만큼 공부만 해야 하는 삭막한 곳은 아닌지 등등. 하지만 이는 편견일 뿐이었다.

세계 최고의 명문대인 하버드도 결국은 사람 사는 곳이었다. 남을 배려할 줄 아는 친절한 사람들, 정겹고 화기애애한 분위기, 공부보다는 컴퓨터 게임과 춤을 훨씬 더 좋아하는 나의 룸메이트들, 자기도 주말마다 실험실에서 뛰쳐나와 여자친구와 어디로든지 놀러 가고 싶다는 볼라. 모두 지극히 평범한 풍경이었다. 다른 점이 있다면 다른 어떤 곳보다 뜨거운 꿈과 열정으로 가득 찬 곳이라는 것이다.

이제는 분명해졌다. 왜 내가 꼭 하버드에 와야 하는지. 인간미와 열정이 어우러져 있는 꿈의 학교, 이곳에서 여름을 보낼 수 있다는 사실이 행복했다.

5 : A학점이 선물한 희망

희망은 배우는 것이다.

– 에른스트 블로흐

두 달여의 물리 수업 동안 정식 테스트는 모두 네 번 있었는데 테스트의 난이도는 예상대로 높았다. 테스트는 주어진 시간이 2시간을 훨씬 넘을 만큼 길었고, 어떤 문제는 한 문제당 문제 풀이를 위해 A4 용지가 3장이 주어질 정도로 복잡했다. 그만큼 후세인 교수님은 세밀한 지식과 정확한 이해를 요구했다.

하지만 1년치 분량의 진도를 8주 만에 진행하다 보니 복잡한 공식과 난해한 개념들은 소화되지 않은 채 눈덩이처럼 불어나기 일쑤였다. 그러다 보니 그날 배운 것에 대한 복습은커녕 다음날 제출해야 하는 숙제를 마치는 데에도 애를 먹는 경우가 많았다.

이런 어려움은 비단 나만 겪는 게 아니었다. 재학 중인 고등학교에서 일등을 다투던 켈빈은 긴장을 늦추고 방심한 결과 첫 테스트에서 낙제점을 맞아 일찌감치 수업 자체를 포기해야 했고, 에모리 대학교 2학년이던 지샨 역시 진도를 따라잡는 데 어려움을 느껴 중도에 하차하고 말았다.

낙제하는 사람들이 속출하자 학생들은 경계의 끈을 놓을 수 없었고, 우리 사이에는 경쟁심보다는 '이 살인적인 코스에서 같이 살아남자'는 동료애가 생겨났다. 개인적으로 공부하던 수업 초기와는 달리 몇 개의 스터디그룹을 결성하여 모르는 부분들을 서로 도와 가며 이해하기 시작했다. 또한 학습에 필요한 정보를 서로 교환하며 좀 더 수월하게 공부해 나갔다. 혼자만 A학점을 받으려 도서관에 틀어박히던 학생들도 이제 최선의 방법은 경쟁이 아닌 협동이란 것을 깨닫고 스터디그룹에 동참하기 시작했다.

나와 몇몇 친구들은 실험 리포트 마감 전날에는 와이드너(Widner) 도서관에서 열띤 토론과 의견 교환으로 시간 가는 줄 모르고 하루를 보냈고, 중간고사를 앞둔 며칠 동안은 사이언스 센터(Science Center)에서 우리만의 아지트를 만들어 놓고 밤을 꼬박 샜다. 잠이 쏟아질 때는 서로 물총을 쏘아 가며 깨워 주기도 했고, 늦은 밤에 배가 고플 때에는 하버드 스퀘어의 명물인 멕시코 레스토랑에서 타코를 먹었다. 어느새 우리 사이에는 마치 가족 같은 우정이 쌓여 갔다. 사흘을 한숨도 못 잔 덕분에 서로 토끼처럼 빨간 눈과 부스스한 머리를 보며 웃었던 기억이 아직도 생생하다.

두 달 동안의 수업을 마무리 짓는 기말고사가 끝나고 드디어 마지막 수업 시간, 모든 학생은 강의실에 모여 성적표를 받을 순간을 기다렸다. 특이하게도 후세인 교수님은 넓은 강의실을 돌아다니면서 학생 한 명 한 명을 찾아가 직접 성적표를 쥐어 주었다. 아마 두 달간 피나는 노력과 뜨거운 열정으로 수업에 임해 준 학생들의 자세에 고마움을 표시하기 위해서가 아니었나 싶다.

알파벳 순서대로 이름을 부르며 손수 성적이 담긴 하얀 봉투를 건네주는 교수님을 보면서 나는 숨을 죽이고 내 차례가 오기만을 기다렸다. 성적표를 조심스레 열어 보는 학생들의 표정은 가지각색이었다. 환호성을 지르는 학생도 있었고, 말없이 고개를 젓는 사람도 보였다.

"Jaewoo An."

드디어 내 이름이 불리고 떨리는 손으로 교수님이 건네주는 성적표를 받았다. 궁금한 마음에 재빨리 열어 보고 싶을 것 같았던 성적표였지만, 막상 받고 나니 내가 쏟아 부었던 모든 노력이 이 봉투 하나에 담겨 있다는 생각에 쉽사리 열지 못했다.

"야, 뭐해? 얼른 열어 봐!"

옆에 있는 재연이 답답하다는 듯이 쿡 찔렀다. 하지만 정작 자기도 몇 분 후 성적표를 건네받자 쉽게 열지 못하고 내 눈치를 보았다. 그 모습에 나는 피식 웃으며 말했다.

"뭐야, 너도 그러면서. 그럼 하나, 둘, 셋 하면 열어 보자. 어때?"

"그래. 그럼, 하나, 둘, 셋."

'셋' 하는 동시에 펼친 성적표를 보고 내 눈을 의심하지 않을 수 없었다. 놀란 마음에 고개를 들어 옆에 있는 재연이를 바라보았다. 그리곤 물었다.

"너도?"

누가 쌍둥이 아니랄까 봐 우리는 동시에 똑같은 질문을 하고 똑같이 고개를 끄덕였다.

A학점이었다. 비록 서머스쿨 코스이긴 했지만 열망하던 학교 하버드에서 최고의 대학생들과 겨루면서 받아 낸 성적이기에 기쁨은 말로 표현할 수 없었다. 게다가 인턴 활동까지 병행하면서 얻어 낸 결과이

고등학생으로서 최고의 대학생들과 겨
뤄 이 같은 성과를 함께 만들어 냈다는
것이 너무나도 감격스러웠다. 100명이
훨씬 넘는 수강생들 중에서 A를 받은
학생은 8명에 불과했고, 그 중 고등학
생은 우리와 귀도뿐이었다

기에 행복감은 더욱더 컸다. 환호성이라도 지르고 싶었지만 꾹 참았다.

"Wow, that's awesome! Congratulations! Wish me luck, guys. I am so nervous. (와, 정말 대단하구나. 너무 축하해! 나도 잘 나와야 할 텐데. 와, 진짜 떨린다.)"

아직 성적표를 받지 않은 귀도가 우리를 부러운 듯이 바라보며 말했다. 우리와 함께 밤새 시험공부를 하며 함께 울고 웃었던 귀도, 그런 그가 꼭 A학점을 받기를 속으로 간절히 빌었다.

"Hey, you flew here all the way from Italy. They'll give you an A for sure.(이탈리아에서 여기까지 날아 왔는데 설마 A 안 주겠어? 걱정 마!)"

옆에 있던 재연이 귀도의 긴장된 마음을 누그러뜨리기 위해 농담을 건넸다.

"Canavielle Guido."

드디어 귀도의 이름이 불리고 귀도는 떨리는 손으로 봉투를 건네받았다. 그리곤 중얼중얼 기도를 되뇌며 용감하게 봉투를 열었다.

"Oh, yeah! It's an A!(오, 예! A이다! 나이스!)"

부스럭부스럭 봉투를 들여다본 귀도가 마치 주위에 아무도 없는 것

쌍둥이 형제, 하버드를 쏘다

처럼 갑자기 미친 듯이 환호성을 질렀다. 덕분에 한동안 강의실의 모든 학생들이 우리 쪽을 일제히 쳐다보기는 했지만 귀도는 아무래도 좋은 모양이었다. 싱글벙글 웃음이 그의 입가에서 떠날 줄을 몰랐다.

우리 셋은 서로를 부둥켜안고 그날의 기쁨을 만끽했다. 고등학생으로서 최고의 대학생들과 겨뤄 이 같은 성과를 함께 만들어 냈다는 것이 너무나도 감격스러웠다. 나중에 안 일이었지만 100명이 훨씬 넘는 수강생들 중에서 A를 받은 학생은 8명에 불과했고, 그 중 고등학생은 우리와 귀도뿐이었다고 한 조교가 귀띔해 주었다.

그때의 기쁨이란 그야말로 A급 기쁨이었다.

6 : I'll be back

때로는 펀치를 날리기 위해서는 뒤로 물러나야 해.
하지만 너무 멀찍이 물러서면 펀치를 날릴 수 없지.

― 영화 〈밀리언 달러 베이비〉 중에서

두 달여 간의 하버드 대장정도 이제 거의 막바지를 향해 달려가고 있었다. 하루에 일곱 내지 여덟 시간을 투자해야 했던 물리 수업이 끝나자 드디어 한가롭고 자유로운 날들을 보낼 수 있었다. 덕분에 평소에는 쫓기다시피 해야 했던 매주 10시간의 인턴 활동도 이제는 여유로운 마음으로 해 나갈 수 있었다.

어느 날 실험실에서 재연이가 고개를 갸우뚱하며 말했다.

"야, 이 두 표면을 잘 봐. 하나는 거의 평평하고, 다른 하나는 올록볼록해서 눈으로도 그 정돈된 정도를 비교할 수 있잖아. 각각의 그래프에서도 서로 구분되는 차이점이 있는 것 같아. 아주 확연한 차이는 아니지만 아지즈 교수님이 주신 프로그램을 이용해서 인접해 있는 매트리스끼리의 연속성을 그래프로 나타내면 움푹 들어간 매트리스와 볼록 나온 매트리스의 연속성이 그래프에 작게 표시될수록 그 금속 표면의 정돈성이 떨어지는 것 같아. 반대로 볼록한 매트리스 또는 오목한

쌍둥이 형제, 하버드를 쏘다

매트리스의 연속성이 크게 표시되면 상당히 매끄러운 표면이라 볼 수 있는 것 같아."

들고 보니 맞는 말이었다. 표면이 정돈되면 정돈될수록 그래프에서 연속된 매트리스들의 넓이가 넓었다. 재연의 설명을 듣고 나는 뭔가 건진 듯한 느낌에 이 발견을 볼라에게 즉시 알렸고, 볼라는 뭔가 감이 잡힌다는 듯 주먹을 불끈 쥐었다.

"오, 좋은 지적인 거 같아. 내가 오늘밤 좀 더 세밀하게 검토해 볼게. 아무래도 정밀하게 접근을 해 봐야 할 거 같아. 지금부터는 내게 맡겨 둬. 확인하는 과정은 아직 고등학생인 너희가 하기에는 약간 어려운 과정이거든. 정말 좋은 발견이야. 고맙다."

이 말을 들으니 기운이 났다. 같이 일할 기회를 준 교수님과 볼라를 실망시키고 싶지 않았는데 막판에 중요한 발견을 한 듯싶어서 그렇게 기쁠 수가 없었다.

"얼, 대단한데? 웬일이냐, 네가?"

옆에서 자랑스러운 듯이 볼라에게 설명을 하는 재연이를 툭 치며 말했다.

"어쭈, 무시하지 마. 나도 좀 한다고. 하하."

오랜만에 우리는 서로를 보며 웃었다. 밝은 표정의 볼라를 보니 뭔가 보답을 한 것 같아 너무 다행스러웠다. 부디 결과가 좋기를.

다음날 볼라의 분석실에 찾아가니 그는 환하게 웃으며 악수를 청했다.

"아지즈 교수님과 검토해 봤는데 재연이 네 발견이 맞은 것 같아! 수수께끼를 푸는 데 큰 도움이 될 것 같다."

나는 놀란 눈으로 옆에서 활짝 웃는 재연이를 바라보았다. 교수님과 볼라의 연구에 되레 폐를 끼치고 있는 것은 아닌지 걱정을 많이 했는

따뜻한 인간미가 넘치는 교수님과 일하게 된 건 나에게 정말 큰 행운이었다. 아지즈 교수님을 보조하는 인턴으로 다시 한 번 일하고 싶은 마음이 굴뚝같았다. 하버드에 꼭 와야 할 이유가 하나 더생긴 셈이었다.

데, 좋은 발견을 해낸 재연이 그저 대견스러울 따름이었다. 인턴 활동은 기대했던 것 이상으로 잘 마무리 되었다.

마지막으로 실험실 식구들과 인사를 하고 나오며 우리는 교수님께 고맙다는 말을 잊지 않았다.

"교수님, 이런 기회를 주셔서 정말 감사합니다. 안녕히 계세요."

"아니다. 이렇게 자원해서 직접 와 준 너희에게 정말 뭐라 고맙다고 해야 할지 모르겠다. 다음에 기회가 되면 꼭 같이 일하도록 하자."

따뜻한 인간미가 넘치는 교수님과 일하게 된 건 나에게 정말 큰 행운이었다. 아지즈 교수님을 보조하는 인턴으로 다시 한 번 일하고 싶은 마음이 굴뚝같았다. 하버드에 꼭 와야 할 이유가 하나 더 생긴 셈이었다.

그새 정이 든 볼라와도 아쉬움을 뒤로한 채 기분 좋게 인사를 한 후 우리는 기숙사로 향했다.

"맙소사, 이게 다 뭐야?"

"오, 재우 왔네? 짐이 엄청 많다야. 좀 도와주라."

두 달 전 처음 만나 서먹서먹하던 게 엊그제 같은데 제시는 벌써 떠날 채비를 하고 있었다. 마이크는 이미 짐을 요르단으로 다 부쳤다며 다음날 반납해야 하는 냉장고 안을 깨끗하게 청소하고 있었다. 배고플 때를 대비해 마이크와 함께 아이스크림과 햄버거로 냉장고를 채우던 기억이 머리를 스쳐 지나갔다. 시간의 덧없음을 다시 한 번 실감할 수 있었다.

늘 활달했던 마이크는 오늘 따라 말이 없었다. 제시도 마찬가지였다. 항상 농담을 그칠 줄 모르던 우리들이었건만 이제 이별해야 할 때가 다가오자 아쉬움에 아무도 선뜻 말을 꺼내지 못했다. 갑자기 침묵을 깨고 마이크가 말했다.

"있잖아, 내가 서머스쿨 도중에 했던 말 기억 나? 공부가 너무 힘들다고, 이번 여름은 내 생애 최악의 여름이라고, 차라리 가족들 따라서 하와이로 여행이나 갈걸 그랬다고 투정 부렸잖아."

"응, 완전 죽을상이었지."

피식 웃으며 제시가 거들었다.

덤덤한 투로 마이크가 말을 이었다.

"근데 이제와 뒤돌아보면서 느끼는 거지만 너희들과 같이 보낸 이 여름은 내 생애 최고의 여름이었어. 그냥 하는 말이 아니라 이번 여름처럼 보람 있고 많은 걸 배운 적은 처음인 것 같다. 너희들과 같이 만들었던 모든 추억들, 잊지 못할 거야. 하버드 스퀘어를 돌아다니며 접한 다양한 문화들, 너희와 하버드 야드에 누워 밤을 새며 나눈 대화들, 보스턴으로 갔던 여행들. 정말 평생 잊지 못할 거야."

생애 최고의 여름, 마이크의 표현은 정확했다. 우리들은 이 감정을 영원히 지니고 싶었다. 이 멤버 그대로 바로 이 자리에서 내년 여름에 다시 만날 수 있다면, 이 짧았던 여름을 이어서 즐길 수 있다면…. 나는 등을 보이고 멀어져 가는 제시와 마이크를 향해 이렇게 외쳤다.

"얘들아, 일 년 후에 꼭 하버드에 합격해서 4년 동안 질리게 보는 거야!"

쌍둥이 형제, 하버드를 쏘다

마지막 질주

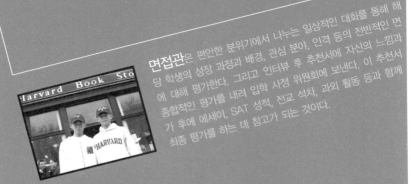

면접관은 편안한 분위기에서 나누는 일상적인 대화를 통해 해당 학생의 성장 과정과 배경, 관심 분야, 인격 등의 전반적인 면에 대해 평가한다. 그리고 인터뷰 후 추천서에 자신의 느낌과 종합적인 평가를 내려 입학 사정 위원회에 보낸다. 이 추천서가 후에 에세이, SAT 성적, 전교 석차, 과외 활동 등과 함께 최종 평가를 하는 데 참고가 되는 것이다.

1 : AP 수업 인터넷으로 따라잡기

왜 다시 과거로 돌아가 살고 싶어 하는가?
당신은 매일 아침 새로운 인생을 시작하고 있는데.

— 로버츠 퀼렌

하버드에서 최고의 여름을 보내고 밸리포지로 돌아온 우리는 어디를 돌아다니고 무엇을 하든 실망을 감출 수 없었다. 오래되고 낡은 밸리포지의 교육 설비는 최첨단이었던 하버드의 그것에 비해 너무도 초라해 보였다. 빠른 이해력과 열띤 토론을 배경으로 했던 최고 수준의 수업은 밸리포지에 돌아온 이상 기대하기 어려웠다. 현실에 안주하는 생도들의 나태한 생활 태도 역시 하버드 서머스쿨 친구들의 열정에 결코 견줄 것이 못 되었다.

다른 무엇보다 교육의 질이 떨어지고 학업 수준이 낮다는 것이 문제였다. 커리큘럼이 열악해서 고급 과목의 수업은 아예 만들어져 있지도 않았다. 또한 학생들의 불량한 생활 태도로 학교 내외에서 선생님과 학생 간의 마찰이 끊이지 않았다.

하버드 지원을 위해서 다른 사립학교의 우수한 학생들은 대략 15개의 AP 과목을 수강하는데, 밸리포지에는 AP 과목 자체가 거의 개설되

쌍둥이 형제, 하버드를 쏘다

어 있지 않았다. 학문적 명성이 높지 않은 밸리포지가 교육에 대한 투자를 등한시한 탓이었다.

당시 밸리포지에 개설되어 있던 AP 과목은 총 4가지였다. 영어, 물리, 통계, 미적분. 이 모두가 최근에야 제공되기 시작한 신생 개설 과목이었다. 나는 작년에 미적분을 듣고 하버드 서머스쿨에서 물리를 수강한지라 들을 수 있는 과목은 고작 통계와 영어뿐이었다. 더군다나 두 과목 모두 제공된 지 2년 밖에 되지 않아 선생님들의 경험은 연말에 있을 AP 시험에 학생들을 대비시켜 주기에는 턱없이 부족했다. 사실상 밸리포지는 한국의 민족사관 고등학교나 미국의 다른 사립 명문 학교들과 비교할 때 교육 설비나 지원 상황 면에서 거의 밑바닥 수준이었다.

그러나 이대로 주저앉을 수는 없는 노릇이었다. 나는 학교 외에서 AP 수업을 수강할 수 있는 방법을 찾아보았다. 그 결과 사이버 공간에서 AP 과목을 수강할 수 있는 사이트를 찾아냈다. 에이펙스러닝(www. apexlearning.com)이라는 웹사이트였다. 부연 설명을 읽자마자 눈이 번쩍 뜨였다.

이곳은 국적과 거주지에 관계없이 온라인으로 AP 과목을 수강하고 학점을 딸 수 있는 곳이었다. 동영상을 통한 명쾌한 강의, 인터넷 게시판을 통한 활발한 질의응답과 토론, 전화와 이메일을 통한 개별 교과 상담 등 학업 시스템도 상당히 잘 갖추어져 있었다. 간단한 과제나 실험들은 팩스나 이메일로 쉽게 제출할 수 있었고, 퀴즈나 시험들도 온라인상에서 공정하게 실시되었다.

이 웹사이트는 학교에 AP 과목이 개설되어 있지 않거나, 학교에서 받는 AP 수업의 수준에 만족하지 못하는 학생들을 위한 공간이었다.

하버드 지원을 위해 인터넷으로 6개의 AP 과목을 수강하기로 했다. 또 근처 카브리니 대학에서도 2과목을 들었다. 11학년 때보다 더 빡빡한 스케줄이지만 기나긴 레이스도 막바지에 접어들고 있었다. 우리는 하버드에서 사 온 열쇠고리를 움켜쥐며 다시 한 번 마음을 다잡았다.

이것은 정확히 내 상황과 일치했다.

당장 재우와 어떤 과목들을 이수할 것인지 상의에 들어갔다. 많이 수강할수록 좋지만 그렇다고 할 수 있는 여력을 초과할 정도로 많은 과목을 선택한다면 성적 유지와 시간 관리에 불리한 영향을 끼칠 수도 있었다. 치밀하고도 신중한 계획이 필요했다.

의논한 끝에 영어(English Language and Composition), 거시 경제학 (Macroeconomics), 미시 경제학(Microeconomics), 미 정치학(U. S. Government & Politics), 통계학(Statistics), 화학(Chemistry) 등 6과목을 듣기로 했다. 그리고 밸리포지에서는 더 높은 난이도의 수학 코스가 없 는 관계로 근처 카브리니 대학(Cabrini College)에서 미적분학 III(Calculus III)와 미분방정식(Differential Equations) 코스를 대학생들 과 함께 듣기로 했다.

보건 과목(Health)과 라틴어까지 이수하게 된 내 스케줄은 11학년 때보다 훨씬 빡빡해졌다. 더군다나 AP 과목은 난이도가 높고 과제 분 량도 아너스 과목에 비해 배로 많았다. 게다가 그토록 원했던 스포츠 팀의 주장과 클럽 회장을 맡게 되어 예전보다 더 바쁘고 고단한 1년이 될 것임에 틀림없었다. 또한 하버드를 비롯한 여러 대학에 제출할 원 서 준비도 본격적으로 시작해야 했다.

"휴…."

나는 하버드에서 사 온 열쇠고리를 꽉 움켜쥐며 다시 한 번 마음을 다잡았다. 한 가지 다행스러운 점은 기나긴 레이스도 막바지에 접어들 었다는 사실이었다. 400m 레이스에서 100m를 남기고 젖 먹던 힘까지 다해 마지막 스퍼트를 하듯 이제 사력을 다해 마지막 피치를 올릴 때 가 코앞으로 다가온 듯하였다.

2 : 지루한 에세이는 버려라

인생은 한 권의 책과 같다.
어리석은 이는 대충 책장을 넘기지만 현명한 이는 공들여서 읽는다.
그들은 단 한 번밖에 읽지 못하는 것을 알기 때문이다.

– 장 파울

미국 명문대 진학에 요구되는 필수 서류 중 하나가 바로 '에세이'다. 이는 많은 전형 요소 중 가장 흥미롭고, 가장 골치 아픈 부분이다.

좋은 에세이는 지원자의 인격과 성품, 그리고 열정을 잘 반영하며 다른 지원자들로부터 자신을 확연히 돋보이게 한다. 주로 지원자의 가치관이나 경험 등을 주제로 쓰이기 때문에 SAT 점수나 학교 성적만으로는 설명이 부족한 인격적인 부분을 이 에세이가 채워 줄 수 있다. 그래서 입학 사정관의 마음을 한눈에 사로잡는 훌륭한 에세이는 일단 심리적인 면에서 큰 가산점을 안겨 준다.

나는 《50 Successful Harvard Application Essays》와 《A is for Admission》 등 각종 서적을 통해 어떤 에세이가 입학 사정관에게 강한 인상을 심어 줄 수 있는지를 알아보았다. 잘 쓴 에세이란 어떤 것인가? 미사여구가 많은 것일까, 아니면 논리적인 체계를 갖춘 것일까. 일상적이고 경험적인 것인가, 아니면 세련되면서 학술적인 것인가.

쌍둥이 형제, 하버드를 쏘다

대부분의 학생들은 '자신이 얼마나 열심히 학교생활을 하였으며, 그로부터 얼마나 많은 것을 배우고 느꼈는지'를 에세이에 쓴다. 아마도 성실하고 좋은 학생으로서의 이미지를 강조해야 한다는 압박감 때문인 듯하다. 하지만 이런 판에 박힌 에세이는 오히려 마이너스 요인으로 작용한다. 경력 나열식에 포커스를 맞추다 보면 좋은 경험도 식상한 표현과 메시지에 묻혀 못쓴 에세이의 전형으로 추락하게 된다.

"나는 지난 2년간 축구부와 육상부에서 뛰어난 활약을 펼쳤고, 코리언 클럽과 실내 축구 클럽 등 다양한 분야에서 활발한 활동을 했다. 나는 이런 여러 활동을 통해 인내를 배우고 더욱 강하고 추진력 있는 사람으로 성장했다."

이런 에세이는 실패작 중의 실패작이다. 하품만 나오게 하는 이런 글로는 결코 입학 사정관들의 눈길을 끌 수 없다. 수백여 장에 달하는 지원자들의 에세이를 읽어야 하는 입학 사정관들의 입장에서 지루한 에세이는 쥐약과도 같다. 첫 문단, 심지어는 첫 문장에서 그들을 사로잡지 못한다면 승부는 끝난 것이다.

"Show, but don't tell."

에세이를 쓰는 데 있어 지켜야 할 철칙 중 한 가지였다. 즉 인내에 대해 말하려면 '인내'란 말을 쓰지 않지만 누가 읽어 봐도 글쓴이가 엄청난 인내력의 소유자라고 느낄 수 있을 만한 경험에 대해 묘사를 하면 되는 것이다.

하지만 어떤 주제를 선택해야 하는지 잘 알고 있음에도 불구하고 막상 주제를 정하는 것은 이론처럼 쉽지 않았다. 밸리포지에서 그동안 끝없는 서러움과 분노를 꾹 참아 가며 생활해 왔던 나를 효과적으로 표현할 수 있는 경험이 필요했다. 그때 갑자기 내 머릿속을 스치는 단어가 있었다.

The Plebe System(신병 훈련).

이만큼 독특하고 흥미로운 경험이 있을까! 긴 머리칼을 일순간에 삭발 당할 때 느끼는 수치심, 폭염 속에서 땀을 비 오듯 흘려 가며 장총을 메고 하는 행군, 얼음물에서 세탁비누로 해야 하는 20초간의 샤워, 스테이크 하나조차 제대로 썰지 못하는 식사 시간.

사립학교에서 자유롭게 생활하는 대부분의 고등학생들이 그 고된 훈련을 상상이라도 할 수 있겠는가. 이 특별한 경험은 나의 끈기와 정신력을 잘 설명해 줄 뿐만 아니라 지루한 에세이에 싫증난 입학 사정관들의 눈을 번쩍 뜨이게 할 수 있을 것 같았다. 생각이 여기에까지 이르자 나는 망설임 없이 2년 전 그때 그 상황을 생각하며 부지런히 키보드를 두드리기 시작했다.

하버드에 제출할 나머지 하나의 에세이에는 우리가 코리언 클럽 활동 과정에서 직접 제작한 소책자를 소개하는 내용을 적었다. 이 소책자는 유학 초기 미국 생활에의 적응을 돕기 위한 유용한 정보를 모아 놓은 생활 가이드북이었고, 바로 출판해도 전혀 손색이 없을 만큼 좋은 정보와 지식을 많이 담고 있었다. 이 책에는 은행 구좌 개설 방법, 공공 교통수단 이용 방법, 문화적 차이를 극복하는 방법과 나의 유학 경험담 등 다양한 내용이 재미있게 엮어져 있었다. 한 출판사로부터 출판에 대한 긍정적인 답변을 받기도 한 이 가이드북은 외국인 유학생들에게 도움을 주려 했던 나의 노력과 배려임을 표현하기에 매우 적절한 주제였다.

쌍둥이 형제, 하버드를 쏘다

도서관에 처박혀 사전과 표현집을 뒤적이며 온통 에세이에 힘을 쏟은 후에야 간신히 초안을 완성할 수 있었다. 심혈을 기울여 쓴 초안을 들고 여러 선생님의 교실을 찾아다니며 교정을 부탁한 후, 그 원고를 또다시 틈만 나면 몇 번씩 읽어보며 수정을 해 나갔다. 또 재우와 에세이를 바꾸어 읽어 가며 서로 날카로운 지적을 했다. 미약한 부분을 강화하기 위해 에세이의 반절 정도를 완전히 다시 써야 하는 경우도 더러 있었다. 이 끝없는 수정 작업은 원서 제출 마감 하루 전까지 이어졌다.

몇 달여에 걸쳐 고치고 또 고친 내 에세이는 유머와 감동이 적절히 잘 어우러진 우수한 '작품'으로 거듭났다. AP 영어를 가르치던 마이어 선생님은 내 에세이가 굉장히 잘 쓰였다며 학생들에게 잘된 에세이의 표본으로 나누어 주기도 했다.

3 : 인터뷰, 머리가 아닌 심장으로

저마다의 일생에는,
특히 그 일생이 동터 오는 여명기에는,
모든 것을 결정짓는 한 순간이 있다.

– 장 그르니에

"따르릉, 따르릉."

일요일 오후 예기치 않은 휴대폰 벨 소리가 오랜만에 단잠을 청하던 나를 깨웠다.

"누구야, 도대체!"

짜증 섞인 목소리로 투덜대며 침대에서 터벅터벅 내려와 충전기에 꽂아져 있는 휴대폰을 집어 들었다. 벨은 이미 멈췄고 음성 메시지가 남겨져 있었다. 메시지를 듣는 순간 가슴이 쿵쾅쿵쾅 뛰기 시작했다.

"재연 학생, 나는 하버드 입학 위원회의 제프 스콧입니다. 면접 스케줄을 잡아야 하니 이 메시지를 받는 대로 전화 주기 바랍니다. 그럼 이만."

'드디어 올 게 왔구나.'

하버드에 수시 전형으로 지원하는 모든 학생에게 일대일 인터뷰는 필수였다. 참고로 하버드에서는 미국 각 지역마다 일정한 숫자의 면접관을 두고 해당 지역의 지원자들과 개인적인 연락을 통해 면접을 수행하게 한다. 보통 11월 중순에 담당 면접관으로부터 연락이 오는데 나에게는 예상보다 좀 더 빨리 왔던 것이다.

떨리는 손으로 음성 메시지에 남겨진 면접관의 번호를 눌렀다.

"여보세요."

"안녕하세요, 저는 밸리포지 사관학교에 다니는 안재연이라고 합니다. 인터뷰 시간을 정하려고 전화 드렸습니다."

"아, 반가워요."

그의 친절하고 부드러운 말투는 나의 긴장을 누그러뜨려 주었다. 우리는 일주일 후 웨인 시의 한 카페테리아에서 오전 10시에 만나기로 약속을 잡고 통화를 끝냈다.

한국의 딱딱한 대학 면접과는 달리 미국에서의 인터뷰는 편안하고 일상적인 대화처럼 진행된다. 카페에서 커피를 마시고 케이크를 먹으며 친한 친구와 담소를 나누는 듯한 상황이 적절한 비유일 듯싶다.

면접관은 편안한 분위기에서 나누는 일상적인 대화를 통해 해당 학생의 성장 과정과 배경, 관심 분야, 인격 등의 전반적인 면에 대해 평가한다. 그리고 인터뷰 후 추천서에 자신의 느낌과 종합적인 평가를 내려 입학 사정 위원회에 보낸다. 이 추천서가 후에 에세이, SAT 성적, 전교 석차, 과외 활동 등과 함께 최종 평가를 하는 데 참고가 되는 것이다.

인터뷰가 입학 결정에 끼치는 영향은 다른 요소에 비해 상대적으로 크지 않지만, 면접관에게 아주 나쁜 인상을 심어 주거나 이례적으로 좋은 인상을 심어 줄 경우 그 영향력은 상당한 것이 된다. 따라서 각종 경시 대회 수상 경력이 전무하고 상대적으로 특출함이나 비범함이 결여되어 있는 나의 약점을 극복하기 위해서는 반드시 인터뷰에서 최고의 결과를 내야만 했다.

나는 이런저런 책을 뒤적이며 인터뷰 때 나오리라고 예상되는 질문들을 뽑고, 나름대로의 답변을 타이핑했다. 유학을 결정하게 된 계기는 무엇인가? 자신에게 가장 의미 있는 활동은 무엇인가? 하버드에 어떻게 기여할 계획인가? 감명 깊게 읽은 책은 무엇인가? 왜 사관학교를 선택했는가? 나름대로 추려 낸 15개 정도의 질문에 대한 답변을 길게 적다 보니 A4 용지 넉 장이 가득 찼다. 워낙 숫기가 없고 긴장을 잘하는 탓에 나는 2년 전 세계사 에세이를 통째로 외우던 기억을 살려 이번 인터뷰도 그렇게 정복해야겠다고 마음먹었다.

"저는 한국에서 2년 반 전, 좀 더 넓은 세계에서 공부를 해 보고 싶다는 생각에 유학을 결심하게 되었습니다. 그러나 초기에 새로운 문화와 사람들에 적응하느라 많은 어려움이 따르기도 했습니다. 처음에는 ESL반에 배치되어 자존심이 상하기도 했지만, 오기를 가지고 공부를 계속하여…."

"제가 가장 중요시 여기는 덕목은 열정과 끈기입니다. 이 두 가지만 있으면 뭐든지 해 낼 수 있다고 저는 믿어 의심치 않습니다. 비록 부족하다 할지라도 뜨거운 가슴을 가지고 어떤 고난에도 굴하지 않는 정신력으로 무장할 때 이루지 못할 꿈은 없다고 봅니다.…"

이런 식으로 모든 질문에 대한 답변을 한 단어도 틀리지 않고 외우려고 했다. 손에 단어 카드 대신 인터뷰용 종이가 들려 있다는 것 말고는 SAT 시험을 숨 가쁘게 준비하던 때와 다를 바 없었다. 발음 하나하나, 억양 하나하나에 공을 들여 완벽해질 때까지 중얼거리며 답변을 달달 외워 나갔다.

"야, 로봇같이 그게 뭐야."

인터뷰 전날인 토요일 오후, 재우는 나의 어색함을 가차 없이 지적했다. 너무나 부자연스러운 어조와 경직된 표정이 우스꽝스러웠나 보다. 그날 저녁 나는 모범 답안이 적힌 종이를 찢어 버리고 재우를 앞에 두고 자연스럽게 말하는 연습을 시작했다.

재우는 훌륭한 인터뷰 파트너였다. 덕분에 4시간여 동안 편안하게 대화하며 예상치 못한 질문에 대한 임기응변 능력까지 연습해 나갔다. 그 결과 내 자세는 한결 부드러워졌고 딱딱했던 표정도 보다 자연스러워 질 수 있었다.

인터뷰 약속이 잡혀 있던 일요일 오전에 떨리는 마음으로 약속 장소로 향했다. 40대 초반으로 보이는 면접관은 손을 내밀어 악수를 청했다. 약간 큰 키에 보통 체격인 그는 카키색의 세미 정장을 입고 있었다. 카페에 들어서자마자 그는 나에게 오렌지 주스를 시켜 주고 자신은 커피와 조그만 빵을 샀다. 온화한 그의 첫인상은 내 마음을 편안하게 해 주었다.

"반가워요. 나는 제프 스콧이라고 합니다. 안재연 학생, 맞죠?"

"예, 만나게 되어서 정말 반갑습니다. 오시는 길에 차는 안 막히던가요?"

"하하, 전혀요. 재연 학생은 걸어오느라 힘들지 않았나요? 하긴 이력서를 보니 운동을 대단히 잘 하는 것 같던데. 괜찮았죠?"

"음, 오늘 아침 구보가 조금 길어서 그랬는지 숨이 조금 차더라고요. 하하."

걱정했던 바와 달리 막상 면접관을 앞에 대하니 놀랄 정도로 침착해졌다. 나는 시종일관 환하게 웃으며 대화를 편안히 풀어 나갔다.

놀랍게도 전혀 닮은 점이 없을 것 같은 우리 사이에는 많은 공통점이 존재했다. 그는 미국 국방부에서 8년 정도 근무한 적이 있었고, 덕분에 미군 장성과 장교 등 군인들과 오랜 시간을 같이 보냈다. 내가 사관생도라는 사실은 그가 나의 생활에 더욱 흥미를 느끼게 만들었다. 엄격하고 무뚝뚝한 대부분의 군인들과는 달리 상냥하고 밝은 나의 태도에 그는 많이 놀라고 있었다.

또한 그는 바이올린을 오랫동안 배웠고 하버드 재학 시절 오케스트라에서 활동한 적도 있었다. 나 역시 현악 4중주단을 창단해 바이올린 연주를 하고 있기에 너무나 반가웠다. 게다가 그는 미국인으로서 프랑스에서 고등학교 시절을 보냈고, 그렇기에 외국인으로서 타지에서 생활하는 지금 나의 상황을 누구보다 잘 이해하고 느낄 수 있다고 했다.

예상했던 대로 그는 다양한 질문을 건넸다. 학교생활을 묻는 말에 나는 밸리포지에서 경험한 일들을 흥미롭게 묘사했고, 신병들을 지도하는 리더로서의 책임감에 대해 힘주어 말하기도 했다. 그리고 어린 나이에 부모님과 떨어져 생활하는 외로움도 털어 놓았다. 그러나 앞에 놓인 장애물을 하나하나 넘어갈 때 느끼는 희열은 지독한 향수병을 잊게 해 준다고 말했다.

또한 그 동안 받았던 메달들을 꺼내 보이며 성취에 대한 보상을 통해 생도들의 사기를 북돋아 주는 밸리포지 교육의 장점에 대해 말했다. 그러나 융통성이 없는 군대 조직 때문에 개인의 자유가 침해되고 때로는 비인격적인 대우를 받아야 하는 현실을 꼬집기도 했다.

이어 하버드에서 인턴 활동을 할 때 찍어 놓았던 금속 표면 사진들을 펼쳐 놓고 당시 나의 임무에 대해 열정적으로 설명했다. 이런 내 모습을 보고 스콧은 고개를 끄덕이며 흐뭇한 미소를 지었다. 지갑 속에

쌍둥이 형제, 하버드를 쏘다

넣어 둔 가족사진을 꺼내 보이며 하루에도 몇 번이고 이 사진을 보며 각오를 되새긴다는 말에 그의 눈은 잠시 촉촉해지기도 했다.

열띤 질의응답으로 대화가 한창 무르익던 중 나는 문득 한 가지 사실을 깨달았다. 면접관 스콧의 질문에 대한 내 답변들이 머리가 아닌 가슴에서 나오고 있다는 것을 말이다. 짧은 유학 생활 동안 가슴 속에 차곡차곡 쌓아 온 소중한 무엇인가가 지금 나의 입을 움직이고 있었다. 병적으로 들고 다녔던 꼬깃꼬깃한 A4 용지에 적힌 모범 답안을 기계적으로 외워 말하는 것이 아니라 나를 둘러싼 환경에 대한 진솔한 생각들을 뜨거운 가슴으로부터 분출시키고 있었다. 30분으로 예정되어 있던 인터뷰 시간은 고무줄처럼 늘어나 어느새 1시간 30분이 다 되어 가고 있었다.

"정말 인상적이군요. 그나저나 영어 실력이 매우 훌륭한데 다른 영어권 나라에서 태어났나요?"

"아니오. 유학 오기 전에 몇 달간 한국에서 잠깐 공부를 했던 게 전부입니다."

"뭐라고요? 잠깐만, 이 말을 믿어야 하나요? 와, 정말 대단하군요. 미국에 온 지 2년여 만에 이런 영어를 구사하다니. 하하. 이런 것은 처음 봅니다."

'I've never seen anything like this.'

그의 입에서 이 문장이 튀어나오는 순간 내 가슴은 기쁨으로 터질 것만 같았다. 미국에서 처음 타 본 기차 안에서 화장실에 가고 싶단 말을 할 용기가 없어서 방광이 터질 듯한데도 참았던 나였다. 영어로 한마디 뻥긋하는 것조차 어려워했던 내가 지금 하버드 면접관을 감동시키고 있었다.

"나는 대학원 졸업 후 자원해서 6년 동안 유능하고 멋진 학생들을 인터뷰해 왔어요. 이런 일을 할 수 있다는 것은 큰 축복이라고 생각하고요. 지금까지 해 온 인터뷰 중 오늘만큼 즐겁고 인상적인 인터뷰는 없었던 것 같군요. 인간미, 겸손함, 열정, 리더십, 영특함 등 여러 분야에서 재연 학생만큼 고루 뛰어난 학생은 보지 못했습니다. 정말 최고의 인터뷰였습니다. 크리스마스 만찬 때 집으로 초대할 테니 우리 가족과 함께 식사를 같이 하도록 합시다. 어때요?"

내 귀를 의심했지만 분명히 꿈은 아닌 듯 했다.

"정말입니까? 저야 무한한 영광입니다. 감사합니다. 꼭 가도록 하겠습니다."

스콧과 나는 이메일과 전화번호를 주고받은 후 한 시간 반의 인터뷰를 마쳤다.

"야호!"

그의 승용차가 길 저편으로 사라지자마자 나는 펄쩍펄쩍 뛰며 소리를 질렀다. 인터뷰 걱정에 일주일 내내 밤잠을 설치던 나였기에 최고의 인터뷰를 했다는 사실은 나를 날뛰게 만들기에 충분했다. 콧노래를 흥얼거리며 학교로 향하는 발걸음은 가볍다 못해 물 위를 걷는 듯 했다.

4 : 행복한 고민

가끔 신성한 계시는 단순하단다.
네 마음이 이미 알고 있는 것에 귀를 기울이도록
머리를 쓰는 것을 의미하기도 해.

— 댄 브라운의 《천사와 악마》 중에서

영원히 끝나지 않을 것 같던 3년간의 고등학교 생활도 이제 막바지로 치닫고 있었다. 12학년의 마지막 시간들은 그간의 피나는 노력을 보상 받은, 우리에게 너무나도 뜻 깊은 시간이었다. 달콤한 결과들은 지난날의 눈물겨웠던 고생들을 모두 잊게 하고도 남았다. 총 11개의 명문 대학에 합격해 잠시나마 스타가 되어 보았을 뿐 아니라 평범한 아이들도 열정만 있다면 꿈을 이룰 수 있다는 사실을 여러 사람들에게 증명해 보일 수 있었다.

그러나 이렇게 좋은 결과를 낸 후에도 우리에게는 나름대로의 괴로움이 있었다. 그것은 바로 쟁쟁한 11개 대학 중 어디에 진학하느냐는 문제였다. 나는 개인적으로 전공 분야로 생명공학을 택하고 싶었다. 어렸을 때부터 잦은 병치레로 고생하던 어머니를 보고 자라서인지 내 머릿속에는 신약 개발에 종사해서 난치병을 앓고 있는 많은 이들에게 희망을 주고 싶다는 생각이 항상 있었기 때문이다.

11개의 학교들 중 단연 존스홉킨스대와 듀크대가 물망에 올랐다. 두 대학은 생명공학 분야에서 전미 1, 2위를 나란히 차지하고 있는 최고의 대학이었다. 상상을 초월할 만큼 우수한 실험 설비와 각 분야에서 최고 권위자인 교수들, 교내와 인근 병원에서의 수많은 리서치 기회, 그리고 두둑한 재정적인 지원까지 두 대학 중 어디를 선택하든 세계적인 생명공학자가 되고자 하는 나에게는 최상의 선택이었다.

존스홉킨스대 재학생들이 모교에 대한 만족도가 상대적으로 낮았던 것에 반해 듀크대 학생들은 적극적으로 모교를 추천하며 꼭 자신들과 클래스메이트가 되어 줄 것을 권유하는 내용의 이메일을 보내 왔다. 모두들 모교의 우수한 생명공학 프로그램과 미국 내에서도 아름답기로 이름난 쾌적한 캠퍼스 환경에 자부심을 갖고 있었다. 결국 우리는 듀크대로 진학하기로 마음을 굳혔다.

그러나 캐롤라이나행 비행기 티켓을 끊고 입학 서류 준비에 열을 올릴 무렵 전혀 예상치 못했던 기쁜 소식이 날아 왔다. 하버드로부터 뒤늦게 합격 통지 이메일이 온 것이다. 하버드 입학 사정관 샐리로부터의 이메일은 오로지 한 가지 목표를 바라보고 지난 2년간 달려 온 우리 형제에게 말로 다 표현할 수 없는 큰 기쁨을 안겨 주었다.

하지만 기쁨도 잠시. '존스홉킨스대 VS 듀크대'라는 어려운 고민거리를 겨우 풀어낸 우리에게 이번엔 더욱더 어려운 골칫거리가 생겼다. '듀크대 VS 하버드대'. 두 대학 모두 장단점이 있고, 학생들의 자부심도 대단하여 정말 어느 한쪽을 선택하기가 힘들었다. 어찌 보면 참으로 행복한 고민이었다. 3년 전만 해도 철없이 교실 천장 타일을 깨부수며 공을 차던 쌍둥이가 세계에서 손꼽히는 두 대학을 놓고 진학을 고민할 줄 그 누가 예상했을까?

하버드는 세계 최고라는 명성에 걸맞게 거의 모든 분야에서 타의 추종을 불허할 만큼 뛰어났다. 대부분의 교수가 자신의 분야에 관해서 일인자들이며, 그 동안 40여 명의 노벨상 수상자들이 하버드에서 교수로 재직했다. 의학, 경영학, 법학 등 거의 모든 분야에서 톱 수준의 연구 시설을 자랑하고, 재산 규모는 웬만한 국가의 전체 재산보다 더 많은 장장 200억 달러에 달한다. 그러나 물가가 굉장히 높고 주택 상황이 열악하여 생활의 불편이 예상되었고, 때로는 캠퍼스를 구경하러 온 관광객이 너무 많아 분위기가 어수선할 때도 있다고 했다.

듀크대는 아이비리그 대학들과 비교해서도 전혀 뒤지지 않는 우수한 연구 시설을 자랑했고 인문계 프로그램, 생물학 관련 프로그램들도 톱 수준이었다. 특히 의학과 공학만큼은 세계 최고라고 불릴 만큼 손색이 없었다. 또한 미국에서 가장 아름다운 캠퍼스를 가진 학교 중 하나이며 재정 지원 상황도 좋았다. 그러나 대도시에서 많이 떨어져 있으며 대중교통 시설이 불편하고 학비도 무척이나 비쌌다.

이런 여러 가지 정보를 수집했음에도 불구하고 우리는 여전히 쉽게 결정할 수가 없었다. 명성만 놓고 볼 때 하버드가 듀크대를 능가하는 것은 사실이지만, 생명공학 프로그램 부분에서는 듀크대가 더 강했다. 또한 전통적으로 실용적 학문보다는 순수 학문에 더 중점을 두는 하버드의 학풍 탓인지 생명공학과는 관련이 없는 문과 과목 이수도 부담이 되었다. 반면 실용적인 학풍의 듀크대는 세계 최고 수준의 공대 프로그램을 바탕으로 생명공학과 관련 분야만을 중점적으로 가르쳤기 때문에 오히려 대학원 진학이나 취업만을 고려할 때에는 듀크대가 더 나은 선택일 수도 있었다.

하지만 이 같은 복잡한 고민을 말끔히 해결해 준 계기가 있었다. 그것은 바로 서울에서 가졌던 하버드 신입생 환영회였다.

"안녕하세요, 제가 곽준엽입니다."

하버드 정치학과를 올해 졸업한 준엽 선배는 멀리 전주에서 올라온 우리 형제와 부모님을 반갑게 맞이해 주었다.

신입생 환영회 시간이 다가오기 시작하면서 하버드 재학생들과 신입생들이 속속 준엽 선배의 집으로 모이기 시작했다. 모두들 낯설기만 한 얼굴이어서 어색하기도 했지만 각자 반갑게 인사를 나누며 분위기는 무르익기 시작했다. 이 자리에 모인 모든 사람이 다들 뛰어난 수재 중의 수재들일 거란 생각에 왠지 모르게 긴장이 되어 얼굴이 붉어졌다.

"자, 오늘 이 자리는 이번에 들어오는 신입생들과 부모님들을 위한 자리입니다. 궁금한 사항이 많을 것 같아 유용한 정보를 전하고, 또 신입생들이 좀 더 수월하게 하버드 생활에 적응할 수 있도록 도움을 주기 위한 것이 오늘 모임의 목적입니다."

현재 하버드 동아시아학과 3학년을 마친 동관 선배의 말로 설명회는 시작되었다. 선배들의 친절하고 자상한 설명을 들으면서 하버드에 대한 나의 막연한 두려움은 점차 누그러지기 시작했다. 온라인상으로 듀크대 신입생들과 많이 친해진 것과는 달리 하버드 학생들과는 전혀 교류가 없어서 내심 걱정이 많았던 내게 이번 입학 설명회는 정말 특별하고 뜻 깊은 것이었다. 차디찬 지성인만 모여 있을 거라는 내 생각과는 정반대로 하버드 선배들은 정말이지 남을 배려하는 마음이 깊고 넓은 듯 했다. 다들 성실하고 따뜻하게 내 질문에 성의껏 대답을 해 준 덕분에 궁금증은 실타래가 풀리듯 술술 풀려 나갔다.

차츰 하버드 진학에 대한 열망이 솟아나기 시작할 무렵 하버드로 완전히 결정을 내리게 한 계기가 있었다. 그것은 하버드 재학생들이 조직

쌍둥이 형제, 하버드를 쏘다

우리는 포기하지 않았다.

하버드, 우리의 꿈은 이제 그곳으로부터 새롭게 시작된다. 그곳에서, 지난 3년간 그토록 가길 열망했던 그곳에서 우리는 또 한 번의 비상을 꿈꿀 것이다.

한 흑기사 여름학교라는 작은 교육의 장이었다. '흑기사' 라는 이름은 'HCKISA(Harvard College Korean International Student Association)' 를 한글로 읽은 것으로, 몇몇 뜻있는 한국 유학생 선배들에 의해 작년에 세워진 단체였다. 성적이 우수함에도 불구하고 가정 형편이 넉넉하지 않아 한정된 교육을 받을 수밖에 없는 학생들에게 무료로 영어를 가르치기 위해 만들어진 이 조직은, 하버드 학생들의 우수한 지도력과 수강생들의 불타는 학구열에 힘입어 창단 첫 해 아주 좋은 결과를 냈다.

준엽 선배와 승규 선배가 열정적으로 흑기사 여름학교의 의의와 활동에 대해 설명을 하는 동안 나는 자발적으로 단체를 조직하여 무보수로 활동을 하는 선배들의 태도에 깊은 감명을 받았다. 세계적인 학생들과 겨루며 얻은 지식을 좀 더 어렵고 척박한 환경의 아이들에게 전수해 준다는 것만큼 멋진 일이 또 있을까? 하버드가 사회에 여러 방식으로 기여하는 인재들을 양성한다는 말을 수없이 들어본 나였지만 막상 그것을 직접 눈앞에서 보니 가슴이 뛰었다. 이런 사람들과 같이 생활할 수 있다는 것에 대한 자부심이 벅차올랐다.

모임이 끝난 후 재우와 나는 진학을 위한 의견 교환을 할 필요가 없었다. 이미 말하지 않아도 선택은 확실해졌기 때문이었다. 모임 내내 선배들의 훌륭한 인격과 따뜻한 배려에 감동 받고, 또 뜻있고 용감한 여름학교 활동에 대해 들으면서 어느새 나도 저들을 닮아 가고 싶다는 생각을 하게 되었다. 눈앞에는 이제 새로운 도전이 펼쳐졌다.

하버드, 우리의 꿈은 이제 그곳으로부터 새롭게 시작된다. 나는 모든 방면에 두루 능통한 팔방미인이 되고 싶다. 자신의 분야에서도 최고지만 그 외에 다른 분야에서도 높은 수준의 지식과 재능을 뽐낼 수 있는 그런 사람이 되고 싶다. 내가 가진 것의 많은 부분을 다른 이들에

쌍둥이 형제, 하버드를 쏘다

게 나누어 줄 수 있는 따뜻한 가슴을 가진 사람이 되고 싶다. 실험실에 틀어박혀 현미경만 쳐다보는 그런 생명공학자가 아닌, 비발디의 〈사계〉를 연주하고 제인 오스틴의 《오만과 편견》을 음미하며 각종 사회 문제에도 관심을 기울이는, 그러면서도 동시에 신약 개발에 최선을 다해 인류에 공헌하는 그런 사람이 되길 원한다. 그리고 그렇게 되기 위해서 나는 하버드에 진학할 것이다. 그곳에서, 지난 3년간 그토록 가길 열망했던 그곳에서 나는 또 한 번의 비상을 꿈꿀 것이다.

마지막 질주